SILKE PORATH
Mops und Mama

GANZ SCHÖN SCHWANGER Tanja erhält zwei schlimme Nachrichten an einem Tag. Nummer eins: Sie ist schwanger. Nummer zwei: Arne, der Vater des Kindes, nimmt einen Forschungsauftrag an und verschwindet für sechs Monate in den bolivianischen Regenwald, um Fledermäuse zu beobachten. Tanja verschweigt ihm die Schwangerschaft – nicht allerdings ihren schwulen Mitbewohnern Chris und Rolf. Das Männerpärchen kümmert sich fast schon zu rührend um die werdende Mutter. Und auch der Mops Earl und sein Sohn Mudel weichen Tanja nicht mehr von der Seite.

Der geht es alles andere als gut. Die Finanzen sind mal wieder desaströs. Der Liebeskummer fast unerträglich. Pascal, der neue Mieter, hält alle auf Trab. Und dass ausgerechnet der Mops auf einmal eine ganz besondere Karriere macht, war so auch nicht vorgesehen.

Es herrscht mal wieder das pure Chaos in Stuttgarts charmantester WG!

Silke Porath ist in Balingen aufgewachsen. Nach dem Abitur volontierte sie bei einer großen Tageszeitung und arbeitete als Redakteurin in schwäbischen Redaktionen. Von dort aus wechselte sie in die PR-Branche und lebte lange Jahre in Stuttgart. Nach der Geburt ihrer Tochter begann sie, zu schreiben. Seitdem sind zahlreiche Romane und Sachbücher von ihr erschienen. Die Mutter dreier Kinder lebt mit ihrem französischen Mann heute wieder in ihrer Heimatstadt. Sie ist Mitglied der 42er Autoren und gibt als freie Schreibtrainerin Literaturkurse für Erwachsene und Kinder.

Bisherige Veröffentlichungen im Gmeiner-Verlag:
Mops und Möhren (2013)
Klosterbräu (2012)
Nicht ohne meinen Mops (2011)
Klostergeist (2011)

SILKE PORATH

Mops und Mama

Roman

Original

GMEINER

Ausgewählt von
Claudia Senghaas

Besuchen Sie uns im Internet:
www.gmeiner-verlag.de

© 2014 – Gmeiner-Verlag GmbH
Im Ehnried 5, 88605 Meßkirch
Telefon 07575/2095-0
info@gmeiner-verlag.de
Alle Rechte vorbehalten
1. Auflage 2014

Lektorat: Claudia Senghaas, Kirchardt
Herstellung: Mirjam Hecht
Umschlaggestaltung: U.O.R.G. Lutz Eberle, Stuttgart
unter Verwendung eines Fotos von: © chriskuddl/zweisam – Fotolia.com
und © Africa Studio – Fotolia.com und © NinaMalyna – Fotolia.com
Druck: GGP Media GmbH, Pößneck
Printed in Germany
ISBN 978-3-8392-1489-3

Personen und Handlung sind frei erfunden.
Ähnlichkeiten mit lebenden oder toten Personen
sind rein zufällig und nicht beabsichtigt.

MINUS SECHS

»Du hast Hundgeruch!« Ich drücke den Mops fester an mich. Earl legt seinen Kopf an meinen Hals, pustet mir seinen nach getrocknetem Pansen riechenden Atem in die Nase und leckt mir die Tränen von der Wange. Leider auch das Rouge und einen Großteil des Puders. In der Scheibe sehe ich die roten Flecken auf meiner Wange. Sie leuchten wie Diskolichter. Dabei ist mir überhaupt nicht nach Tanzen zumute.

»So, fertig.« Arne legt den Arm um mich und den Mops. Mudel, diese verrückte Mischung aus Mops und Pudel, springt an seinem Bein hoch und kläfft. Der weiß ja auch nicht, dass er Arne sechs Monate lang nicht sehen wird. Ich schniefe in Earls Fell, dann setze ich den Mops zu seinem Sohn auf den Boden.

»Kommt mal mit, da gibt's Currywurst!« Chris, mein Mitbewohner, schnappt sich die beiden Leinen und zieht die Hunde mit sich. »Rolf wartet schon«, lockt er die Vierbeiner. »Mit Pommes!«

»Das werde ich vermissen.« Arne sieht dem Trio nach, wie sie sich an einem dicken Mann mit dickem Gepäck auf dem Kofferwagen vorbeischlängeln. Dann steckt er das Flugticket in seine Jackentasche.

»Nur das wirst du vermissen?«, frage ich und bemühe mich, dass es fröhlich klingt. Tut es aber nicht. Ich könnte auf der Stelle losheulen.

»Ein bisschen was anderes auch.« Arne legt mir den Arm um die Schulter. Am liebsten würde ich ihm um den Hals fallen und mich wie eine Klette an ihn hängen. Er haucht mir einen Kuss auf die Haare, dann gehen wir an den Lufthansa-Check-In-Schaltern vorbei Richtung Rolltreppe. Chris und Rolf haben sich bestimmt schon beim Burgerbräter einen Fensterplatz mit Blick auf das Rollfeld organisiert.

»Entschuldige mich einen Moment«, sagt Arne und verschwindet links zu den Toiletten. Ich lehne mich gegen einen leeren Schalter. Hinter mir stehen die Urlauber und Geschäftsreisenden an, geben ihr Gepäck beim fast schon zu gut gelaunten Bodenpersonal ab. Vor mir wird die Schlange an der Sicherheitskontrolle immer länger. Eine Familie kämpft mit dem Kinderwagen, der sich nicht zusammenklappen lassen will. Ein Mann im Anzug diskutiert mit dem Polizisten, ob die Röntgenstrahlung seinem iPad wirklich nicht schadet. Mir wird ganz flau, wenn ich daran denke, dass Arne in nicht einmal einer Stunde genau durch diese Schleuse geht. Sein Flug nach London ist bereits auf der Anzeigetafel zu sehen und rückt immer weiter nach oben. London – New York – Arsch der Welt. Sechs Monate irgendwo in Bolivien, zwei Tagesreisen von La Paz entfernt. Viele Berge, viel gar nichts, ein paar Wälder und Bulldogg-Fledermäuse. Tausende davon. Aber kein Handyempfang.

Bis vor zwei Wochen wusste ich nicht mal, dass es Fledermäuse gibt, die wie ein Mops mit Flügeln aussehen. Denn vor zwei Wochen war Tanjas Welt noch in bester Ordnung. Hätte man mich nach meinem Lebenslauf gefragt, hätte ich folgendes geschrieben:

Tanja Böhm, Anfang 30, ehemalige Arzthelferin, die nach einem Ausflug in den Tabakladen als Fahrerin bei der Stuttgarter Tierrettung unterwegs war. Familienstand: glücklich liiert mit Arne Fuchs, Tierarzt, und sehr glücklich mitbewohnend mit Chris Berger und Rolf Schröder, den Vätern von Mops Earl of Cockwood und dessen unehelichem Sohn Mudel.

Und genau als diese Tanja betrat ich vor 14 Tagen die Praxis meines Gynäkologen. Ich mag den Mann nicht. Da kann er gar nichts dafür, er macht ja nur seinen Job. Aber ich mag es nicht, wenn fremde Menschen mir mit komischen Geräten in den Eingeweiden rumstochern. Theodor Roller soll einer der besten seines Fachs sein, wenn man den Ärztebewertungen im Internet glaubt. Ich habe keinen Vergleich, außer mit einer ältlichen Dame, bei der ich vor gefühlten 200 Jahren mal war und die statt Instrumenten einzig auf die Kraft ihrer Finger setzte. Es ist kein schönes Gefühl, wenn man meint, die Gebärmutter werde mit den Eierstöcken verknotet.

Den Termin bei Theo – den ich übrigens im Stillen ›Deo Roller‹ nenne, weil er mit seiner Glatze und dem konischen Kopf eher aussieht wie ein Kosmetikartikel als ein Arzt – hatte ich kurzfristig bekommen. Was an sich schon ein Wunder war, denn seine beiden Vorzimmerdrachen hüten die freien Termine wie Dinosauriermütter das Nest. Die eine sieht übrigens einem T-Rex gar nicht unähnlich. Ich würde sie gerne mal zu einem guten Kieferorthopäden schicken, traue mich aber nicht, das zu sagen. Sonst müsste ich womöglich einen anderen Frauenarzt suchen. Vielleicht lag die schnelle Terminvergabe aber auch daran, dass ich beim letzten Besuch im Patientenfragebogen unter Beruf das Kreuzchen bei ›Medizin‹ gemacht habe. Schließlich kümmere ich mich ja um krankes Viechzeugs. ›Gastronomie‹ oder ›Büro‹ hätten zwar auch gepasst, da ich für meine Jungs koche und Arne bei den Abrechnungen helfe. Außerdem verdiene ich mein Geld als Kellnerin im ›Fröhlichen Laubenpieper‹. Aber das richtige Kreuzchen an der richtigen Stelle scheint mich quasi in den Stand einer Privatpatientin befördert zu haben. Keine ewigen Wartezeiten. Weder auf den Termin, noch im Wartezimmer. Und: Ich werde nicht vom T-Rex zu den Voruntersuchungen begleitet!

»Guten Morgen, Frau Böhm!«, flötete die rot getönte Barbara mir entgegen, nachdem sie zunächst stumm und ohne wirklich aufzublicken meine Krankenkassenkarte durch das Lesegerät gezogen hatte. Ein leises Pling des Computers meldete ihr, dass meine Daten korrekt waren. Sie starrte auf den Bildschirm, dann flutete ein breites Lächeln aus ihrem ein wenig zu orange geschminkten Mund. Unter Kolleginnen ist frau eben freundlich. Könnte ja sein, dass ich Zahnarzthelferin bin und ihr beim nächsten Besuch den Absauger so tief in den Rachen ramme, dass ich ihr Frühstück mit absauge.

»Guten Morgen«, flötete ich zurück. Obwohl mir nicht nach Flöten war. Eher nach Bett und Wärmflasche. Oder besser noch Bett und Earl. Der Mops war seit zwei Wochen so anhänglich, dass ich kaum aufs Klo gehen konnte, ohne ihn am Bein zu haben. Das allein ließ mich ja das Schlimmste befürchten. Dazu noch die Kopfschmerzen, der Schwindel und ja, Übelkeit nach dem Aufstehen und das Ausbleiben der Periode. Plus eben der Hunde (Mudel war nicht ganz so schlimm wie sein Vater). Ich weiß, dass Tiere wissen, wann ein anderes Tier Junge erwartet. Dann wird bei denen der Beschützerinstinkt wach. Earl mit seiner zwar platten, aber sehr scharfen Mopsnase konnte ganz bestimmt riechen, dass Tanjas Hormonspiegel auf Brutmaschine eingestellt war.

Aber ehe ich mir nicht ganz sicher war, hatte ich niemandem was gesagt. Nicht meinen Jungs. Und Arne schon gar nicht. Da fehlte sowieso noch ein Stück in der üblichen Choreografie: das ›Schatz, willst du mit mir mal Kinder haben und wenn ja, wann?‹-Gespräch.

Barbara erhob sich. »Sie können gleich mitkommen.« Ich klappte den Mund auf und sie die Tür zum Wartezimmer zu. Zum vollen Wartezimmer! Normalerweise wäre ich erst nach der dicklichen Oma, der Prallschwangeren und der Mutter mit den Zwillingen auf dem Schoß dran gewesen. Und noch ein paar Damen, die allerdings von der Tür aus nur als Schemen durch das Milchglas zu erkennen waren. Ein kleines Teufelchen kratzte an meinem schlechten Gewissen – aber es war sehr, sehr klein. Und außerdem musste ich sehr, sehr dringend aufs Klo. Da kam es mir gerade recht, dass Barbara mir einen weißen Plastikbecher in die Hand drückte und auf die Tür mit der Aufschrift ›WC‹ zeigte.

»Das können Sie in die kleine Klappe stellen, kommen Sie dann einfach ins Labor, ich bereite schon mal alles vor«, säuselte sie. Ich nickte gehorsam und tat, wie mir geheißen. Dann geschah ein mittelgroßes Wunder: Zum ersten Mal seit Beginn meiner Karriere als

Patientin eines Gynäkologen konnte ich den angeforderten Urin ohne Pressen von mir geben! Was sonst nur magere fünf Tröpfchen waren, sollte nun doch zu einer ganzen Reihenuntersuchung taugen. Ich wertete das als gutes Zeichen.

Barbara wartete im Labor auf mich. Sie wies mich an, mich auf den mit schwarzem Kunstleder bezogenen Stuhl am Fenster zu setzen und den rechten Ärmel hochzukrempeln. Während ich meine Hände gewaschen hatte, war sie offensichtlich schon fleißig: In drei verschiedenen durchsichtigen Plastikbechern steckten je ein Teststreifen. Barbara bemerkte meinen Blick:

»Das ist für den ph-Wert, der in der Mitte für etwaige Entzündungen und der rechte ist ein Schwangerschaftstest. Machen wir routinemäßig.« Sie zwinkerte mir zu. Ich kniff die Augen zusammen. Die Becher standen zwar so weit entfernt, dass ich ein Fernglas gebraucht hätte, um irgendetwas auf den weißen Teststreifen zu erkennen. Aber ich wolle nichts wissen. Noch nicht. Noch war ich Tanja. Tanja und nur Tanja.

Barbara legte den schwarzen Gurt um meinen Oberarm und pumpte die Manschette auf. Ich schloss die Augen. Und riss sie gleich wieder auf, als vor meinem inneren Auge mein eigenes Bild auftauchte. Ich. Mit dickem Bauch. Das zumindest hatte der Test versprochen, den ich vor vier Tagen im Drogeriemarkt geholt hatte. Aber die Dinger sind ja nicht immer sehr zuverlässig und der blaue Streifen im Kontrollfenster konnte laut Packungsbeilage auch ganz einfach eine Hormonschwankung sein. Immerhin waren die letzten Wochen ganz schön stressig. Neben meiner Arbeit bei der Tierrettung jobbte ich in jeder freien Minute bei Chris und Rolf im Café der Schrebergartenkolonie. Seit die beiden das Lokal übernommen hatten, erinnerte nicht mehr viel an ein Vereinsheim. Zwar waren die meisten Gäste weiterhin Gärtner aus der Kolonie ›Zur Wonne‹, aber es zog doch immer mehr Ausflügler zu uns. Und die wollten bedient werden.

Barbara ließ die Luft ab. »Wunderbar, alles Bombe«, verkündete sie.

»Bombe«, murmelte ich und ahnte, dass vielleicht in ein paar Minuten eine hochgehen würde. Barbara bat mich zum Messen und Wiegen (1,65 m und 56,8 Kilo Kampfgewicht, das ich auf meine doch ziemlich dicke Jeans schob). Dann gab es noch einen kleinen Pieks in die Armbeuge, fünf Milliliter von Tanjas Blut flossen in ein Röhrchen und der erste Teil der Untersuchung war geschafft. Obwohl Barbara keine wirklich begnadete Nadelsetzerin war, schwante mir, dass dieses der angenehmere Teil des Programms war. Aber ich ließ mir nichts anmerken, schließlich war ich ja in Barbaras Augen so etwas wie eine Kollegin. Und ich wollte um keinen Preis im Wartezimmer parken, irgendwelche Babybilder an der Pinnwand anstarren und in labbrigen Zeitschriften blättern. Lieber gleich zu Theo!

Als könne sie Gedanken lesen, bat Barbara mich in Zimmer Zwei. Aus der Eins hörte ich Dr. Rollers Stimme, dann die einer Frau. Ich setzte mich auf einen der beiden Stühle, die vor dem massiven Kiefernholzschreibtisch standen, und starrte vor mir hin. Auf dem

Schreibtisch lagen allerlei Broschüren über Scheidenpilz, eine neue Art Diaphragma, Menstruationskalender zum Mitnehmen und ein Hochglanzprospekt einer privaten Entbindungsklinik am Killesberg. Ich kniff die Augen zusammen und konzentrierte mich auf meine Hände. Seit ich bei meinen Jungs im Service arbeitete, trug ich die Fingernägel raspelkurz. »Hygiene, Schätzchen, es tut mir so leid«, hatte Chris gemeint, als ich am Vorabend meines ersten Arbeitstages meine sorgsam gezüchteten Krallen stutzte. Zum Trost schenkte er mir eine schweineteure Handcreme aus Granatapfelextrakt. Vielleicht hätte ich doch einen meiner Jungs mitnehmen sollen? Immerhin waren sie meine besten Freundinnen, irgendwie. Andererseits ... ich wusste im Moment selbst nicht, wer ich war und was ich wollte. Und dann wäre das hier eigentlich Arnes Part gewesen. Doch für solche Gedanken war es zu spät: Theo Roller platzte ins Zimmer. Sein weißer Kittel stand offen und flatterte hinter ihm her. An seiner Stelle – mit diesem Schmerbauch und dem mehr als eng sitzenden blauen Poloshirt, an dessen Bund der haarige Bauchansatz über die Jeans waberte – hätte ich ja den Kittel zugeknöpft.

»Tag«, sagte der Arzt, ließ sich in den schwarzledernen Chefsessel plumpsen und überflog meine Patientendaten auf dem Bildschirm. »Frau Böhm?«

»Ja. Guten Tag.« Herrje, Tanja, deine Stimme klang auch schon lauter! Ich räusperte mich.

Dr. Roller faltete die Hände, legte die Unterarme auf den Tisch und beugte sich vor. »Was kann ich für Sie tun?«

›Ein Toupet tragen!‹, wollte ich sagen. Auf seiner Glatze glänzte es wie in einem Schmalztopf. Mir wurde ein bisschen übel. Ich holte tief Luft.

»Naja, eigentlich … also … ich glaube … meine letzte Periode ist schon ein bisschen her.« Ich hasse es, über mein Innenleben mit Fremden zu sprechen, und es ist mir egal, ob das ein Arzt ist oder nicht.

»Hm, wie lange denn?« Theo lächelte.

»Das weiß ich nicht so genau«, gab ich zu. »Ich hab die … also … sowieso nicht so regelmäßig.«

Dr. Roller wandte sich dem Bildschirm zu und klickte mit der Maus. »Die Pille nehmen Sie nicht?«

»Nein.« Wenn er mich jetzt gefragt hätte, womit ich denn dann verhüten würde, wäre ich schreiend davongelaufen. Es geht doch keinen was an, dass Arne und ich manchmal rechnen und manchmal Kondome benutzen!

»Wie fühlen Sie sich sonst so?« Dr. Roller starrte mich mit einem aufgesetzten Lächeln an. Vielleicht war es auch nett, aber ich fand die ganze Situation nicht nett.

»Ach ja, bisschen müde. Manchmal. Also irgendwie immer. Und dann … also … mein Busen spannt so komisch.« Dr. Roller nickte.

»Dann wollen wir mal«, sagte er eine Spur zu fröhlich und stand auf. Ich folgte ihm durch eine schmale Tür in den Untersuchungsraum, in dessen Mitte der Alptraumstuhl aller Frauen, die nicht auf perverse Spielchen stehen, stand. Dr. Roller schickte mich hinter den Vorhang.

»Machen Sie sich bitte untenrum frei«, sagte er. Ich zog das schwere Teil mit Blümchenmuster zu und hörte, wie Barbara ins Zimmer kam.

»Die Ergebnisse von Frau Böhm, Herr Doktor«, sagte sie.

»Hm. Danke. Ich brauche nachher noch die Abrechnungen zur Durchsicht«, knarzte Theo, während ich aus meinen Schuhen und der Jeans schlüpfte. Hatte ich in Barbaras Stimme ein Lächeln gehört? Ein diebisches Grinsen? Am liebsten hätte ich mich sofort wieder angezogen. Es kostete mich alle Mühe, mich auch noch meiner Unterhose zu entledigen. Dann zog ich mein Shirt so weit nach unten, wie es eben ging, schlich auf Socken zum Monsterstuhl und kletterte hinauf.

»Noch ein bisschen mit dem Po nach vorne«, befahl Theo und sank auf seinen Hocker. Jetzt konnte ich nur noch seine glänzende Glatze sehen, die auf und ab hüpfte. Er tastete erst auf, dann in mir. Dann schnappte er sich den Schallkopf, der aussah wie ein hochtechnischer Vibrator, ließ mit einem leisen Schmatzen ein Kondom darüber gleiten und machte »hm« und »aha«, während er auf den Bildschirm des Ultraschallgeräts starrte. Ich schloss die Augen.

»Wollen Sie mal sehen?« Theos Kopf nickte heftig, als ich das rechte Auge einen kleinen Spalt weit öffnete. Er hatte den Bildschirm zu mir gedreht. Ich sah ... nichts.

»Ich sehe da nichts«, gab ich zu und öffnete auch das linke Auge.

»Schauen Sie hier.« Theo deutete mit dem Zeigefinger der linken Hand auf einen winzigen weißen Punkt.

»Da pulsiert was?«, riet ich.

»Genau. Das kleine Herzchen. Schlägt sehr regelmäßig.«

–

»Frau Böhm? Ist Ihnen nicht gut?«

–

»Etwa elfte Woche, würde ich sagen.«

»Ist das … ein Baby?« Ich starrte auf den Bildschirm.

»Ja, nur eines, keine Zwillinge.« Theo zog den Schallkopf aus mir heraus. Mir war, als hätte jemand den Stecker gezogen.

»Sie können sich wieder anziehen, Frau Böhm.« Ich ließ mich vom Stuhl gleiten und ging wie in Trance in die Umkleide. Dass ich vergaß, den Vorhang zuzuziehen, fiel mir erst auf, als ich mit zitternden Händen die Schnürsenkel an meinen Sneakers zubinden wollte. Und dass die Schleifen mir nicht gelungen waren, merkte ich erst, als ich im Fahrstuhl nach unten fuhr – mit einem ganzen Packen Babybroschüren, einem hellblauen Mutterpass und jeder Menge Verhaltensregeln für die Schwangerschaft ausgestattet. Ich stopfte alles in meine Handtasche, trat auf die Straße und lehnte mich an die Hauswand. Das wäre der perfekte Moment für eine Zigarette, dachte ich. Aber erstens hatte ich keine dabei und zweitens durfte ich das jetzt sowieso nicht mehr.

»Eigentlich darf ich gar nichts«, sagte ich zu mir selbst. »Kein Rohmilchkäse, kein Alkohol, nichts, was Spaß macht.«

»Sie sind ja leichenblass! Haben Sie Probleme?« Ein älterer Herr mit Aktentasche und korrekt gebundener Krawatte blieb vor mir stehen.

»Wie man's nimmt«, antwortete ich. »Das weiß ich selbst noch nicht.« Warum redete ich mit dem? Ich kannte den Mann doch gar nicht! Ob es an seiner randlosen Brille lag, die seine Augen so groß erscheinen ließ? Oder an meinen Mutterhormonen? Wie ein willenloses Schaf ließ ich mich von ihm am Arm nehmen und zu einer Bank unter einem Baum führen. Dem Geruch nach war das der Stammbaum sämtlicher Hunde aus der Gegend. Ich nahm mir vor, gelegentlich mit Mops und Mudel hier vorbeizukommen, die beiden hätten sicher Spaß.

»Mein Name ist Hans«, sagte Hans.

»Tanja.« Wir reichten uns die Hände. Seine war angenehm kühl.

»Es gibt immer einen Weg.« Hans lächelte mich aufmunternd an, und dann sprudelte es nur so aus mir heraus. Dass ich eine glückliche Beziehung mit Arne hatte. Dass der aber weiterhin in seiner eigenen Wohnung lebte und ich in meiner WG mit Chris und Rolf. Und den beiden Hunden, natürlich. Dass Arnes Wohnung zwar genau gegenüber meiner lag, dass wir uns aber trotzdem nicht jeden Abend sahen, weil er weiterhin bei der Tierrettung arbeitete. Wo ich nur noch auf 400-Euro-Basis beschäftigt war, weil das Geld aus den Spenden einfach nicht für eine weitere Vollzeitkraft reichte. Dass ich neuerdings als Chefkellnerin (weil nämlich einzige) in Chris' und Rolfs Gaststätte ›Zum fröhlichen Laubenpieper‹ in der Schrebergartenkolonie angestellt war. Und dass ich sehr ungeplant und sehr überraschend sehr schwanger war.

Hans nickte an den richtigen Stellen. Schüttelte an anderen den Kopf. Legte mir die Hand auf die Schulter und reichte mir ein nagelneues Tempotuch, als nur noch

Rotz und Wasser kamen. Durch den Tränenschleier sah ich einen ziemlich angeschickerten Kerl, der den ganzen Gehweg brauchte und laut singend seines Weges wankte.

»Die Wege des Herrn sind unergründlich«, lächelte Hans.

»Na, der wird schon noch wissen, wo er hin muss«, entgegnete ich.

»Der Herr weiß immer, wo der richtige Weg ist.«

»Kennen Sie den?« Ich machte eine Kopfbewegung in Richtung des Betrunkenen, der sich mittlerweile an einem Baum festhielt.

»Der Herr ist in uns allen.«

»Bitte?«

»Aber natürlich. Auch in Ihnen!«

»Ich will aber nicht, dass der Kerl in mir…. Moment mal!« Mir dämmerte was.

»Das müssen Sie nicht wollen, Tanja, der Herr ist immer mit Ihnen.«

»Äh … also, da haben Sie wohl etwas falsch …«

Hans schien mir nicht zuzuhören. Er kramte in seiner Tasche, welcher der Geruch nach Mottenkugeln, altem Salamibrot und etwas Muffigem entströmte, von dem ich gar nicht wissen wollte, was es war. Dann hielt er mir strahlend eine verblichene Zeitschrift unter die Nase.

»Der Leuchtturm«, entzifferte ich.

»Sie sind jederzeit in unserer Gemeinde willkommen, wir treffen uns jeden Tag ab 16 Uhr.«

»Äh.« Ich nahm die Zeitung mit spitzen Fingern an mich. Hans nickte mir zu, erhob sich und zog seiner Wege. Der Betrunkene steuerte meine Bank an.

»Hassuma Feuer hassuma?«
»Äh ... ich darf nicht rauchen.«
»Iss doof das iss das.« Er ließ sich neben mich plumpsen und hüllte mich in einen Bierfahnennebel ein.
»Schenk ich Ihnen!«, rief ich, drückte ihm den ›Leuchtturm‹ in die Hand und machte, dass ich nach Hause kam.

Ich hatte kaum den Schlüssel ins Schloss gesteckt, da erklang hinter der Wohnungstür lautes Winseln, das sich zu einer wahren Heulsymphonie steigerte, als ich eintrat: Earl und Mudel sprangen mir jaulend und fiepend entgegen. Während Mudel sich immerhin ein klitzekleines Begrüßungsbellen abringen konnte, sah der Mops mich sehr, sehr vorwurfsvoll an.
»Ist ja schon gut, lasst mich doch erst mal reinkommen«, versuchte ich mich gegen die Hunde zu wehren. Vergeblich: Wenn Earl will, dann hat er Bärenkräfte. Und die nutzte er jetzt, indem er seine ganzen 18 Pfund gegen meine Beine warf. Dazu machte er diesen sabbernden Blick, der eindeutig hieß: »Ich hab Hunger!« Sein Sohn Mudel, unehelich in einem akrobatischen Akt mit einer Königspudeldame gezeugt, ging da etwas subtiler vor. Er schmiss sich vor mir auf den Rücken. Ich ging in die Knie, kraulte gleichzeitig Mudels Bauch und Earl hinter den Mopsohren. Dann stürmten wir zu dritt die Küche. Tatsächlich, die Näpfe waren leer. Dem Geruch nach hatte Mopsvater Rolf heute Morgen mal wieder frischen Pansen gekocht. Der ehemalige Mageninhalt einer Kuh brachte mich zum Würgen. Aber ich blieb tapfer und behielt meinen Mageninhalt bei mir. Ich war ja schließ-

lich nicht die englische Käte, die ihre Schwangerschaft mit einer Speiorgie begann!

Der gekochte Pansen stand in einer Plastikschale im Kühlschrank. Ich verteilte das labbrige Zeugs auf zwei Näpfe, während Mops und Mudel laut kläffend an meinen Beinen hochsprangen. Die beiden taten, als stünden sie kurz vor dem Hungertod. Was ich ihnen fast abnahm, denn es dauerte keine 40 Sekunden, bis die beiden Näpfe leer waren. Mudel schleckte seinen aus, Earl war sich dafür mal wieder zu fein. Er rülpste und machte es sich auf dem weichen Kissen unter dem Tisch bequem. Sekunden später schnarchte er.

»So gut möchte ich es auch mal haben!«

»Arne!«

»Die Tür stand offen.« Mein Tierarzt, noch in der orangefarbenen Uniform der Tierrettung, schlang seine Arme um mich. »Wieso bist du schon …«, wollte ich sagen, aber meine Frage ging in einem langen, langen Kuss unter. Den ich leider nicht wie sonst genießen konnte: In meinem Kopf überschlugen sich die Gedanken. Sollte ich ihm den Mutterpass unter die Nase halten? Oder ein Ratespiel machen? Sollte ich ihn aus der Wohnung und in eine Babyboutique locken? Oder seine Hand auf meinen Bauch legen, ganz ernst schauen und dann die Bombe platzen lassen?

Als Arne sich schließlich von mir löste, war ich kein bisschen schlauer. Dafür hatte ich weiche Knie und ein Kribbeln im Bauch, das definitiv nichts mit meinem noch sehr unförmigen Mitbewohner zu tun hatte.

»Ich habe großartige Neuigkeiten!« Arne strahlte.

»Ich auch.«

»Wie wär's mit einem Kaffee? Und dann erzähle ich dir alles«, schlug Arne vor. »Ich geh mich mal eben umziehen. Kommst du rüber?«

Ich nickte stumm. Noch ein kleines Küsschen auf die Wange, dann verschwand mein Schatz in seiner Wohnung.

»Okay Jungs, drückt mir die Pfoten«, sagte ich zu den Hunden, die mittlerweile beide unter dem Tisch lagen. Mudel befand sich offenbar im Verdauungskoma, denn er zuckte nicht mal mit den schwarzgelockten Ohren. Earl gab ein Geräusch von sich, das wie ein »Wmmmfff« klang. Mit zitternden Händen brachte ich meine Frisur einigermaßen in Ordnung, legte rosa Gloss auf und tupfte mir etwas von meinem Parfüm für ganz besondere Tage hinter die Ohren. Ein Geschenk von Chris, der es eigentlich für sich gekauft hatte, dann aber doch zu süß fand. Für einen Herrenduft roch das Teil im sündhaft teuren Flakon wirklich schwul.

Als ich bei Arne gegen die nur angelehnte Wohnungstür klopfte, die Handtasche mit dem Mutterpass fest unter den Arm geklemmt, wummerte mein Herz so stark wie ein Presslufthammer am Hauptbahnhof. Nur dass bei Tanja keine Züge im Anflug waren, sondern ein kleiner Mensch. Dessen großer Vater gerade mit zwei Bechern Latte macchiato aus der Küche kam.

»Holst du noch die Kekse?«, bat er mich.

»Gerne!« Das verschaffte mir noch ein paar Sekunden Aufschub. Arne hatte die Schokocookies (die ganz teuren aus dem Feinkostladen) auf einen Teller gekippt.

Seine Rettungsuniform lag über dem Stuhl. In der Spüle stapelten sich Teller und Töpfe. Dabei hatte er doch eine Spülmaschine! Ich atmete tief durch. Mein Blick fiel auf den übergroßen silbernen Kühlschrank. Mit einem Magnet hatte Arne ein Foto von uns an die Tür geheftet: er und ich in der Hollywoodschaukel im Schrebergarten. Er hatte seinen Arm um mich gelegt, ich grinste selig in die Kamera, während mein Schatz diesen besitzergreifenden Gesichtsausdruck aufgesetzt hatte. Ich liebte dieses Foto. Chris hatte es vor etwa drei Monaten gemacht. Ob ich da schon befruchtet war?

Als ich ins Wohnzimmer kam, flackte Arne auf dem Sofa. Er breitete die Arme aus. »Komm zu mir, schöne Frau!« Das ließ ich mir nicht zwei Mal sagen. Ich ließ die Handtasche von meiner Schulter gleiten, schnappte mir einen Cookie, der wie immer auf der Zunge verging und so schokoladig schmeckte, dass es eigentlich verboten gehörte. Dann kuschelte ich mich an Arne. Wäre ich eine Katze, hätte ich geschnurrt, als er mir mit den Fingern ins Haar fuhr und den Kopf kraulte.

»So, du hast also große Neuigkeiten?«, unterbrach ich schließlich die Stille.

»Du doch auch, oder?« Arne kraulte ein bisschen fester.

»Ja schon.«

»Dann schieß mal los«, forderte er mich auf.

Hätte ich ja gerne. Aber ... ich wusste noch immer nicht, wie.

»Du zuerst!«, rief ich deswegen. Arne stellte das Kopfkraulen ein.

»Du kennst doch Carola?«, fragte er.

»Ja, die ist doch in der Wilhelma?« Arne nickte. Jeder in der Stadt, der irgendetwas mit Federtieren zu tun hatte, kannte Carola. Sie war im Stuttgarter Zoo Abteilungsleiterin der Ornithologie. Eine ganz liebe, mit rabenschwarzem Haar und einer vom Schnupfen ständig roten Nase, die irgendwie an einen Vogelschnabel erinnerte. Ich hatte ein paar Mal mit ihr zu tun, wenn wir von der Tierrettung einen altersschwachen Schwan aus dem Stadtgarten oder eine verirrte Ente vom Feuersee in ihre Obhut gebracht hatten.

»Was ist mit der?«

»Sie ist schwanger.« Oh. Wäre das ein gutes Stichwort? Ich hätte in dem Moment sagen können: ›Ach, die auch?‹ und dabei kryptisch lächeln. Stattdessen sagte ich – nichts.

»Und das ist mein Glück, sozusagen.« Arne strahlte.

»Weil du nicht der Vater bist?«, scherzte ich. Und hätte sagen können: ›Nicht von diesem Baby. Von meinem schon.‹ Aber ich sagte – nichts.

Arne lachte. »Ja, auch, Quatsch, nein, sie hat ein Forschungsprojekt. Und da kann sie mit dickem Bauch natürlich nicht hin.«

»Wie hin? Wo … was?« Mir wurde ein bisschen flau, als Arne diesen verzückt-entrückten Blick bekam. Ich kannte ihn lange genug, um zu wissen, dass jetzt etwas sehr, sehr Wichtiges kam. Für ihn Wichtiges. Und das kam auch: neben Tieren mit Federn waren Fledermäuse aller Arten Carolas Spezialgebiet. Und auch mein Liebster war von diesen Viechern angetan. Ein internationales Projekt, finanziert mit Geldern aus EU-Töpfen, wollte nun der Frage nachgehen, wie sich Bulldoggfledermäuse so verhalten. Paarung, Nahrung – eben alles, was diese mopsartigen Flugtiere mit der zerdatschten Schnauze so machen. In ihrer natürlichen Umgebung. In Bolivien. Im hintersten Bergland.

»Sie hat mich vorgeschlagen, um ihren Platz anzutreten.« Arne strahlte wie ein Honigkuchenpferd.

»Ah«, machte ich.

»Sechs Monate! Stell dir vor, endlich mal wieder Forschung betreiben! Und ich könnte die Ergebnisse verwerten, um meinen Doktor zu machen. Habe schon mit Professor Kinkelin in Hamburg telefoniert, er wäre gern mein Doktorvater.« Arne überschlug sich beinahe. Ich hätte sagen können: ›Du wirst auch Vater, Herr Doktor.‹ Aber ich sagte – nichts.

»Das ... äh ... klingt toll.« Okay, das war lahm, und wahrscheinlich wenig überzeugend. Aber mein Schatz war dermaßen in Fahrt, dass ihm das gar nicht aufzufallen schien. Im Schnelldurchgang reiste er mit mir an den hinterletzten Zipfel der Welt und galoppierte durch den Urwald, in ein Camp aus Zelten, in dem tagsüber geschlafen wird, um nachts mit Infrarotkameras den Fledermäusen aufzulauern.

»Toll«, sagte ich und überlegte fieberhaft, wie in dieses Szenario mein himmelblauer Mutterpass passen könnte. Gar nicht, musste ich mir eingestehen.

»Und wann soll das losgehen?«, fragte ich schließlich, als Arne Luft holte.

»In zwei Wochen schon. Ist das nicht fantastisch?« Er sah mich so flehend und begeistert an, dass ich gar nicht anders konnte, als zu nicken. Obwohl mir danach war, ihm an den Kragen zu gehen und zu schreien. Schließlich sollte er keine schwangeren Fledermäuse begutachten, sondern bei mir und seinem ungeborenen Kind sein!

»Schau doch nicht so traurig!« Arne nahm mich in den Arm und es kostete mich sehr, sehr viel Mühe, nicht loszuheulen. »Das ist nur ein mickriges halbes Jahr. Und ich kann dir ja Mails schreiben. Manchmal. Also ... naja, der Empfang ist da ... also ... eher schlecht.«

Jetzt heulte ich doch.

»Weinst du?« Arnes Atem brannte heiß auf meiner Wange.

»Nein«, schniefte ich, riss mich los und sprang auf. Ich wollte nur noch weg hier, flitzte um den Tisch, sah schon die rettende Tür. Mein Fuß verhedderte sich in etwas, ich stolperte, knallte mit den Knien auf den Boden und riss meine Handtasche um. Der Reißverschluss war nicht zu und mein Geldbeutel, das Lipgloss, der Hausschlüssel und der Mutterpass kullerten auf den Boden. Vor Schreck vergaß ich, dass meine Knie schmerzen mussten. Hektisch begann ich, die Sachen einzusammeln. Nicht auszudenken, wenn der werdende Vater auf diese Art von seinem Glück erführe! Oder war es gar kein Glück für ihn? Wäre eine schwangere Freundin, wäre ein ungeplantes Kind die Bremse, die ihn daran hinderten, seinen Traum zu leben? In Sekundenbruchteilen spielte sich eine mögliche Version meines zukünftigen Lebens vor meinem inneren Auge ab. Arne, der jeden Abend um kurz nach fünf nach Hause kommt. Der lustlos mit seinem Kind Monopoly spielt. Dem ich nichts erzählen kann, weil ich als Hausfrau nichts erlebt habe. Der nicht mehr mit mir schläft, weil ich langweilig bin und weil er jeden Abend von Bolivien träumt, das er nie gesehen hat.

»Nein!«, schrie ich und raffte alles zusammen. Es war mir egal, dass das hellblaue Heftchen einen Knick bekam, als ich es in die Tasche stopfte.

»Tanja, ist alles in Ordnung?« Arne kam zu mir. Ich machte die Tasche zu und schob sie unter den Couchtisch. Er nahm mein Gesicht zwischen seine Hände und sah mir lange in die Augen. ›Bitte sag nicht Nein, lass mich gehen‹, meinte ich dort zu lesen.

»Alles okay«, sagte ich mit zitternder Stimme. »Es ist nur ... du fehlst mir jetzt schon.« Und das war nicht gelogen. Der Gedanke, sechs lange Monate von Arne getrennt zu sein, fühlte sich an wie ein Stacheldraht um meine Brust.

»Du mir auch, Tanja.« Arne wischte mit dem Daumen die Tränen von meiner Wange. Und dann küsste er mich. So lange und so zärtlich, wie schon lange nicht mehr.

»Sind wirklich schon zwei Wochen rum?«, frage ich mich, während ich den Reisenden dabei zusehe, wie sie Koffer und Taschen zum Check-In schleppen. Mir kommt es vor, als hätte Arne mir erst gestern gesagt, dass er an den Popo der Welt reist. Naja, erst mal geht es nur bis Frankfurt, dort wird er den Rest der Crew treffen. Zwei Doktoranden aus Hamburg und eine Ornithologin aus Zürich.

»Die ist gut zu Vögeln«, hatte Chris geschäkert, als ich meinen Mitbewohnern neulich ein Update in Sachen

Reisevorbereitungen gab. Ich fand das überhaupt nicht witzig. Meine Humorgrenze ist zurzeit sowieso sehr, sehr niedrig. Ich bin eh schon nah am Wasser gebaut, aber seit ich weiß, dass Arne weg ist und ich in spätestens sechs Monaten Mutter bin, könnte ich die ganze Zeit heulen. Ich habe keine Ahnung, ob es vom Liebeskummer kommt oder von den Hormonen. Earl jedenfalls schläft seit jenem Tag vor zwei Wochen immer in meinem Bett, obwohl ich nie darin liege. Keine zehn Pferde würden mich von Arne wegbringen, ich will jede Minute mit meinem Schatz auskosten! Und meine Jungs schieben meine Laune auf den Abschiedsschmerz. Was ich sehr gut finde, so muss ich ihnen nicht beichten, dass wir bald noch einen Mitbewohner bekommen werden. Ich habe nämlich schlicht keine Ahnung, wie Rolf und Chris zu Babys stehen. Sie sind zwar verheiratet, aber anders als so manches schwule Pärchen aus ihrem Freundeskreis haben sie noch nie über eine Adoption à la Elton John gesprochen. Wozu auch, sie haben Mops und Mudel. Die Hunde sind quirliger als ein kompletter Kindergarten.

»So, da bin ich wieder.« Arne legt mir den Arm um die Schulter und ich wünschte, ich könnte die Zeit vordrehen: Dann wird er wieder sagen: »So, da bin ich wieder!« Aber dann bleibt er. Kann ich aber nicht. Ich schlucke gegen den Kloß in meinem Hals an und versuche ein Lächeln. Ich will, dass er mich als starke Frau in Erinnerung hat, die ihm seinen Erfolg und sein Abenteuer gönnt, wenn er durch den Dschungel robbt. Und ich will, dass diese Paola aus Zürich 120 Kilo wiegt, Zahnlücken hat und Mundgeruch. Damit mein Atem frisch ist, zerbeiße ich schnell das Minzbonbon und hake mich bei Arne unter. Es kostet mich mehr Kraft, als eine Waschmaschine in unsere Wohnung im dritten Stock hochzuschleppen, dennoch gelingt mir ein Lächeln.

»Die Jungs sind oben«, teile ich Arne mit und nicke mit dem Kopf in Richtung Rolltreppe. »Magst du noch mal was Ordentliches essen, bevor du nur noch gebratenes Meerschweinchen kriegst?«

»Ein Hamsterburger wäre jetzt genau das richtige«, lacht Arne und zieht mich mit sich. Ausnahmsweise ist vor der Theke im McDonald's keine Schlange. Und ausnahmsweise haben Rolf und Chris einen der Tische am Fenster erwischt, von denen aus man einen Blick über die Start- und Landebahn hat. Würde Arne nicht gleich aus meinem Leben verschwinden, könnte ich das glatt als meinen Glückstag bezeichnen. Ich liebe es, den Flugzeugen beim Starten zuzuschauen, wie sie langsam und behäbig abheben, aus dem Blickfeld verschwinden. Aber ich hasse es, wenn jemand, den ich liebe, in einem dieser Flieger sitzt.

Arne ordert einen Big Mac mit großer Cola und Pommes. Ich kann mich nicht zwischen Fisch und Huhn entscheiden und bestelle einfach beides. Plus Zwiebelringe. Plus Nuggets. Plus einem kleinen Salat (ein paar Vitamine sollte ich in meinem Zustand schon essen, auch wenn ich keinen Appetit drauf habe). Plus einen Donut mit Schokoladenüberzug.

»Hast du einen Bandwurm?«, scherzt Arne, als ich mein übervolles Tablett durch das Restaurant balanciere.

»Frustessen«, knurre ich. Arne seufzt und ich beiße mir auf die Zunge. Am liebsten würde ich mich an sein Hosenbein hängen und ihn nicht fortlassen, aber ich reiße mich zusammen. Nach harten zwei Wochen will ich nicht auf den letzten Metern hysterisch werden.

Earl sitzt auf Rolfs Schoß und kläfft begeistert, als er uns sieht. Der Mops liebt Pommes, mit Ketchup, klar. Wenn wir die aus dem Kiosk bei uns zu Hause um die Ecke holen, kann es vorkommen, dass er sogar die Pappschale mitfrisst. Ich habe dann ein schlechtes Gewissen, aber Arne, der es als Tierarzt ja wissen muss, sieht das nicht so eng: »So lange ihr das Salz abmacht und er das nur alle Jubeljahre mal bekommt – das sind doch alles hochwertige Lebensmittel!« Mudel ist in der Beziehung mehr Hund als sein Vater. Ihm kann man nur mit knackiger Wurst oder eben der Bulette aus dem Hamburger kommen. Chris setzt Mudel von seinem Schoß auf den Boden und tröstet ihn mit einem Happen Hackfleisch.

»Jetzt geht's also los«, sinniert Rolf und beißt in das bisschen Chickenburger, was er noch übrig hat. Der Mops schmatzt und reckt den Hals. »Reicht jetzt, Dicker.« Rolf setzt den sichtlich enttäuschten Earl zu Mudel unter den Tisch. Der Mops fiept und schnaubt, wobei er mich mit der Schnauze gegen das Schienbein stupst. Ich fummele ein bisschen Hühnchen aus einem Nugget und lasse es unter den Tisch fallen, als Rolf einem Bus nachsieht, der draußen über den Asphalt brettert.

»Das hab ich gesehen!« Chris wedelt mit dem Zeigefinger.

»Petze«, scherze ich zurück und beiße in meinen Fischburger. Die Mayo trieft an den Seiten heraus und hinterlässt einen tröstenden Geschmack im Mund. Eine Weile essen wir stumm, wobei meine Jungs angestrengt auf die Landebahn starren. Das ist wohl ihre Art, uns ein letztes bisschen Zweisamkeit zu schenken. Arne fixiert mich während des ganzen Essens, was es nicht gerade leichter macht, die Pommes anständig zu essen. Von den Burgern ganz zu schweigen, wie immer trieft das Ketchup an meinem Kinn herunter. Arne lächelt und wischt es mir mit dem Finger ab, den er sich dann in den Mund steckt. Mir wird sehr, sehr heiß.

Schließlich knüllt unser Weltreisender seine Serviette zusammen und lehnt sich zurück. »Pappsatt«, gibt er bekannt.

»Genieß es, solche kulinarischen Köstlichkeiten wirst du lange nicht bekommen«, empfiehlt Rolf. Seit er und Chris den ›Fröhlichen Laubenpieper‹ gepachtet haben, hat er geschätzte 250 Kochbücher gelesen. Und nachgekocht. Allerdings schaffen es die wenigsten Gerichte, die er in unserer WG-Küche brutzelt, auf die Karte im Lokal: Was Chris nicht schmeckt, wird niemandem sonst serviert. »Und der Mann hat Geschmack«, wie Rolf mehrfach betont hat, »schließlich hat er ja mich geheiratet!«

»Ich ahne, dass ich in die kulinarische Diaspora fliege«, brummt Arne.

»Keine Brezeln, keine Maultaschen, keine Linsen«, zählt Chris auf. »Außerdem kein Stuttgarter Hofbräu, kein Trollinger, keine Spätzle ...«

»Hör auf!« Arne boxt Chris gegen den Arm. »Sonst überleg ich mir das noch und bleibe da!«

»Nicht auszudenken, wo wir uns so darauf gefreut haben, Tanja für uns zu haben.« Rolf zieht eine Schnute und grinst dann. Tanja würde am liebsten sagen ›Ja, bleib bei mir!‹ Aber sie tut es nicht. Ich habe mir fest vorgenommen, sehr, sehr erwachsen zu sein. Schließlich geht es hier nur um sechs Monate, was ist das schon im Vergleich zum Rest meines Lebens, den ich mit meinem Lieblingstierarzt verbringen will? Okay, ich bin ein bisschen schwanger, aber den Gedanken an das Baby habe ich die vergangenen 14 Tage erfolgreich verdrängt, da werde ich nicht ausgerechnet jetzt mit der Nachricht rausplatzen.

»Genau, wir passen auf Tanja auf«, stimmt Chris seinem Mann zu. Earl bellt leise unter dem Tisch, als wolle auch er zustimmen. Nur von Mudel ist nichts zu hören, wahrscheinlich macht er ein Verdauungsschläfchen.

»Siehst du, ich habe zwei Männer, die sich um mich kümmern«, versuche ich zu scherzen. Der Mops bellt lauter. »Sorry, vier sogar!«

Arne lacht. »Dann kann ja nichts schiefgehen.«

»Eben«, sagen meine Jungs unisono und nicken so heftig, dass sich eine von Chris' Locken, um die ich ihn aufrichtig beneide, löst und ihm in die Stirn fällt. Arne schielt auf seine Uhr.

»Also, so langsam …«

»Hast du das Visum?« Rolf ist wie immer derjenige, der an das Praktische denkt. »Deinen Pass? Das Ticket?«

»Was mache ich nur ohne dich!« Arne versucht ein Lächeln, aber es misslingt ihm. Hektisch kramt er in seiner Jackentasche. »Pass, Visum. Und Ticket. Alles da.«

»Ja dann …«, sagt Chris gedehnt und wischt sich über die Augen.

»Wehe du heulst«, fährt Rolf ihn an.

»Wieso?« Chris schnieft eingeschnappt.

»Weil ich dann auch anfange und ich will nicht heulen«, murrt Rolf. Dann springt er auf, nickt Chris zu und zerrt an Earls Leine. Der Mops grunzt unwillig, als Rolf ihn unter dem Tisch vorzieht. Mudel springt begeistert um die Stühle.

»Nein, kein Gassi«, gibt Rolf bekannt. Arne steht auf und die drei umarmen sich. Klopfen sich auf die Schultern. Sagen was von ›Halt die Ohren steif‹ und ›Bis dann, Alter‹. Was Männer eben so sagen, wenn sie kurz vor dem Heulen sind. Ich knispele an meiner Serviette, während Arne sich zu den Hunden runterbeugt und beide einmal kräftig durchknuddelt. Ein letztes Winken meiner Jungs, ein ›Tanja, wir warten beim Auto‹ – dann sind Arne und ich allein. So allein, wie man eben in einem Schnellrestaurant am Flughafen sein kann. Allerdings fühle ich mich wie der einsamste Mensch auf diesem ganzen Planeten. Ich schlucke gegen die Tränen an. Arne lässt sich auf den Plastikstuhl neben mich gleiten und legt mir den Arm um die Schulter. Eine Weile starren wir schweigend durch das übergroße Fenster. Obwohl es nicht regnet, sehe ich die Startbahn wie durch einen Schleier.

»Wo die wohl hinfliegen?«, frage ich leise, als ein bunt bemalter Jet schwerfällig wie eine Hummel abhebt.

»Sieht nach Ferienflieger aus«, antwortet Arne mit belegter Stimme. Ich drehe mich zu ihm und – sehe die Tränen in seinen Augen.

»Nicht«, flüstere ich und halte sein Gesicht mit beiden Händen fest. Er schließt die Augen und eine einzelne Träne kullert über seine Wangen. Ich wische sie mit dem Daumen weg.

»Ich weine nicht«, brummt mein Schatz, schluckt einmal trocken und lächelt schief.

»Natürlich nicht«, krächze ich und heule leise in mich hinein. »Natürlich nicht …« Arne beugt sich zu mir und gibt mir einen langen, salzigen Kuss. Von mir aus könnte der ewig dauern.

»Sind Sie fertig?«, reißt mich eine Stimme aus meinen Gedanken. Arne und ich fahren auseinander. Vor unserem Tisch steht ein Mann, der eher breit als lang ist, und balanciert ein Tablett vor sich, auf dem sich Burger und Pommes für eine ganze Großfamilie stapeln.

»Ja«, murrt Arne, schnappt sich seine Tasche und zieht mich hoch.

»Nein!«, rufe ich.

»Sauerei!«, knurrt der Typ, als wir ohne die Tabletts ordnungsgemäß aufzuräumen davonstürmen. Ich habe gar keine Zeit für ein schlechtes Gewissen, und sowieso fühlt sich alles gerade so endgültig an. Nach mir die Sintflut, oder so. Als wir zum Aufzug kommen, gleiten eben die Türen auseinander und ein Pärchen fährt auseinander. Er ist groß und schlaksig und sie sehr, sehr schwanger.

Sie grinsen debil und ihr Lippenstift hat seinen Mund kirschrot gefärbt.

›Das hab ich auch‹, könnte ich jetzt zu Arne sagen und auf den prallen Babybauch zeigen. Ein Last-Minute-Geständnis sozusagen. Vielleicht würde er dann seinen Flug canceln und bei mir bleiben? Aber ich zeige nicht und ich sage nichts, sondern folge meinem liebsten aller Tierärzte in den Lift. Als die Türen sich schließen, zieht Arne mich an sich und drückt mich so fest, dass mir fast die Luft wegbleibt. Während der Aufzug den mickrigen einen Stock nach unten in die Abflughalle fährt, sauge ich Arnes Geruch in mich ein. Herb. Ein bisschen süß. Sexy. Arne eben. Der Lift kommt viel zu schnell unten an. Arne nimmt meine Hand und ich folge ihm wie ein Lamm, das zur Schlachtbank geführt wird. Meine Knie zittern und ich unterdrücke den Impuls zu schreien. Viel, viel zu schnell sind wir die zehn Meter bis zur Sicherheitskontrolle gelaufen. Vor den Röntgenapparaten ist ausnahmsweise keine Schlange.

»Also dann ...« Arne schaut mir tief in die Augen. Ich halte die Luft an, um nicht loszuheulen.

»Ja, dann ...«, presse ich hervor.

»Pass auf dich auf, Prinzessin. Und denk daran, dass ich dich liebe.«

»Ich ... du ... pass ... auf dich auf«, stammele ich. Ein letzter Kuss, ein kurzes Winken. Dann passiert Arne die Sicherheitskontrolle. Durch den Tränenschleier sehe ich ihn, wie er auf der Anzeigetafel nach seinem Gate schaut. Sich noch einmal umdreht, mir einen Luftkuss zuwirft. Ich winke wie ferngesteuert. Und dann ... ist er weg.

Weg.
Lange.
Sechs verdammte Monate.

Um mich herum wuseln Reisende, ziehen Koffer hinter sich her, plaudern fröhlich. Alles ist viel zu bunt, zu laut. Mein Magen krampft sich zusammen und ich mache auf der Hacke kehrt. Ich will jetzt nur noch zu meinen Jungs, mich von Rolf und Chris in den Arm nehmen lassen und mit Earl und Model auf dem Sofa kuscheln. Vor der Drehtür ist ein Stau, weil ein Herr mit Turban und übervollem Gepäckwagen die Lichtschranke blockiert. Ich sause um die Warteschlange herum, reiße die normale Tür auf. Irgendetwas in meinem Inneren fährt Achterbahn. Mir tritt der kalte Schweiß auf die Stirn, ich schnappe nach Luft.

»Tanja, was ist los?«, höre ich wie durch Watte Chris' Stimme. Von weit, weit weg kommt ein Mopswinseln bei mir an.

»Hab ich doch gesagt, wir warten besser hier und nicht am Auto«, höre ich Rolf sagen. Jemand packt mich am Arm, just in dem Augenblick, als meine Kniescheiben sich in Götterspeise verwandeln. Und dann bricht es aus mir heraus. Schwallartig. Einmal. Zweimal.

Und dann ist der Spuk vorbei.

Ich kann wieder klar sehen. Was ich sehe, will ich aber gar nicht sehen: Rolf, der mich stützt, Chris, der die Hunde an den Leinen hält und ein Paar hellbraune Wildlederstiefel, direkt vor meiner Nase. Ich richte mich auf und folge den Stiefeln über eine hautenge Jeans, an deren Taschen Glassteinchen blitzen, über einen schwarzledernen Gürtel, ein rosa Top und in das Gesicht einer überschminkten mittelalten Dame mit viel zu blondem Haar und viel zu vielen Ketten um den Hals.

»Hoooorst!«, quiekt die Lady und zeigt mit einem viel zu langen, pink lackierten Fingernagel auf mich. »Hoooorst!«

»Ich … äh … oh mein Gott«, stammele ich und wünsche mir ein großes Loch, das mich auf der Stelle verschlingt.

»Wat iss?«, ertönt eine bassige Stimme, die offensichtlich zu Horst gehört. Der hat einen Brustkasten wie ein Bauernschrank, geschmückt mit einer schweren Panzerkette über dem rosa Polohemd. Unter seine Baseballkappe mit der Aufschrift ›Malle forever‹ kneift er seine Schweinsaugen zusammen. Ich kneife meine zu.

»Ey sag mal, Alter, hat deine Tussi grade meiner Schnecke uff de Stiefel jekotzt?«, brüllt Horst los. Earl knurrt leise und nimmt Kampfstellung an.

»Immer mit der Ruhe«, antwortet Rolf. Und zwar erstaunlich ruhig. Ich krame ein Taschentuch aus meiner Hosentasche und wische mir über den Mund.

»Ey, weißte watt die Schuhe jekostet ham?«, blökt Horst weiter. Seine Schnecke sagt in Dauerschleife »Iiiiih!« und »Mach das weg!« Die Hunde ziehen Chris einen Schritt weiter zu uns, und aus den Augenwinkeln sehe ich, dass der Inder mittlerweile seinen Kofferwagen aus der Klemme gezogen hat. Durch die Drehtür schwappen jede Menge Schaulustige hinaus auf den Gehsteig, an dem entlang die Taxen auf Fahrgäste warten.

»Das war keine Absicht«, sage ich kleinlaut.

»Ey hömma, das zahlste!«, knurrt Horst. Mudel knurrt zurück.

»Wollen Sie nicht erst einmal Ihrer ... äh, Frau helfen?«, schlägt Rolf vor.

»Ja, mach doch was, Hooorst!«, quiekt Schnecke.

»Wat soll icke denn machen? Glaubste, ick putz das weg?« Horst verschränkt die Arme vor seiner enormen Brust.

»Tanja, geht's?« Rolf sieht mich besorgt an. Ich nicke und lasse mich von ihm zu einem Betonpfeiler führen, gegen den ich mich mit immer noch zitternden Knien lehne. Dann beobachte ich, wie Rolf die Schnecke unter den Armen fasst, während diese sich die Stiefel von den Füßen schüttelt. Es dauert eine ganze Weile, während der die Schaulustigen grinsend das Spektakel beobachten und Horst unverständliches Zeug in seinen nicht vorhandenen Bart brummt. Irgendwann flitschen beide Schuhe von ihren Füßen, und während ich gebannt auf das Loch im rechten blauen Socken starre, schultert Horst seine Holde. Die kreischt jetzt nicht mehr. Dafür zetert sie: »Das sind Designerschuhe! Zwohundertfuffzich Euro!«

»Von wegen«, mischt sich jetzt Chris ein und zeigt auf die Unterseite der Stiefel. »Deichmann, 19,90!«

»Hooorst!«, quietscht Schneckchen. Der Inder lächelt milde. Horst brummt.

»Da, guter Mann, 50 € und wir vergessen das Ganze«, kommt Rolf ihm zuvor. Horst reißt den Fuffi an sich und grinst dabei.

»Da, geht doch!«

»Ich will gehen«, flüstere ich Chris zu. Der hakt mich unter, während Rolf mit dem Reinigungstrupp spricht, der aus dem Nichts aufgetaucht ist. Der Mops sieht mich von schräg unten an und ich könnte wetten, dass er weiß, was los ist.

»Was war denn los?«, erkundigt sich Rolf, als ich eine knappe Stunde später, versorgt mit Kamillentee, Zwieback und einer warmen Decke, auf dem Sofa in unserer WG liege. Die Jungs sitzen in den beiden Sesseln, jeder mit einem Hund auf dem Schoß. Während Mudel bei Chris herumzappelt und ihm immer wieder das Gesicht ablecken will, liegt Earl auf dem Rücken und lässt sich den Mopsbauch streicheln.

»Keine Ahnung, wahrscheinlich die Pommes«, sage ich kleinlaut. Ich schäme mich noch immer und versuche nicht daran zu denken, was passiert ist.

»Oder dir ist der Abschied auf den Magen geschlagen«, meint Chris mitfühlend. »Es ist ja auch zum Kotzen, wenn er sechs Monate weg ist.«

»Chris, bitte.« Rolf verdreht die Augen.

»Ist doch so!«, verteidigt Chris sich. Ich muss grinsen.

»Stimmt«, sage ich und fühle mich schon ein kleines bisschen besser. »Aber irgendwie ... das kann auch was anderes sein«, füge ich vorsichtig hinzu.

»Magen-Darm? Na, dann hoffe ich, du hast Horst und seine Schnecke eine Menge Viren mitgegeben, damit die auf Malle so richtig Spaß auf der Schüssel haben.« Chris schubst Mudel von seinem Schoß.

»Das ist kein Noro«, sagt Rolf kopfschüttelnd. »Sonst wäre Tanja nicht so lange dicht geblieben seit vorhin.«

»Nein, das ist kein Noro.« Ich setze mich auf, trinke einen großen Schluck Kamillentee, um den Kloß in meinem Hals zu vertreiben und sehe erst Rolf, dann Chris eindringlich an. Die beiden wechseln einen Blick. Chris wird blass um die Nase und schlägt sich die Hand vor den Mund.

»Oh mein Gott, Tanja ... du bist ... bist du ... krank? Ich meine ... hast du ... Krebs?«

»Chris!« Rolf kommt zu mir aufs Sofa, was Earl mit einem muffeligen Grunzen quittiert, ehe er sich zu seinem Sohn ins übergroße Körbchen in der Ecke verzieht. »Was ist los, Prinzessin?« Er sieht sehr besorgt aus.

»Ja was denn?«, verteidigt sich sein Mann. »Schau sie doch mal an, wie bleich sie ist und abgenommen hat sie auch und sie isst nichts und ...« Chris' Lippen zittern und er sieht aus, als würde er gleich anfangen zu heulen.

»Keine Sorge, mit mir ist alles in Ordnung«, sage ich schnell. »Ihr müsst euch keine neue Mitbewohnerin suchen!« Chris atmet hörbar aus und Rolf legt mir den Arm um die Schulter.

»Tanja, dir liegt doch was auf dem Herzen?«

»Naja, bisschen tiefer«, sage ich kryptisch.

»Also doch der Magen!«, platzt Chris raus.

»Noch tiefer«, sage ich so leise, dass nur Rolf mich verstehen kann. Und er versteht auf Anhieb: Er reißt den Mund auf und die Augen. Klappt den Mund wieder zu. Macht noch größere Augen. Und starrt mich mit einem Blick an, den ich von ihm sonst nur kenne, wenn ein Gast im ›Fröhlichen Laubenpieper‹ zehn Sonderwünsche äußert.

»Niere? Leber? Darm? Jetzt sag schon«, unterbricht Chris die Stille.

»Gebärmutter«, sagt Rolf tonlos.

»Wie? Hast du da solche Myome, also solche Gewächse drin?« Ich muss grinsen.

»Schon irgendwie ein Gewächs«, sage ich kleinlaut.

»Ja, kann man das nicht operieren?« Chris steht nun ebenfalls auf und setzt sich auf meine andere Seite. Wir sitzen oft so da, abends, und gucken dämliche US-Serien oder Reportagen auf n-tv. Dann allerdings fühle ich mich beachtlich wohler.

»Das kommt schon irgendwann von alleine raus«, brummt Rolf und verschränkt die Arme. Ich nicke.

»Ja wie? Verstehe ich nicht.« Chris kratzt sich am Kopf und ich muss mal wieder neidlos anerkennen, dass jede Frau neidisch auf sein perfektes Blond und die dichten schulterlangen Haare ist. Ich bin es jedenfalls, zumal seit ein paar Wochen das, was auf meinem Haupt wächst, eher an braun gewordenes Stroh denn an Haare erinnert. Trotz sündhaft teurer Haarkuren.

»Sie. Ist. Schwanger.« Rolf schnaubt.

»Wie ... du ... ein Baby? Oh Tanja, wie süß!« Chris nimmt mich in den Arm und knutscht mich rechts und links auf die Wangen. Dabei drückt er mich so fest an sich, dass mir beinahe die Luft wegbleibt.

»Was sagt Arne dazu?«, unterbricht Rolf Chris' Freudentaumel.

»Nichts«, muss ich gestehen. »Er weiß es nicht.«

»Wie bitte?«

»Ich wollte es ihm dauernd sagen, aber dann kam der Forschungsauftrag und ich wollte doch nicht, dass er diese Chance wegen mir sausen lässt. Und selbst wenn er trotzdem gefahren wäre, sechs Monate sind eine verdammt lange Zeit und ich will, dass er zu mir zurückkommt, weil ich Tanja bin und nicht zufällig die Mutter seines Kindes«, bricht es aus mir raus.

»Okay. Ooookay.« Rolf legt mir die Hand auf die Schulter. »Das finde ich zwar nicht in Ordnung, aber ... Okay. Kann man ja nun nichts machen.«

Ich nicke dankbar.

»Oh Tanja, wann ist es denn so weit? Junge oder Mädchen? Prinzessin, komm, ich mach dir eine Suppe oder möchtest du Gurken oder ...«

»Chris! Lass sie!«

»Ich ... ach ... schon gut ...«, wimmere ich. Aber nichts ist wirklich gut. Und doch irgendwie alles. Irgendwie ist meine Hose um den Bauch rum urplötzlich zu eng, meine Brüste spannen und dann kann ich nicht mehr. Die Tränen kullern mir wie ein Wasserfall aus den Augen und ich werfe mich erst Rolf und dann Chris an die Brust und rotze ihre Hemden voll. Die beiden sagen nichts. Müssen sie auch nicht. Chris strahlt wie ein Honigkuchenpferd. Rolf runzelt die Stirn. Irgendwann habe ich mich leer geweint und lasse mich in die Decke einwickeln. Mir fallen sofort die Augen zu und das Letzte, was ich wahrnehme, ist der Mops, der auf die Couch klettert und sich an meinen Bauch schmiegt.

MINUS FÜNF

Irgendwie muss ich irgendwann in mein Bett gegangen sein, denn als ich aufwache, liege ich unter dem runden Buntglasfenster aus Tiffanyglas. Die gläserne Frau mit dem Stirnband, das eine lange Feder ziert, hatte es mir schon beim ersten Betreten der damals noch leeren Wohnung angetan und ich liebe dieses kleine Fenster bis heute. Am Morgen, wenn sich die Sonne durch die letzten Nachtfetzen frisst und endlich in der Olgastraße ankommt, leuchtet sie in blau und rot. Und am Abend, wenn ich nach Hause komme und jemand schon Licht gemacht hat in der Wohnung, sieht die Scheibe ein bisschen aus wie ein Kirchenfenster.

»Was für ein Kitsch«, sage ich zu mir selbst. Kann es sein, dass so ein paar Schwangerschaftshormone das Schnulzen-Gen in mir wecken? So kenne ich mich selbst nicht. Am liebsten würde ich mir die Decke wieder über den Kopf ziehen, aber der Tag ruft. In der Küche höre ich Chris und Rolf miteinander sprechen. Ich muss gar nichts verstehen, ich ahne auch so, worum es geht. Um mich und meinen Bauch. Chris' Stimme klingt hell, aufgekratzt. Rolf ist bassig, bedächtig und besorgt. Ich kann es ihm nicht verdenken, so ganz wohl ist mir auch nicht, und das liegt nicht daran, dass ich Hunger habe wie ein Stier. Nein: Ich könnte einen ganzen Stier fressen! Ich schwinge die Beine aus dem Bett und trete beinahe auf Mudel, der rücklings auf dem Teppich schläft. Die Zunge hängt ihm seitlich raus und er streckt seinen Bauch in die

Landschaft. Er zuckt nicht einmal, als ich über ihn drübersteige. Sein Vater Earl ist da schon wacher. Nachdem ich auf dem Klo war – das Chris kurz nach unserem Einzug als ›Tanjas Prinzessinnenbad‹ erklärt und entsprechend dekoriert hatte, weil die einzige Dusche der Wohnung in der Ecke der Küche steht, Altbau eben – saust der Mops unter dem Küchentisch herum und sucht nach Krümeln. Der Blick, den meine Jungs wechseln, als ich hereinkomme, entgeht mir nicht.

»Oh, guten Morgen, Prinzessin!« Chris strahlt mich an und springt auf. »Setz dich, willst du frischen Saft? Milch, Müsli?«

Rolf verdreht die Augen und beißt kraftvoll von seinem Marmeladentoast ab. »Sie ist schwanger. Nicht krank«, nuschelt er mit vollem Mund.

»Guten Morgen«, sage ich und beschließe, seine Bemerkung zu ignorieren. Kaum habe ich mich gesetzt, flitzt Chris zur Anrichte und kramt nach einem Messer.

»Orangensaft? Ja?«, fragt er.

»Nein, mach keinen Aufwasch«, bremse ich ihn. »Milchkaffee. Und Toast. Viel Toast!« Mein Magen knurrt.

»Ist Kaffee denn gut für das Baby?«

»Chris!« Rolf verdreht die Augen.

»Keine Ahnung«, gebe ich zu. »Die Milch im Kaffee aber sicher.« Chris scheint beruhigt und stellt mir wenig später die größte Tasse aus unserer gemeinsamen Küche vor die Nase. Unter Rolfs bohrendem Blick trinke ich die ersten Schlucke und nage an meinem Toast, den Chris mit Mangogelee bestrichen hat. Earl stupst mich unter dem Tisch mit der Schnauze an. Ich hebe ihn auf meinen Schoß und lasse ihn die ungesüßte Marmelade vom Brot schlabbern. Ich habe mit einem Mal keinen Hunger mehr, denn es stehen vier Stühle am Tisch. Auf einem saß gestern Morgen noch Arne. Mein Herz krampft sich zusammen. Da hilft es auch nichts, dass Earl nach dem Toast meine Finger ableckt und mich aus seinen schwarzglänzenden Knopfaugen anschmachtet.

»Ob er einen Fensterplatz hat?«, frage ich leise. »Und wo ist er wohl gerade?« Eigentlich will ich auch wissen, ob er neben Paola sitzt und wie diese Ornithologin aussieht.

»Es geht ihm bestimmt gut«, sagt Chris mit Nachdruck und fummelt in der Tasche seines dunkelroten Seidenbademantels. Sein ganzer Stolz: Er hat ihn aus dem Fundus der Stuttgarter Oper, der Mantel stand schon auf der Bühne.

»Das soll ich dir geben.« Chris reicht mir ein kleines blaues Kästchen. »Von Arne.« Vor Schreck fällt mir der Toast auf den Boden. Obwohl der Mops bellt, klaut Mudel das Brot. Ich setze Earl auf den Boden und nehme das Päckchen. Rolf lächelt zum ersten Mal an diesem Morgen und nickt mir aufmunternd zu. Ich knispele die weiße Schleife auf und zögere den Moment, in dem ich den Deckel hebe, noch ein bisschen hinaus, indem ich das Band vor Mudels Nase baumeln lasse. Was der völlig doof findet und mich mit einem Blick ansieht, der ganz klar sagt: ›Ich bin keine Katze.‹ Chris schiebt seinen Arm unter Rolfs und seine Augen glitzern verdächtig.

Ich hebe den Deckel an. Oben liegt ein weißes Blatt

Papier. ›Für Tanja. Bald sind unsere Herzen wieder zusammen. Ich hab dich lieb‹, steht da in Arnes schwungvoller Handschrift. Ich kann gar nicht so schnell blinzeln, um die Träne aufzuhalten, die auf die blaue Tinte tropft und auf meinem Namen einen Fleck hinterlässt. Und sie bleibt nicht allein: Unter dem Brief liegt die Hälfte eines silbernen Herzes an einer Halskette. In fein geschwungenen Lettern wurde ›Arne‹ eingraviert. Jetzt kann ich nicht mehr, das Schluchzen bricht aus mir heraus wie ein Vulkan. Rolf reicht mir seine Papierserviette. Chris springt auf, zieht mich hoch und nimmt mich in den Arm. Abwechselnd wässere ich die mit Sonnenblumen bedruckte Papierserviette und Chris' Shirt.

»Komm, Prinzessin«, flüstert Chris schließlich und nimmt mir die Schachtel ab. Dann legt er mir die Kette um den Hals. Das Herz brennt auf meiner Brust, während mein eigenes wie verrückt klopft.

»Alles wird gut«, sage ich und schniefe. »Das wird es doch? Oder?«

»Das wird es«, sagt Chris mit Nachdruck.

»Naja, irgendwie schaukeln wir das Kind schon«, brummt Rolf. Ich ziehe die Nase hoch. Nicht sehr damenhaft, aber bei meinen Jungs darf ich das. »Und jetzt kommt mal aus dem Quark, ihr beiden, wir müssen bald los.« Rolf steht auf und räumt die Butter in den Kühlschrank.

»Zu Befehl, Scheff«, rufen Chris und ich unisono.

Eine knappe Stunde später ziehe ich die Rollläden im ›Fröhlichen Laubenpieper‹ hoch. Heute ist ab 14 Uhr geöffnet. Chris wuchtet die umgedrehten Stühle von den Tischen. Rolf hat uns am Eingang der Kolonie abgesetzt, ehe er zum Großmarkt gefahren ist. Die beiden Hunde sind gleich losgetrabt auf ihre tägliche Runde. Es hat ein paar Wochen gedauert, um ihnen und den anderen Schrebergärtnern beizubringen, was sich gehört und was nicht beim Häufchen machen: Der Mops und sein Sohn haben nach kurzer Zeit begriffen, dass sie nur in unserer Parzelle Nummer 42 ihr Geschäft erledigen dürfen. Und die Gärtner um den Vorsitzenden Klaus Hünken wissen mittlerweile auch alle, dass das ungleiche vierbeinige Gespann weder entlaufen, noch bissig oder sonst wie gefährlich ist. Die Hunde fühlen sich pudelwohl auf dem Gelände und wissen ganz genau, in welchem Garten immer ein Leckerli auf sie wartet. Die mit Abstand besten Sachen gibt es – natürlich! – bei Klaus Hünken. Der hat Beziehungen zu einer Tierhandlung und bekommt getrockneten Pansen zum halben Preis. Die Hunde würden für das stinkende Zeugs meilenweit laufen. Ich reiße alle Fenster auf, um die abgestandene Luft zu vertreiben. Auch wenn wir renoviert haben, wabert an warmen Tagen und bei Hochdruck noch immer ein miefiger Geruch aus den Wänden des Lokals.

»Prinzessin, setz dich, wenn du magst«, ruft Chris, der mittlerweile Wasser in die Spülbecken an der Theke füllt.

»Mag ich aber nicht. Und sag jetzt bloß nicht, dass ich mich in ›diesem Zustand‹ schonen muss!«

»Das würde ich nie wagen.« Chris grinst und taucht die Gläser aus der Spülmaschine ins heiße Wasser. Sie sind zwar sauber, aber das ist ein Tick von ihm, dass er alles am liebsten noch mal von Hand nachspült. Mir soll es recht sein, so ist er wenigstens beschäftigt. Ich fasse das halbe Herz an, das kühl auf meiner Haut liegt. Es fühlt sich gut an, auch wenn es wehtut. Ob Arne schon gelandet ist? Wie spät es sein mag bei ihm?

Das Hupen von Rolf reißt mich aus meinen Gedanken. Die kläffenden Hunde rennen hinter dem gelben Transporter her, den die Post ausgemustert hat. Rolf konnte den Wagen bei seinem ehemaligen Arbeitgeber günstig erstehen. Der scheppert zwar und muckt im zweiten Gang, dafür springt er immer an. Dort, wo die schwarze Klebefolie mit dem Postzeichen war, hat Chris einen neuen Aufkleber angebracht: ein stilisiertes Posthorn und den Schriftzug ›Passt‹. Rolf parkt den Wagen rückwärts vor der Eingangstür. Ich mache ihm auf und will mir die erste Gemüsekiste krallen, um sie in die Küche zu tragen. Der Salat ist so knackfrisch, dass ich am liebsten sofort reinbeißen würde.

»Das lässt du schön bleiben!«, ruft mir Rolf zu und nimmt mir die Kiste ab.

»Mann! Ich bin nicht krank«, nöle ich.

»Und damit das auch so bleibt, passt du jetzt auf dich auf.« Rolf beugt sich zu mir und haucht mir ein Küsschen auf die Wange. »Und jetzt ab, Deko machen. Das schaffen sogar Bruthennen.«

Ich muss lachen und folge Rolf ins Restaurant. Der Mops und sein Sohn sind bereits hinter dem Tresen verschwunden, wo ihre Näpfe stehen. So laut, wie das Schmatzen klingt, muss Chris ihnen mal wieder eine Delikatesse eingefüllt haben. Frisch gekochten Pansen oder Hühnerherzen. Während die Jungs die Kisten ausladen und in der Küche schäkern, beginne ich mit dem Eindecken der Tische. Die sonnengelben Deckchen hat Chris' Exfreund genäht. Auf jeden Tisch stelle ich einen silbernen Gartenzwerg, der ein Reagenzglas in der Hand hält. Heute kommen weiße Babyrosen in die Gläser. Die Kerzenhalter hat Rolf auf dem Flohmarkt aufgetrieben. Es sind winzige Gießkannen in blau, knallrot oder quietschgrün. Der pure Kitsch, eigentlich, aber in unserem ›Fröhlichen Laubenpieper‹ passen sie. Als ich schließlich damit fertig bin, das in die Servietten eingerollte Besteck an alle Plätze zu verteilen, kommen meine Jungs aus der Küche. Chris' Haare sind zerzaust und Rolfs Shirt hängt aus der Hose. Ich spüre einen Stich im Herzen, mich wird in den nächsten Monaten niemand so begehren.

»Schöne Frau!«, ruft eine Männerstimme und reißt mich aus meinen Gedanken.

»Klaus!« Der Vorsitzende der Kolonie ›Zur Wonne‹ taumelt zur Tür herein. Vor sich balanciert er eine himmelblaue Babybadewanne, aus der der Kopf eines Rehs ragt. Die schwarzen Kulleraugen sind weit aufgerissen und die Zunge hängt dem Tier aus dem Maul.

»Notfall?«, frage ich automatisch. Meine Zeit bei der Tierrettung ging eben nicht spurlos an mir vorbei.

»Zu spät«, keucht Klaus und wuchtet die Wanne auf den erstbesten Tisch, wobei er die ganze Deko verschiebt. »Da hilft nur noch Einlegen in Rotwein.«

»Oh lecker!« Rolf strahlt. Und jetzt sehe ich auch warum: Das Tier ist schon gehäutet und ausgenommen.

»Ah, Wildwochen im Laubenpieper!« Chris schmatzt theatralisch. Ich habe Mitleid mit dem toten Bambi – aber nur ein bisschen, muss ich zugeben. Vor meinem gierigen schwangeren Auge tauchen Preiselbeeren und handgeschabte Spätzle auf.

»Hab ich von Wolfgang. Ist ein Jahrgänger von mir. Der hat auf der schwäbischen Alb eine Jagd.« Klar – Klaus hat immer Beziehungen und es gibt nichts, was er nicht besorgen kann. Er kennt immer einen, der wenigstens einen kennt, der einen kennt, der genau das hat oder kann, was Klaus braucht. Ich wette, sein Adressbuch ist so dick wie ein Schmöker von Ken Follett.

»14 Kilo. Satter Brocken.« Klaus wischt sich mit dem Hemdsärmel über die Stirn und schluckt trocken. Chris versteht und zapft ihm ein Bleifreies.

»Geht aufs Haus!«

»14 Kilo. Okay. Kann man was damit machen.« Ich sehe Rolf an, dass er im Geist schon die Rezeptbücher wälzt. »Was kriegst du dafür? Fünf Euro pro Kilo?«

Klaus trinkt das halbe Bier in einem Zug und macht laut Aaaah. Dann rülpst er leise. »Nee, lass mal, passt schon, ich hab ja …«

»… Beziehungen, schon klar!«, beendet unser Küchenchef lachend seinen Satz. »Okay, dann gibt's aber wenigstens einmal Rehrücken aufs Haus.«

»Zwei Mal, bitte.« Klaus zieht den Stuhl vom Tisch weg und setzt sich. »Für mich und Pascal.«

»Wer ist das?«, will ich wissen und setze mich ebenfalls. Chris hat inzwischen drei Latte macchiato zubereitet und bringt sie mit einem großen Glas Cola für Klaus zum Tisch. Das tote Reh versuche ich zu ignorieren, so gut es geht, aber der Geruch nach ziemlich frischem Blut setzt sich trotzdem in meiner Nase fest. Ich ziehe hörbar die Luft ein.

»Ich stell es schnell in den Kühlraum.« Chris zwinkert mir zu.

»Ist dir nicht gut?«, will Klaus von mir wissen.

»Doch, doch«, sage ich mit Nachdruck.

»Arne ist seit gestern weg«, erklärt Chris und zwinkert mir zu. »Das schlägt ihr auf den Magen.«

»Ach, der kommt wieder – und wenn du mal hinfliegen willst, meine Freundin Astrid hat eine Nachbarin, die im Reisebüro arbeitet.«

Ich muss lachen. »Ich komm vielleicht drauf zurück«, sage ich, obwohl ich genau weiß, dass ich diese Beziehung von Klaus nie in Anspruch nehmen werde. Erstens weiß ich gar nicht, ob Schwangere fliegen dürfen und zweitens würde mein Geldbeutel einen Trip ans andere Ende der Welt niemals verkraften.

Rolf setzt sich Klaus gegenüber an den Tisch und fixiert ihn mit einem Blick, der nicht nur Frauenherzen zum Schmelzen bringt. Unser Vorsitzender ist allerdings gegen solche Charmeattacken völlig immun. Klaus genügen seine Radieschen und Sonnenblumen, scherzen meine Jungs gerne. Ich bin mir da nicht so ganz sicher. Stille Wasser und so. Vielleicht ist unser Klaus in seiner Freizeit ein ganz heißer Feger, der in Lack und Leder durch das Stuttgarter Nachtleben tingelt.

»Was willst du?« Rolf fackelt selten lang. Und Klaus hat zwar überall Beziehungen – allerdings bezieht er diese Beziehungen, die eigentlich in keinerlei Beziehung zueinander stehen, in sein Beziehungsgeflecht gerne ein.

»Es geht um meinen Neffen.« Aha, Nachtigall! Ich hör dich trampeln!

»Aha.« Rolf grinst schief. »Will der Jäger werden?«

»Nein. Natürlich nicht. Aber er sucht ein Dach über dem Kopf.« Jetzt bin ich auch neugierig. Alles, was mich ablenkt, ist mir mehr als willkommen.

»Dann schieß mal los, Klaus,« fordere ich ihn auf.

Und Klaus schießt. Wenn unser großer Vorsitzender will, kann er einen ganzen Roman in fünf Minuten erzählen und ich muss höllisch aufpassen, dass ich alles mitbekomme. Die Fakten kann ich aufnehmen: Klaus' Schwester lebt mit Mann, zwei Pubertisten und einem Rauhaardackel in einem Kaff irgendwo auf der schwäbischen Alb. Den Dackel plagen üble Blähungen, aber das scheint das kleinste Problem der Familie zu sein. Und auch die Tochter macht mit süßen 16 Jahren keine Sorgen, von ausgiebigen Shoppingtouren auf Papas Kosten und horrenden Handyrechnungen mal abgesehen. Anders Pascal, Sohn des Hauses.

»Der geht da ein, ich schwörs euch«, bekräftigt Klaus seine Aussage. »Das Dorf ist dem zu klein, der muss raus.«

»Aha«, macht Rolf.

»Hmmm«, macht Chris.

»Wuff«, macht Earl.

»Und weiter?«, will ich wissen.

»Naja, elfte Klasse Gymnasium. Nur Fünfen und Sechsen, wenn er überhaupt mal zum Unterricht erscheint.«

»Schule ist doof«, kommentiert Chris. Rolf schüttelt den Kopf und verpasst seinem Liebsten einen sanften Schlag auf den Hinterkopf.

»Pascal ist jedenfalls nicht doof«, fährt Klaus fort. Das glaube ich ihm sofort, als er erzählt, wie der 17-Jährige in Vaters Garage ein Mofa nach dem anderen erst in alle Einzelteile zerlegt und dann als quasi komplett neue Maschine wieder zusammenbaut. Blöd nur, dass sein Vater statt einer Werkstatt eine Sockenfabrik besitzt. In die der Filius natürlich einsteigen soll.

»Ich hätte mit 17 auch keinen Bock auf Strümpfe«, gebe ich zu.

»Eben. Und deswegen hab ich meiner Schwester vorgeschlagen, dass Pascal ein halbes Jahr Auszeit nimmt. Zu Hause gibt es nur noch Geschrei. Ich hab auch einen Praktikumsplatz für ihn in der Schwabengarage. Nur … ein Bett hab ich nicht.«

»Ooookay?«, sagt Rolf gedehnt. Wir wissen, dass Klaus sehr bescheiden wohnt. Anderthalb Zimmer in Heslach. Schließlich braucht er nicht mehr als eine Postadresse. Sein Leben spielt sich in der Laubenkolonie ab.

»Also bei uns ist auch schlecht, wenn Tanja demnächst …«, platzt Chris raus. Der Schlag, den er jetzt von seinem Mann kassiert, ist nicht mehr liebevoll.

»Oh, sorry.« Chris schlägt sich die Hand vor den Mund.

»Also wir haben auch nicht wirklich ein Bett frei«, sagt Rolf mit erstaunlich fester Stimme.

»Das weiß ich. Aber Arne.«

Ich muss nur diesen Namen hören, nur diese vier Buchstaben, und mein Herz krampft sich zusammen. Ich blinzele gegen die Tränen an.

»Die Wohnung ist doch leer?«, fragt Klaus und setzt dabei einen Blick auf, den der Rauhaardackel seiner Schwester nicht besser beherrschen kann.

»Ja, ist sie«, antworte ich.

»Das wäre doch perfekt. Der Junge kann mal ausprobieren, ob es wirklich so toll ist, selbst zu kochen, zu waschen und zu putzen und dann noch arbeiten zu gehen. Oder ob die bessere Alternative nicht doch das Abitur ist. Und er wäre ja nicht alleine, ihr seid ja genau gegenüber und könnt jederzeit …«

»Stop!« Rolf hebt die Hände. »Hast du das alles schon geplant?«

»Ähm.« Klaus räuspert sich und fährt sich mit der Hand über das Kinn. Sein Bart kratzt gegen die Handfläche.

»Du hast es geplant«, sagt Chris und grinst.

»Wann kommt er?«, will ich wissen. Ein paar Fakten mehr wären auch nicht schlecht.

»Morgen.«

»Schon?« Rolf schüttelt den Kopf. »Was hättest du eigentlich gemacht, wenn wir Nein gesagt hätten? Es ist schließlich Arnes Wohnung.«

»Aber mein Schwager übernimmt die Miete. Das kann dem Tierarzt doch nur recht sein.«

Wo Klaus recht hat, hat er recht. Während mein Schatz im Dschungel auf Fledermausfang ist, verdient er keinen Cent und muss für die Miete sein sauer Erspartes angreifen.

»Ich glaube, Arne wäre einverstanden«, sage ich leise und lege unauffällig die Hand auf meinen Bauch. Earl stupst mich unter dem Tisch mit der Schnauze gegen das Schienbein. »Ja, ganz bestimmt. Für Arne wäre das okay«, sage ich nach einem kurzen Moment.

»Super, Leute!« Klaus strahlt. »Wusste ich doch, dass ich mich auf euch verlassen kann! Und jetzt schmeiß ich eine Runde!«

Rolf lacht schallend. »Klaus, ich will einmal erleben, dass du Freibier zahlst, wenn Gäste hier sind.«

»Tja, mal sehen, ich kenn da einen aus Freiburg, der ist bei einer Brauerei im Vertrieb …«

»… und zu dem hast du Beziehungen«, rufen meine Jungs und ich wie aus einem Mund.

Eine Viertelstunde vor der Öffnung des Laubenpiepers fliege ich achtkantig aus dem Lokal. Meine Jungs drücken mir einen kleinen Korb mit Sandwiches, einer gefühlten Tonne Obst, einem Liter Vollmilch und einem Glas Nutella sowie einem Glas saurer Gurken in die Hand.

»Schwangerschafts-Care-Paket«, erklärt Chris. Ich habe weder Lust auf Nougatcreme noch auf sauer eingelegtes Gemüse. Aber ich sage nichts, denn die beiden strahlen mich dermaßen an, dass ich schmelze.

»Du hast heute Mittag frei«, befiehlt Rolf. »Hau dich in die Laube oder in die Sonne, ganz egal, aber hau dich irgendwo hin.« Eigentlich will ich vehement widersprechen, aber in dem Moment, als meine Jungs mir den

Vorschlag machen, einen ganzen Nachmittag lang dem faulen Nichtstun zu frönen, merke ich, wie müde ich eigentlich bin.

»Ihr seid die Besten«, sage ich und meine das sehr, sehr ehrlich. Dann umarme ich beide, pfeife die Hunde zu mir und zockele wie Rotkäppchen mit dem Körbchen zu unserer Parzelle Nummer 42.

Das Gartentörchen steht wie immer offen. Viele Gärtner legen großen Wert darauf, ihre Parzellen für andere zu verriegeln. Kann ich auch verstehen, schließlich ist unsere Laubenkolonie auch ein beliebter Ausflugsort für Familien und Spaziergänger, die mal für einen Mittag dem Stuttgarter Sommersmog entfliehen wollen. Und natürlich ist es reizvoll, sich mal eben ein, zwei Blümchen für die Wohnung in Cannstatt mitzunehmen. Oder ein kleines Äpfelchen, wenn der Sprössling Hunger hat. Oder einfach nur mal zu gucken, wie es in so einem top gepflegten Garten hinter dem Holzzaun aussieht. Trotzdem schließen wir das Tor nie ab. Was man nun philosophisch betrachten könnte: Wir teilen alles, haben ein offenes Haus. Die Wahrheit ist ganz einfach: Wir haben den Schlüssel verbummelt. Ich vermute ja, dass Earl oder Mudel ihn sich irgendwann als Spielzeug geschnappt und irgendwo im Garten bei den Rosen verbuddelt haben. Egal wie und warum – bei uns ist noch nie auch nur das kleinste Blättchen gemopst worden. Dabei wäre unsere Parzelle das wahrscheinlich schönste Ziel für Langfinger, denn wenn einer einen knallgrünen Daumen hat, dann mein Chris. Selbst im Herbst, wenn alles braun und verdorrt ist, merkt man, wie viel Leben im Garten steckt.

»Tanja, du sülzt romantischen Kitsch vor dich hin«, schimpfe ich mit mir selbst und greife dem Gartenzwerg, der neben der Laubentür steht, an den prallen Keramikpopo. Das Kerlchen hat eine blaue Latzhose an, an deren Rückseite ein kleiner Riegel ist. Damit kann man das Hinterteil aufklappen – das perfekte Versteck für den Schlüssel für die Laube. Den immerhin haben selbst die Hunde noch nicht erwischt.

Ich packe die Lebensmittel auf den Esstisch, schnappe mir die Liegematte von der Eckbank und installiere mich anschließend mit einer Flasche Wasser und meiner Sonnenbrille auf dem Liegestuhl unter dem Apfelbaum. Als Begleitung für den Nachmittag habe ich Marlene Dietrich dabei. Rolf hat eine kleine Bibliothek in der Laube eingerichtet. Mein Bücherwurm ist gerade auf dem Lebensgeschichtentrip und ich habe die Wahl zwischen Johannes Heesters (das Buch ist zu dick, kein Wunder bei über hundert Lebensjahren), Marilyn Monroe (schon gelesen), Mick Jagger (nicht mein Typ) und eben Marlene. Mudel trollt sich mit einem widerlich stinkenden Kauknochen aus Rinderhaut auf den Flokati vor dem schmalen Doppelbett hinter dem Vorhang. Earl begleitet mich. Als ich mich auf der Liege installiert habe, steht er wie in Stein gemeißelt vor mir. Der Mops verzieht keine Miene. Wackelt nicht mit dem Schwanz. Er hechelt nicht mal. Er guckt nur.

»Gewonnen!«, lache ich und hebe ihn auf meinen Bauch. Sofort macht der Hund sich lang, schmiegt seine platte Schnauze gegen meine Halskuhle und macht ein Geräusch, das irgendwo zwischen schnurrender Katze und kaputter Waschmaschine liegt.

»Genieß es, mein Guter, lange wirst du nicht mehr so flach auf mir liegen können«, flüstere ich Earl ins Ohr und hangele nach der Dietrich-Biografie. Es ist ein bisschen umständlich, mit einem Mops auf dem Bauch zu lesen. Erst recht, wenn Earl jedes Mal, wenn ich umblättere, unwirsch brummt, weil ich dann für einen Moment das Streicheln einstellen muss. Als ich gerade bei der Schilderung von Marlenes Tochter Maria Riva angelangt bin, wie diese die erste Schiffsreise nach Amerika erlebte, hüpft Mudel auch noch auf die Liege. Er ist so klug, seinen Vater nicht zu vertreiben, sondern sich an meinen Füßen lang zu machen. Hilft aber nichts, ich kann seinen Mundgeruch bis hier oben riechen.

»Du stinkst!«, rufe ich.

»Bitte?«

Ich zucke zusammen und fahre hoch. Earl plumpst ins Gras und macht ein ziemlich beleidigtes Gesicht.

»Wer stinkt?«

»Sandra!« Ich freue mich wirklich, sie zu sehen. Dabei war das bis vor Kurzem noch ganz anders: Als Arnes Exfreundin einen Job in einer Stuttgarter Werbeagentur bekam, ist sie mit Sack und Pack bei ihm eingezogen. Jetzt ist mir meine damalige Eifersucht ein bisschen peinlich. Aber nur ein bisschen. Na gut, ein großes bisschen. Aber das würde ich ihr nie zeigen. Sandra ist zu einer echten Freundin geworden. Auch wenn wir uns nicht allzu oft sehen, weil sie tausend Werbekunden in tausend Städten mit tausend neuen Ideen am Tag betreuen muss. Oder so. Aber wenn Sandra da ist, dann fühle ich mich pudelwohl. Und dass mein Arne und sie in grauer

Vorzeit ein Paar waren und sie ganz genau weiß, wie er nackt aussieht, macht mir auch nichts mehr aus. Naja, fast nichts.

»Chris und Rolf haben mir gesagt, dass ich dich hier finde!«

»Wie schön, dich zu sehen!« Ich umarme sie, wobei ihr beinahe die übergroße Handtasche von der Schulter rutscht.

»Ui, vorsichtig, ich hab was für uns dabei«, lacht Sandra und zieht eine Flasche Prosecco aus dem Taschenmonster. »Hab ein bisschen was zu feiern!«

»Oh wie schön, was denn?«, frage ich, während wir zur Laube gehen.

»Erzähl ich dir, sobald die Buddel auf ist.«

Ich hole zwei Gläser aus der Miniküche – ein Sektglas und ein Saftglas. Für mich bringe ich eine Flasche stilles Wasser mit nach draußen. Sandra hat sich mittlerweile an den Eisentisch gesetzt. Sperrmüllfund. Aber Chris hat aus dem rostigen Ungetüm mit Farbe und zerschlagenen Fliesen aus dem Abfallcontainer vom Baumarkt ein echtes Schmuckstück mit Mosaikplatte gemacht. Sandra lässt den Korken so sanft aus der Flasche gleiten, als würde sie das täglich machen. Macht sie wahrscheinlich auch, in Werbekreisen wird vermutlich dauernd Champagner gekippt. Ich hab vor Sektkorken ja einen Heidenrespekt, nachdem ich an meinem 17. Geburtstag eine lauwarme Flasche Söhnlein Brillant öffnen wollte. Die Küchenlampe bei meiner Tante Trude hat das nicht überlebt – und die Scherben waren wirklich die kleinste Sauerei.

Als ich auf die Terrasse zurückkomme, sitzt Earl schon auf dem Stuhl neben Sandra und Mudel auf ihrem Schoß. Meistens beansprucht ja der Mops die Schenkel der Besucher für sich. Wenn er also seinem Sohn den Vortritt lässt, ist das etwas ganz Besonderes. In dem Fall eine Kaustange, mit der Sandra ihn geködert hat. Sie schmust lieber mit Mudel, seine Locken sind ehrlich gesagt schon kuscheliger als Earls kurzes Fell. Andererseits ist so ein Pudel-Mops-Mischling aber ein bisschen größer, schwerer und unpraktischer. Da hat der Mops eindeutig die bessere Schoßhundgröße.

»Wasser?« Sandra fixiert mein Glas. »Hey, ich hab was zu feiern!«

»Ach, mein Magen ...«, sage ich ausweichend.

»Ach komm, einmal anstoßen, dann kannst du aufstoßen und alles ist gut!« Sie zwinkert mir zu, und um eine weitere Diskussion zu vermeiden, hole ich ein zweites Glas. Sandra füllt es randvoll.

»Prost, worauf auch immer!«, sage ich.

»Prost, das verrate ich ja gleich!«, antwortet Sandra und nimmt einen großen Schluck. »Hast du was von Arne gehört?«

Arne. Nein. Ja. Liebe. Schmerz. Mist. Ich muss ganz tief einatmen, ehe ich ein heiseres »Nö« herauspressen kann.

»Er ist ja grade erst weg. Der meldet sich bestimmt bald«, muntert Sandra mich auf. Ich kann nur nicken. Sie sieht mir direkt in die Augen.

»Du liebst ihn sehr, was?« Wieder kann ich nur nicken.

»Er dich auch.« Sie zwinkert mir zu. Ich muss ein Tränchen wegblinzeln. Earl schmatzt und ich sehe ihm an, dass er mir am liebsten über das Gesicht lecken würde.

»Jetzt erzähl schon, warum wir uns hier mitten am Tag betrinken«, fordere ich Sandra auf. Die lässt sich nicht lange bitten. Sie grinst so breit, dass jeder Zahnarzt sie sofort als Werbefigur buchen würde.

»Wir kommen ins Fernsehen!«

»Was? Machst du einen Werbespot?«

»Wir kommen ins Fernsehen. Du und ich.«

»Ich?« Also wenn ich etwas nicht will, dann ist es, mich auf dem Bildschirm zur Witzfigur zu machen. Das kommt gleich hinter einer Wurzelbehandlung und noch vor dem manuellen Besamen einer Kuh. Dieses zweifelhafte Vergnügen hatte ich nämlich schon im Zuge meiner ›Ausbildung‹ für die Tierrettung. Na gut. Arne hatte das Meiste erledigt. Und es war nur auf dem Schaubauernhof in der Wilhelma. Trotzdem habe ich bis weit über dem Ellbogen in einer Kuh gesteckt. Da konnte mich nicht mal die Geburt des Kälbchens knappe 285 Tage später trösten.

»Ja. Du, Tanja und ich, Sandra.« Meine Freundin hebt das Glas und ich warte auf einen Trinkspruch. Es kommt aber keiner.

»Das verstehe ich nicht«, muss ich zugeben. Und frage mich, ob ich das überhaupt verstehen will.

»Also pass auf, das ist ganz einfach. Du kennst doch das Klugscheißer-Quiz mit Jörg Polenta?«

»Äh ... nein.« Die Jungs und ich schauen wenig fern. Wenn, dann legen wir einen schönen Film ein. Drei

Haselnüsse für Aschenbrödel. Harry und Sally. Die Brücken am Fluss. So was eben. Und bei Arne schaue ich am liebsten Tierfilme auf n-tv. Oder historische Dokus.

»Aber den Polenta kennst du?«

»Ja klar.« Ganz vom Mond bin ich nun nicht. Dann und wann kommt mir eine dieser quietschbunten Gazetten unter die Finger. Da ist der Moderator öfter mal drin. Mal mit, mal ohne Blondine an seiner Seite. Aber immer im Anzug, immer mit Fliege. Neulich wurde er zum Fliegenträger des Jahres gewählt. Ich hab gelesen, dass er weit über 300 dieser Binder besitzt. Persönlich kenne ich keinen Mann, der so was trägt. Nicht einmal Chris, der in seinen Outfits immer ein bisschen anders ist.

»Die hatten bei der Show neulich mal wieder eine Bewerbungsphase. Da hab ich hingeschrieben. Also per Mail. Mit Video.«

»Video?«

»Ja, das kleine Filmchen von Silvester!«

Oh mein Gott. Das hat sie nicht getan.

»Das hast du nicht getan!«, rufe ich.

»Doch, und wie!« Sandra grinst mich an. »Es hat ja auch funktioniert – wir sind als Kandidaten angenommen! Ich hatte heute das Telefongespräch, wir müssen nicht mal zum Vor-Casting, unser Filmchen hat den Regisseur sofort überzeugt, der fand das irre witzig und screentauglich.«

»Langsam. Ganz langsam!« Ich hole tief Luft. ›Unser Filmchen‹. Das ist eine kurze Sequenz, aufgenommen mit Arnes Smartphone:

WG-Küche, nachts. Auf dem Tisch leere Teller und volle Rotweingläser. Halb abgebrannte Kerzen. Im Hintergrund singt sich Edith Piaf die Seele aus dem Leib.
Totale auf Sandra.
Sandra (kichernd): »Bin ich jetzt im Fernsehen?«
Tanja (aus dem OFF), singt: »Das ganze Leben ist ein Quiz ...«
Tanja klettert Sandra auf den Schoß. Küsst sie auf die Wange. Beide kichern.
Tanja und Sandra singen (laut, falsch): »... und wir sind nur die Kandidaaahaaaateeeeen!«
Earl (aus dem OFF): »Wuff!«

Na okay, zumindest das Thema passt als Bewerbung für eine Quizshow. Aber wenn ich mich recht entsinne, war meine Frisur im Eimer, der Lidschatten verwischt und ich hatte mein hundsaltes verwaschenes T-Shirt von ›Daisys Döner‹ an, das ich vor Jahren mal bei einer Tombola gewonnen hatte.

»Die wollen aber nicht, dass wir singen?«, frage ich mit zitternder Stimme. Sandra zwinkert mir zu.

»Wer weiß?«

»Was???«

»Ein Scherz! Ein Scherz! Natürlich müssen wir nicht singen. Aber schick aussehen und ein paar Fragen beantworten. Für die es dann ganz fette Kohle gibt.«

»Oh. Okay.« Geld. Kann ich mehr als gut gebrauchen. Vor meinem inneren Auge tauchen Wickelkommoden, Kinderwagen und Windeln auf. Neulich habe ich gelesen, dass ein Kind über 100.000 € kostet, bis es erwachsen ist. Und ich habe nicht mal einen Bruchteil davon. Sandra fummelt in ihrer Handtasche, dann reicht sie mir einen Stapel Blätter.

»Das haben die vorhin gefaxt. Du musst deine persönlichen Daten ausfüllen, ich schick das dann zurück. Und dann lies dir mal das Briefing durch.«

Ich nicke und tue so, als ob ich total cool wäre. Bin ich aber nicht – schließlich sitze ich nicht jeden Tag als heimliche Schwangere mit meiner Freundin im Schrebergarten und lese Post von einem Fernsehsender durch. Das mit den persönlichen Daten ist einfach. Name, Adresse. Kontonummer. Und ein paar Fragen zu Hobbys, Lieblingsspeisen und so weiter, aus deren Antworten der Polenta ein kurzes ›Intro-Gespräch‹ entwickeln wird.

»Klingt alles super cool, was?« Sandra kippt sich Prosecco nach und prostet Earl zu.

»Hm.« Cool. Schon, irgendwie. Allerdings wäre es cooler, wenn nicht ich betroffen wäre. Ein Blick auf das Sendedatum verrät mir nämlich, dass ich garantiert nicht mehr in meine Lieblingsklamotten passen werde, es sei denn, ich möchte auf der Mattscheibe wirken wie eine gestopfte Leberwurst. Und die Kamera macht dick, hat neulich eine Schauspielerin in einer Zeitschrift verraten. Fünf Kilo mogelt das Fernsehen immer drauf, muss an den Sendewellen liegen.

»Wahnsinn.« Mehr fällt mir echt nicht ein, als ich die Seiten überfliege. Ich kann Sandra ja schlecht sagen, dass ich das total bekloppt finde. Wir sollen unser persönliches Maskottchen und sieben bis acht verschiedene Outfits mitbringen zur Aufzeichnung, damit die Regie eine

Auswahl hat. Pro Person. Ich kriege mit Ach und Krach zwei zusammen, wenn ich den Inhalt meines Kleiderschranks so im Geist durchgehe. Vielleicht kann Chris noch ein drittes finden. Aber dann ist definitiv Schluss, denn in meine Lieblingsklamotten werde ich bis dahin nicht mehr passen.

Leider verraten die Fernsehleute nicht, was man als Kandidat anziehen darf. Sie schreiben nur, was nicht geht: keine aufgeregten Muster (was auch immer das sein mag), kein Schwarz (Mist, das macht doch schlank!), keine kurzen Röcke, wegen der Bewegungsfreiheit (ich will mich nicht bewegen, ich will Geld gewinnen). Kein Glitzer (hab ich sowieso nicht), keine allzu grellen Farben (Neon ist doch sowieso out!), keine farbschluckenden Stoffe (???). Und auf jeden Fall sollen Damen einen Büstenhalter tragen.

»Gucken die einem unter die Bluse?«, versuche ich einen Scherz.

Sandra lacht. »Sicher nicht, aber es wäre doch jammerschade, wenn frau einmal im Fernsehen kommt und der Busen dann aussieht wie ein ausgelutschter Ballon.« Ich nicke und denke mir, dass an meinen Brüsten demnächst gelutscht wird. Und dann stelle ich mir vor, dass mein Busen nach der Stillzeit aussieht wie ein schlabbriger Sack. Ich seufze.

»Was ist denn? Hast du kein passendes Outfit? Du kannst bei mir was ausleihen.« Sandra ist großzügig. War sie schon immer, wie Arne mir erzählt hat. Als die beiden zusammengelebt haben, war er der arme Veterinärmedizin-Student und sie verdiente bereits gutes Geld als Marketingassistentin. Miete, Lebensmittel und das meiste andere gingen auf ihre Kosten, und sie hat nie etwas von Arne verlangt. Nicht mal, als er Schluss gemacht hat mit ihr.

»Das ist lieb«, sage ich. »Aber ich befürchte, ich werde sämtliche Nähte sprengen.«

»Quatsch, du hast genau meine Größe!«

»Ja, noch.«

»Wieso? Willst du dir jetzt eine Frustschwarte anfressen, weil Arne weg ist? Mach das nicht, er ist doch ruckzuck wieder da und dann kämpfst du gegen Milkaringe und Nutellapolster.«

Ich weiß nicht, wer oder was mich in diesem Moment fernsteuert, als ich sage: »Pünktlich zu Arnes Landung werde ich geschätzte drei bis vier Kilo auf einen Schlag abnehmen. Mindestens.«

»Bitte? Die Diät musst du mir verraten.« Sandra leert ihr Glas und stellt es auf den Tisch. Dann nimmt sie Mudel von ihrem Schoß und beugt sich zu mir. »Oder lässt du dir etwa ... Fett absaugen?« Sie sieht mich mit kugelrunden Augen an. Ich muss lachen.

»Babyspeck.«

»Du und Babyspeck? Hör mal, Süße, wenn hier jemand die perfekte Figur ...« Sie stockt. Macht noch rundere Augen. »Nein. Nein. Oder?«

»Doch. Und wie.« Von meinem Bauch aus breitet sich wohlige Wärme in meinem ganzen Körper aus. Mein Herz klopft schneller und ich lege wie ferngesteuert meine Hände auf meinen Bauch. Wahrscheinlich tanzen die Hormone gerade Samba – ich kann gar nicht anders, als mich in diesem Augenblick unbändig zu freuen.

»Oh.« Sandras Augen werden so rund wie Pingpongbälle. Und dann werden sie feucht.

»Du bekommst ein Baby«, haucht sie. Ich nicke und blinzele ein Tränchen weg. Teils, weil mich das pure Glück überflutet. Teils, weil Arne jetzt in diesem Moment nicht hier ist. Und teils weil ich weiß, wie gerne Sandra Mutter wäre. Aber erstens fehlt ihr der passende Mann (die Sache mit dem Anwalt hat leider nicht geklappt) und zweitens geht das wohl biologisch nicht. Oder zumindest nicht so einfach. Ich hab da nie nachgebohrt. Arne hatte mir mal erzählt, dass er und Sandra das gemeinsame Haus bereits so geplant hatten, dass im oberen Stock, unter einer romantischen Dachgaube, Platz für ein Kinderzimmer gewesen wäre. Aber erstens war er damals noch Student und zweitens hatte Sandra wohl seit der Pubertät Probleme mit den Ovarien.

»Was sagt Arne dazu?« Meine Freundin schluckt trocken.

»Nichts. Er weiß es nicht.«

»Wie bitte? Aber das Kind ist doch von ihm?«

»Na hör mal!« Eigentlich müsste ich jetzt sauer sein, dass sie so was auch nur denken kann. Bin ich aber nicht. Wahrscheinlich schüttet mein Gehirn gerade Mildgestimmt-Hormone aus.

»Sorry, blöde Frage«, lenkt Sandra ein und nimmt meine Hand ganz fest in ihre. »Will er denn kein Kind?«

»Ich weiß es ehrlich gesagt nicht«, muss ich zugeben. »Das Kinderthema hatten wir noch nicht.«

Sandra nickt. »Aber warum hast du ihm denn nichts gesagt? Ich bin sicher, er steht zu dir, so oder so.«

»Da bin ich mir auch sicher. Aber weißt du, da kam alles zusammen. Mein Besuch beim Frauenarzt und das Angebot für seine Forschungsreise. Irgendwie hab ich da den Zeitpunkt verpasst.«

»Verstehe.«

»Und ich wollte auf gar keinen Fall, dass er sich diese Chance entgehen lässt, weil ich schwanger bin.«

»Das verstehe ich nicht.«

Ich muss lachen. »Nein, ich bin nicht so edel, wie das jetzt klingt, im Gegenteil. Aber was, wenn er abgesagt hätte? Hätte er dann nicht irgendwann gesagt, dass er etwas verpasst hat? Ich meine, so ein Angebot bekommt er nicht jeden Tag.«

»Vater wird er aber auch nicht so oft«, unterbricht mich Sandra. »Deine Gedanken in allen Ehren, ich kann das auch nachvollziehen. Natürlich willst du ihn nicht mit einem dicken Bauch an dich binden. Aber hast du mal daran gedacht, was er alles verpasst?«

»Wie meinst du das?«

»Na, es ist schließlich zur Hälfte sein Baby. Und das wächst jetzt in deinem Bauch, ohne dass er daran teilhaben kann. Meinst du nicht, dass er da gerne dabei wäre?«

Mir wird eiskalt. Sie hat recht. Sandra hat verdammt recht. Andererseits …

»Was ist, wenn er gar kein Kind will? Ich meine, kein Kind mit mir?«

»Tanja!« Sandra schlägt mit der flachen Hand auf den Tisch. Earl reißt seine Augen auf und fiept beleidigt. Ich setze den Mops auf den Boden, streichle ihm über den Kopf und sehe ihm zu, wie er mit hocherhobenem Haupt und ziemlich beleidigtem Gesichtsausdruck zu Mudel stolziert, der es sich auf einem moosigen Stück Rasen unter dem Kirschlorbeer gemütlich gemacht hat.

»Jetzt mach mal einen Punkt«, schimpft meine Freundin. »Arne liebt dich. Wirklich.«

»Ja, mich allein.«

»Meine Güte, wie alt bist du?« Sandras Augen blitzen. »Du kannst und wirst jetzt nicht mehr alleine sein. Und ich bin sicher, Arne wird ein toller Vater.«

Ich schniefe. »Ich werde für die nächsten 20 Jahre nicht mehr alleine sein«, versuche ich einen Witz.

»Na, vielleicht auch 30, aber dann sorgt Tanta Sandra dafür, dass der junge Mann oder die junge Frau auszieht. Hotel Mama ist auch nicht für ewig. Apropos … was wird es denn?«

»Weiß ich nicht. Kann man ja noch nicht sehen.«

»Ist ja auch egal, dein ›Zipfel‹ bekommt auf jeden Fall eine super tolle Mama.«

»Meinst du?«

»Na, und wie. Wirklich.« Sandra streichelt mir über die Haare. Das hat früher nur meine Oma gemacht, wenn es mir nicht gut ging. Damals hat so ein Streicheln alle Sorgen wegen einer Fünf in Mathe oder einer zerrissenen Jeans weggewischt. Ganz so einfach ist es heute zwar nicht mehr, es hilft aber trotzdem.

»So, Madame, und jetzt sieh zu, dass du deine verschmierten Augen in Ordnung bringst, park die Hunde bei den Jungs und schwing die Hufe.« Sandra springt auf und pfeift nach Earl und Mudel, die schwanzwedelnd zu ihr laufen.

»Wieso?«

»Weil wir jetzt shoppen gehen. Tante Sandra hat einen Plan.«

Sandras Plan führt uns auf direktem Weg in die Königstraße. Die Stuttgarter Flaniermeile ist an diesem Nachmittag bevölkert mit vielen gut gelaunten Menschen, die sichtlich den Sonnenschein genießen. Niemand hetzt wie sonst mit Tüten bepackt zwischen Bahnhof und altem Schloss hin und her. Alle scheinen Zeit zu haben, bummeln gemächlich an den Schaufenstern vorbei. Knabbern an einer frischen Brezel oder schlecken ein Eis.

»Kommt mir das nur so vor oder ist das heute ein bisschen wie in Südfrankreich?«, frage ich Sandra.

»Naja, Palmen sehe ich keine und Meeresrauschen kannst du auch knicken. Aber wir stellen uns einfach vor, dass wir Urlaub haben. Und dass wir nicht in Stuttgart sind, sondern in Mailand.«

»Das ist aber von Südfrankreich ein bisschen weit weg. Welche Note hattest du denn in Erdkunde?«

Sandra boxt mich liebevoll in die Seite, dann zieht sie mich zu einem Geldautomaten. »Hab eine kleine Gratifikation bekommen letzten Monat. Zeit, das Geld unter das Volk zu bringen«, lacht sie gut gelaunt und zieht ein Bündel Scheine aus dem Schlitz. Ein großes Bündel.

»Tschakka!« Dann hakt sie mich unter und zieht mich Richtung Kaufhaus. Nicht das edelste, aber das mit den

Sachen, die mir immer stets und ständig alle und komplett durch die Bank gefallen.

»Ich hab kein Geld«, wispere ich meiner Freundin ins Ohr, als sie mich zielstrebig zur Rolltreppe zieht.

»Musst du auch nicht haben, ich hab ja.«

»Aber ... das will ich nicht.«

»Sieh es als Investition in das Heim meines Patenzipfels.«

Eine dicke Frau schlängelt sich an uns vorbei. »Müssen Sie direkt vor der Treppe quatschen?«, schnauzt sie uns an. Komisch. Sie scheint heute der einzige Mensch zu sein, der schlechte Laune hat.

»Müssen wir«, blafft Sandra zurück. »Ich werde nämlich Tante!«

»Das ist mir so was von egal«, knatscht die Dicke zurück und wuchtet ihren enormen Hintern auf die Rolltreppe. Dann fällt mir auf, dass der Po offensichtlich nur das Gegengewicht zum Bauch ist. Hochschwanger wäre untertrieben – die Frau sieht aus, als ob sie gleich platzt. Wahrscheinlich wohnen sieben Babys in ihrem Bauch. Sie tut mir fast ein bisschen leid, wie sie schwer schnaufend auf der Rolltreppe nach oben fährt.

»Ach Sandra ...« Mehr bringe ich nicht raus. Statt großer Worte nehme ich meine Freundin ganz fest in den Arm. »Ich glaube, du wirst die beste Patentante aller Zeiten!«

»Na das will ich meinen. Und jetzt komm, wir haben noch viel vor.« Hand in Hand fahren wir die Rolltreppe hinauf und schlagen uns Richtung Umstandsmode durch. Ich komme mir ein bisschen komisch vor, als ich die mal mehr, mal weniger gut sichtbar brütenden Frauen sehe, die schwitzend zwischen den Kleiderständern wandeln. Bald werde ich auch zu einem rollenden Fass. Aber erst bald – denn noch sieht man mir nicht an, dass in meinem Bauch ein Zipfel wohnt. Oder eine Zipfeline. Nur mein Busen verrät, dass meine Plazenta schwer beschäftigt ist.

»Sieben oder acht Outfits«, murmelt Sandra und verschwindet hinter einem Kleiderregal, in dem quietschbunte Blusen und knallige Hosen hängen. Sie nimmt gezielt ein paar Teile von der Stange, flitzt weiter zu einem Stapel Shirts, drückt mir einen apfelgrünen Stoff in die Hand und deutet dann zu den Umkleidekabinen. »Du probierst, ich liefere«, lacht sie. Sandra weiß, dass ich eine absolute Niete bin, wenn es ums Klamottenshoppen geht. Ich hasse so was, ganz ehrlich. Natürlich liebe ich es, mir neue Hosen oder auch mal ein Kleid zu gönnen. Aber bis ich ein Teil gefunden habe, das zu mir und vor allem auch zu meinem Geldbeutel passt, in dem ich nicht aussehe wie eine Presswurst oder wie in einen Sack gewandet, das keine Farbe hat, die seit sieben Monaten out ist und das nach dem ersten Waschen nicht aussieht wie aus der Kleidersammlung ... nein danke. Meistens bestelle ich mir meine Klamotten im Internet. Wo man übrigens fantastische Schnäppchen machen kann. Denn ich kaufe grundsätzlich nur reduzierte Sachen. Ich gebe doch keine 70 Euro für einen winzigen Lappen Stoff aus, wenn ich für dasselbe Geld drei oder vier Teile bekommen kann! Na gut. Manchmal wäre es wahrscheinlich angesagt, ein bisschen zu investieren. Aber wo? Bei welchem Teil? Da bin ich absolut verloren. Und deswegen sehr, sehr dankbar, dass Sandra das macht und ich nur die Kleiderpuppe spielen muss.

In der Umkleidekabine parke ich die von ihr ausgewählten Sachen auf dem Kleiderhaken und schäle mich aus meinen Klamotten, bis ich nur noch in der etwas labbrig gewordenen Unterhose und dem verwaschenen Baumwoll-BH dastehe. Zugegeben, die Teile sind so was von unsexy. Aber sehr, sehr bequem und dass ein Mann – mein Mann! – mich darin sieht, ist ja nun mehr als unwahrscheinlich. Allerdings sehe ich mich. Und wie gut. Das Licht in der Kabine ist unbarmherzig. Ich versuche zwar mir einzureden, dass dort ein Zerrspiegel hängt, wie man ihn auf Jahrmärkten findet. Aber natürlich weiß ich, dass das nicht stimmt. Was die Neonleuchte ans Licht bringt, sind die puren Fakten. Und die sind nicht gerade schön. Sind sie eigentlich nie. Ich schätze, dass die Ladenausstatter das aus purer Bosheit machen. Wahrscheinlich gibt es einen geheimen Masterplan, den die Jungs und Mädels schon bei der Ausbildung auswendig lernen müssen:

1. Mache die Kabine so eng wie möglich.
2. Sorge dafür, dass der Vorhang sich niemals richtig schließen lässt, sondern dass immer ein Schlitz offen bleibt.
3. Gleiche das damit aus, dass man im gesamten Laden hören kann, wie die Kundinnen stöhnen, wenn sie sich in eine Jeans zwängen.
4. Beleuchte alles – wirklich alles! – wie mit Flakscheinwerfern. Aber bitte von oben. So kommen

die Dellen in den Schenkeln, die Speckrollen am Bauch und die Falten unter den Augen am besten zur Geltung.
5. Bestelle die billigsten Spiegel, am besten aus einer Fehlproduktion. Leicht in die Breite verzerrt.

Der Architekt ›meiner‹ Umkleidekabine hat sein Examen ganz bestimmt mit Bravour bestanden. Denn was ich da im Spiegel sehe, ist bleich, schwabbelig und hat fast keine Taille mehr. Andererseits – mein Busen hat mindestens eine halbe Körbchengröße zugelegt und sieht jetzt fast so aus wie eine dieser Traumoberweiten, mit denen frau tatsächlich ein verboten tief ausgeschnittenes Shirt tragen kann. Arne würde ich obenrum sicher gefallen.

»Na, passt alles?«, reißt mich Sandras muntere Stimme aus meinen Gedanken.

»Moment!«, rufe ich und schnappe mir das grellgrüne Teil. Wie sich nach einigem Drehen und Wenden des Stoffes herausstellt, ist es ein Kleid. Und was für eins! Abgesehen von der schrillen Farbe wäre es perfekt. Über dem Busen ist der Stoff in kleine Falten gelegt, was automatisch noch ein wenig mehr Volumen zaubert. Die Träger sind genau so breit, wie sie sein sollen. Unterhalb der Brust sorgt eine kleine Zierschleife in sattem Schwarz für einen niedlichen Kontrast, ehe das Kleid wie ein Wasserfall bis über die Knie fällt und damit jedes noch so kleine Polster versteckt.

»Wow«, ruft Sandra begeistert, als ich aus der Kabine trete.

»Naja, nur die Farbe …«, seufze ich und drehe mich

vor dem etwas netter ausgeleuchteten Spiegel vor den Umkleiden.

»Gibt's auch in Schwarz!« Sandra wedelt mit einem nachtschwarzen Stück Stoff vor meiner Nase, an dem eine quietschgrüne Schleife blitzt.

»Gekauft!« Ich bin begeistert – wann erlebt frau es schon, dass das allererste Teil auf Anhieb passt und gefällt? Und offenbar scheint heute mein Glückstag zu sein. Nach einer knappen Stunde verlässt Sandra den Laden mit einer glücklichen Tanja, zwei Tüten voller zauberhafter Umstandsmode inklusive der passenden Unterwäsche – und um ein paar hundert Euro ärmer. Ich weiß jetzt schon, welches mein Lieblingsoutfit für die kommenden sechs Monate wird: eine leichte schwarze Hose, die bis knapp über die Knie geht und in der Bauchregion einen sehr, sehr dehnbaren Stoffeinsatz hat. Mit aufgenähten Taschen am Po, was wunderbar von den kommenden Polstern ablenken wird. Und dazu ein wallendes Top in knalligem Rot und mit V-Ausschnitt, an dem entlang sich klitzekleine gestickte Möpse räkeln, die ein kleines bisschen aussehen wie Earl, wenn er gute Laune hat.

»Puh«, sage ich, als wir wieder ins Gewühl der Königstraße treten.

»Durst?«, will Sandra wissen und ich nicke dankbar. Wie gesagt, ich bin eine untrainierte Shopperin, und wenn ich doch mal in einen Laden gehe, dann probiere ich grundsätzlich nichts an, sondern verlasse mich auf mein Augenmaß. Das leider, leider nie wirklich stimmt, weshalb ich eine Menge zu großer und eine noch größere Menge zu kleiner Sachen in meinem Schrank habe.

Sandra bugsiert mich zu einer der Bänke, die entlang der kompletten Shoppingmeile stehen, parkt die Tüten neben mir und verschwindet. Ich strecke meine Beine aus und seufze. Die Häuser schlucken die Sonne gerade so weit, dass die Straße in angenehmem Schatten liegt. Ein leichter Wind weht vom Hauptbahnhof her durch die Straßenschlucht und kitzelt mich am Nacken. Ich beobachte eine Clique Teenie-Mädels, die kichernd an mir vorbeihüpft. Eine ältere Dame im edlen Kostüm stöckelt, das Handy am Ohr, von einem Schaufenster zum nächsten. Ein dicker Mann schleckt im Gehen ein Eis. Zwei Herren in fast identischen schwarzen Anzügen flanieren wild gestikulierend an mir vorbei. Das ist besser als Fernsehen, denke ich und muss lachen, als ein Kollege von Earl vorbeikommt. In der schwarzfelligen Version. Mit Frauchen am anderen Ende der lackledernen Leine, in der wasserstoffblonden Ausgabe. Der Hund scheint ein Mädchen zu sein. Jedenfalls tragen sowohl Frauchen als auch Möpsin einen kurzen roten Rock und ein weißes T-Shirt mit Strasssteinen am Kragen.

»Gerlinde!« Frauchen zerrt an der Leine, als der Mops direkt auf mich zusteuert und mich angrinst.

»Ja hallo!«, begrüße ich den Hund, der unter dem Röckchen mit dem Schwanz wedelt und mich mit kugelrunden Augen anschaut.

»Lass das, Gigi«, sagt die Zweibeinerin und sieht mich entschuldigend an. »Die tut nichts!«

»Das weiß ich doch«, entgegne ich und kraule die Möpsin an den Ohren. »Wir haben auch so einen. Nur in beige.«

»Ach!« Die Dame strahlt. Dann stöckelt sie auf Absätzen, die kurz vor der Waffenscheinhöhe liegen, zu mir und setzt sich. Ich zerre die Einkaufstüten zur Seite. Die Möpsin murrt, weil ich für einen kurzen Moment mit den Streicheleinheiten aufhören muss.

»Darf ich?«, frage ich die Lady. Die nickt und ihr Hund grunzt zufrieden, als ich sie auf meinen Schoß hieve.

»Das macht sie sonst nie. Fremden gegenüber ist Gerlinde sehr misstrauisch.« Meine neue Bekannte sieht mich verwundert an. Ich grinse nur. Vielleicht riecht die Möpsin ja, dass meine Hormone in Aufruhr sind?

»Gerlinde. Lustiger Name«, sage ich.

»Eigentlich Gräfin Gerlinde vom Brackhof. Aber ich nenne sie meistens Gigi.« Das ›Gigi‹ spricht die Mopsbesitzerin ›Schieschie‹ aus und macht dabei einen Kussmund. Allerdings ist der Mund so ziemlich das Einzige, was sich in ihrem Gesicht bewegt. Die Stirn und die Wangen bleiben glatt. Zu glatt. Botox, vermute ich und schiele unauffällig nach dem Hals der Dame. Bingo: Der ist ziemlich faltig, davon kann auch die wuchtige Perlenkette nicht ablenken. Man kann so ziemlich alles liften, aber nicht den Hals, habe ich gelesen.

»Wie alt?«, rutscht mir raus. Zum Glück bezieht meine Nebensitzerin das auf den Hund.

»Knappe fünf Jahre.«

»Ah. Earl ist sieben. Also eigentlich Earl of Cockwood.«

»Auch ein Adliger? Wie nett!« Sie schenkt mir ein strahlendes Lächeln. Wieder nur mit dem Mund, aber trotz der vielen Schminke und dem zu dunklen Lippenstift ist es ein nettes Lächeln.

»Tanja«, sage ich und strecke ihr die Hand hin. Sie schlägt ein, wobei ich die braunen Flecken auf ihrer Hand bemerke. Die Dame ist definitiv älter als 40, auch wenn sie angezogen ist wie ein Teenager.

»Elisabeth von Hedelfingen«, stellt meine neue Bekannte sich vor. Ich muss unglaublich große Augen gemacht haben, denn sie lacht schallend. »Nein, eigentlich Bettina Banzhaf. Die Elisabeth ist mein Logo.«

»Logisch«, murmele ich, obwohl ich nichts verstehe. Aber die Erklärung kommt prompt in Form eines Flyers, den Bettina-Elisabeth aus ihrer Handtasche im Krokodesign fischt.

›Elisabeth von Hedelfingen – Hundemode exklusiv‹ steht da in Pink über einem Foto von Gigi, die die Knuffelnase in die Kamera reckt und ein Dirndl trägt.

»Süß!«

»Ja, nicht wahr? Das gibt es in allen Größen, ist aber die letzte Kollektion. Im Moment arbeiten wir an Citydresses und ein paar schottisch inspirierten All-Day-Clothes.«

»Aha.«

»Auch für Herren. Also Rüden. Besuchen Sie mich doch mal im Laden.« Bettina zeigt auf den Flyer. Ganz unten ist eine Adresse in Hedelfingen aufgedruckt. »Ihr Earl braucht doch sicher noch ein Mäntelchen?« Das sagt sie fast flehend, und ich bringe es nicht übers Herz, ihr zu sagen, dass Rolf mich steinigen, teeren, federn und vierteilen würde, wenn ich den Mops in Klamotten packe.

Das Halsband mit den coolen Nieten, das Chris gekauft hat, sorgte schon für Diskussionen unter meinen Jungs.

»Mach ich gerne«, sage ich stattdessen und werde mit einem sehr, sehr breiten Lächeln belohnt.

»Und bringen Sie unbedingt Earl mit. Gigi mag gerne Besuch bekommen. Nicht wahr, Süße?« Sie macht einen Kussmund in Richtung Hund. Die Möpsin quittiert das mit einem knarzenden Geräusch, was aber auch daran liegen kann, dass ich offensichtlich just in dem Moment genau den Punkt an ihrem rechten Ohr gefunden habe, der für höchste Hundeverzückung beim Kraulen sorgt. Gigi drückt sich ganz fest an meinen Bauch, und ich wette, sie würde schnurren, wenn sie könnte.

»Sie mag Sie«, freut sich das Frauchen. »Gigi ist sehr wählerisch, was ihre Bekanntschaften angeht.« Frau von Hedelfingen wühlt in ihrer Handtasche und fördert einen goldenen Taschenspiegel zu Tage, an dessen Rückseite ein Mops eingraviert ist. Ich erwarte beinahe, dass auch der Lippenstift, den sie als Nächstes herausholt, mit einem Hund bedruckt ist. Ist er aber nicht – es ist ein handelsübliches Ding aus dem Discounter. So einer, wie ich ihn mir auch manchmal kaufe. Allerdings sind meine Farben eher dezent, während dieses Exemplar in sattem Knallpink leuchtet. Betty zieht sich die eigentlich ausreichend farbenfrohen Lippen nach.

»Hey ho!«, ruft Sandra. Ich höre auf, Gigis Ohr zu kraulen. Meine Freundin balanciert ein Papptablett mit sechs Bechern auf uns zu. »Da bin ich wieder!«

»Ach, Sie sind nicht alleine hier?«, fragt Betty und klingt beinahe ein bisschen enttäuscht. Dann aber strafft sie die Schultern, setzt ein grellpinkes Lächeln auf und flötet »Hallooooo« in Richtung Sandra.

»Das ist Gigi«, stelle ich den Hund vor und reiche die Möpsin an ihr Frauchen weiter. »Und das ist Frau von Hedelfingen.«

Ich sehe ganz genau, dass Sandra sich ein Lachen verkneifen muss. Betty winkt mit der freien Hand.

»Sandra«, stellt Sandra sich vor und das Tablett mit den Plastikbechern neben mich auf die Bank. Betty und ich rutschen ein Stück nach rechts, so dass meine Freundin sich auch setzen kann.

»Orange, Kiwi, Banane, Kirsche, Apfel naturtrüb und Grapefruit. Mehr hatten die nicht«, erklärt Sandra und zeigt nacheinander auf die durchsichtigen Plastikbecher, in deren kuppelartigen Deckeln Strohhalme stecken. »Ich wusste nicht, worauf du Lust hast.«

»Mango«, sage ich grinsend.

»Pech für den Zipfel.« Sandra zwinkert mir zu.

»Das sieht aber lecker aus«, mischt Betty sich ein. Sandra stupst mich unauffällig mit dem Ellbogen an, ehe sie zuckersüß fragt: »Möchten Sie auch einen Saft?«

Betty strahlt so breit, dass ich ihren Goldzahn links oben sehen kann. Ihre Vorderzähne sind mit Lippenstift verschmiert.

»Dann nehme ich Apfel«, beeile ich mich zu sagen und schnappe mir den Becher. Sandra greift zu Orange und Betty schwankt einen Moment, ehe sie sich den Kirschsaft nimmt. Ich denke, sie hat sich nach der Farbe entschieden, denn der Kirschsaft passt eindeutig am besten zu ihrem Outfit.

»Herzlichen Dank«, sagt Betty. Dann prosten wir uns zu und süffeln eine Weile schweigend unsere Vitaminbomben.

»Hach«, sagt Betty irgendwann.

»Hm ja«, macht Sandra.

»Oh!«, sage ich und krame mit der freien Hand in meiner Handtasche. Mein Handy bimmelt. Irgendwo da unten in dem verschlissenen abgeschossenen braunen Kunstlederbeutel. Ich erwische ein Päckchen Taschentücher. Meinen Geldbeutel (auch sehr abgeschossen), den Schlüssel. Und dann endlich das Telefon. Ebenfalls nicht mehr neu, aber ich halte nichts von den Dingern, mit denen man gleichzeitig ins Internet gehen, Musik hören, Videos gucken und bei Bedarf eventuell telefonieren kann. Mein Handy leistet mir seit Jahren treue Dienste, es ist eines aus der Generation, als mobile Telefone noch Tasten hatten.

Auf dem Display (immerhin so was habe ich!) erscheint Arnes Nummer. Ich kann nichts gegen das Zittern tun. Sandra nimmt mir den Becher ab, und ich habe Mühe, die grüne Taste zu treffen. Dann halte ich das Telefon an mein Ohr.

»Ja?«, sage ich. Sandra legt den Zeigefinger an den Mund und macht »Scht!«, als Betty mich neugierig mustert.

»Ich ... Arne ... gelandet ...«, knarzt es durch die Leitung.

»Hallo? Arne?«

Obwohl er am anderen Ende der Welt ist, spüre ich ihn ganz nah bei mir.

»Tanja ... Flug ... müde ...«

»Wie geht es dir?«

»… heiß … Hunger …«

Irgendein Satellit scheint ebenfalls Hunger zu haben, denn die meisten Worte meines Schatzes werden irgendwo im Orbit verschluckt. Macht aber nichts, mir genügt es im Moment völlig, Arnes leicht verzerrte Stimme zu hören.

»… liebe … fehlst …«

»Du mir auch!«

»… Schluss machen … Empfang schlecht …«

»Ich liebe dich!«

»…«

»Arne?«

»…«

Mist. Die Leitung ist tot. Aber für Tausende von Kilometern Entfernung fand ich das schon eine reife Leistung von den Telekommunikationsanbietern.

»Das war Arne«, erkläre ich Sandra und Betty.

»Ich weiß, du grinst gerade ziemlich debil«, lächelt Sandra.

»Es scheint ihm gut zu gehen.« Davon, dass ich mir nicht mal vorstellen will, dass vermutlich diese Paola neben ihm stand, sage ich nichts. Ich bin ziemlich gut, wenn es darum geht, Dinge auszublenden. Das gelingt mir bei roten Zahlen auf dem Konto, bei den paar Pfunden zu viel auf den Rippen, bei Staubflocken in der Zimmerecke und ganz bestimmt auch bei sexy Ornithologinnen aus der Schweiz.

»Dein Freund?«, will Betty wissen und sieht mich mit großen Augen an. Es sind einsame Augen, und ich spüre, dass sie ganz gierig ist auf eine Liebesgeschichte. Meine in diesem Moment – sie scheint nämlich aktuell keine zu haben. So schauen nur Frauen, die unbemannt sind.

»Ja. Er ist in Bolivien.«

»Ach du grüne Neune, wie kommst du denn an so einen? Sind die nicht alle entsetzlich klein da?« Betty zieht an ihrem Strohhalm, der ein gurgelndes Geräusch macht. Ihr Becher ist leer.

»Er ist von hier. Also, kein Südamerikaner. Aber ich glaube, die sind alle ganz normal groß da«, erklärt Sandra und hält Betty das Bechertablett hin, damit sie den leeren Becher abstellen kann.

»Ach so. Was macht er da?«

»Er ist Tierarzt und hat einen Forschungsauftrag. Bulldoggfledermäuse«, sage ich mit ziemlich viel Stolz in der Stimme. Es ist ja auch toll, was mein Schatz macht.

»Was es alles gibt.« Betty stiert auf die drei verbliebenen Becher. »Könnte ich vielleicht noch einen?«

»Na klar!« Sandra lächelt. »Tanja, du auch?«

Ich verneine. Mein Bauch ist voll. Mit Saft und mit Sehnsucht nach Arne. Und mit einem Zipfel. Beim Gedanken an den Zellhaufen, aus dem bald Arnes und mein Kind wird, schießen mir die Tränen in die Augen. Sandra streichelt mir über die Schulter.

»Ich glaube, wir müssen los«, sagt sie. Müssen wir zwar nicht, aber will ich. So nett Betty und Gigi auch sind, ich habe keine Lust mehr auf Konversation.

»Schade«, sagt Betty. »Gell, Gigi, die beiden sind sehr, sehr nett!« Die Möpsin reagiert nicht, sondern fixiert ihr

Frauchen mit schwarzglänzenden Murmelaugen. Es ist der typische »›Gib mir sofort ein Leckerli‹-Blick.

»Wir haben ja Ihre Karte«, sage ich.

»Wir bleiben in Kontakt, ja?« Frau von Hedelfingen sagt das beinahe flehend.

»Aber natürlich.« Sandra nickt ihr aufmunternd zu. Dann verabschieden wir uns mit Küsschen auf die Wangen. Betty riecht nach teurem, viel zu schwerem Parfum. Ich muss die Luft anhalten. Als wir schließlich Richtung Schlossplatz marschieren, winkt sie uns mit der manikürten Hand nach.

»Leute gibt's«, lacht Sandra. »Die ist schon eine Marke.«

»Hm«, mache ich. Mehr kann und will ich nicht machen.

»Sehnsucht, akut«, stellt meine Freundin fest und hakt mich unter. »Zeit für einen weiteren Einkauf.«

Obwohl mein Herz sich verkrampft, muss ich lachen. Bei Sandra scheint immer alles so einfach zu sein. Und tatsächlich geht es mir besser, als wir eine knappe halbe Stunde später die große Buchhandlung verlassen. Sandra hat sich mit drei Romanen vom Bestsellertisch eingedeckt. Ich habe nur ein Buch gekauft. Mit unbedruckten Seiten. Der Einband ist mit einem orientalischen Muster verziert und schließt mit Magnetverschluss. Innen ist eine Papiertasche, in die man lose Blätter oder Ähnliches stecken kann. Das Papier innen ist dick und weich. Dazu gab es einen passenden Kugelschreiber, den man in eine kleine Schlaufe stecken kann. Zusammen haben die beiden Teile mehr gekostet als Sandras Schmöker.

Macht aber nichts – es ist ein ganz besonderes Buch. Es ist das erste Buch von meinem Zipfel.

Zu Hause angekommen schleudere ich die Schuhe von den Füßen. Shoppen macht mich immer ganz fertig. Wir sind zwar keinen Marathon gelaufen, trotzdem fühlen sich meine Füße an, als seien sie vier Nummern gewachsen. Die Tüten mit den neuen Klamotten werfe ich auf das Sofa, dann gehe ich in die Küche und gieße mir ein großes Glas Milch ein. Zusammen mit sieben Löffeln Kabapulver und einer Sahnehaube aus der Tube ist es genau das, was ich jetzt will. Die Jungs werden noch mindestens drei Stunden im ›Fröhlichen Laubenpieper‹ sein. Ich mache das Radio an, krame eine Packung Schokocookies aus dem Vorratsschrank und lege das mit goldenen Ranken verzierte Buch und den Kugelschreiber vor mich auf den Tisch. Einen Moment lang betrachte ich beides schweigend. Und dann geht es irgendwie von selbst: Ich schlage das Buch auf, streiche über die erste Seite. Der Stift liegt wie maßgeschneidert in meiner Hand und schreibt beinahe von alleine die Worte ›Zipfels Babytagebuch‹ auf die erste Seite. Ich verziere das Ganze mit Herzchen und gönne mir einen Keks. Den esse ich ganz vorsichtig, um ja keine Schokoflecken in die Kladde zu machen.

»Was meinst du, was sollen wir dem Papa erzählen?«, frage ich das Wesen in meinem Bauch. Auch wenn keine Antwort kommt, weiß ich, was zu tun ist. Ich schlage die Seite um und beginne mit den ersten Worten von meinem Baby an seinen Vater.

MINUS VIER

Der Zipfel ist ganz schön fleißig. Theo Roller jedenfalls ist völlig begeistert. Dieses Mal nimmt er keine Innenansicht mit dem dildoförmigen Schallgerät auf, sondern klatscht mir eiskaltes Gel auf den Bauch. Und wenn ich Bauch sage, dann meine ich auch Bauch: Ich sehe aus, als ob ich massive Blähungen habe. Taille: weg. Busen: schön groß geworden. Bauch: prall wie nach dem Verzehr einer kompletten Weihnachtsgans zu vier Kilo plus Knödel plus Kraut plus Plumpudding. Mindestens.

»Schön, schön«, kommentiert der Frauenarzt meine Innenansicht. Ich versuche, meinen Hals so weit zu drehen, dass ich den Bildschirm erkennen kann. Meine Nackenmuskeln beschweren sich zwar massiv, aber ich schaffe es, die Mondlandschaft zu sehen, die der Ultraschall aus meinem Bauch zaubert. Bringt mir aber nichts, denn außer ein paar schwarzen, grauen und hellgrauen Flecken kann ich nichts erkennen. Theo aber nickt begeistert und macht »Hm« und »Haaaah«.

»Ach?«, mische ich mich ein.

»Ja.«

»Und?«

»Sie meinen, ob man das Geschlecht schon erkennen kann?«

»Ich meine, ob man überhaupt etwas erkennen kann«, gebe ich zu. »Ich sehe nur Mondlandschaft.«

Theo lacht. »Das ist normal, Frau Böhm. Aber da kann ich helfen.« Er wurstelt an einem Knopf des Geräts, während er mit der anderen Hand den Schallkopf auf meinen Unterleib presst. Das Bild auf dem Schirm zoomt heran. Und dann sehe ich es, ohne dass der Gynäkologe etwas dazu sagen muss: das Herz meines Zipfels. Es schlägt. Bumm. Bumm. Bumm.

»Wow«, flüstere ich und starre gebannt auf das kaffeebohnenartige Wesen im Baby-TV. Theo grunzt zufrieden, macht ein paar Messungen, grunzt noch zufriedener und reicht mir schließlich ein Kleenex, damit ich das Gel von meiner Wampe wischen kann.

»Alles allerbestens«, kommentiert er und druckt ein paar Fotos vom Zipfel aus. »Nur kann ich Ihnen nicht sagen, was es wird.«

»Gar nicht?« Ich würde schon gerne wissen, ob der Zipfel ein Mädchen wird oder ob er einen kleinen Zipfel hat.

»Der Fötus hat mir nur die Rückseite gezeigt«, erklärt der Arzt. »Aber beim nächsten Mal sind wir schlauer, nehme ich an.«

Ich nicke, setze mich auf und schwinge die Beine über den Rand der Liege.

»Lassen Sie sich einen Termin geben, wir sehen uns in vier Wochen wieder«, verabschiedet sich Theo.

»Eher in 20 Kilo mehr«, murmele ich und schlüpfe in meine Sneaker. Gefühlt habe ich sogar am kleinen Zeh bereits aufgespeckt. Alle meine Schuhe scheinen plötzlich eine Nummer zu klein zu sein. Theo meint zwar, dass ein bisschen Wasser in den Beinen in der frühen Schwangerschaft ungewöhnlich sei – aber schon mal vorkommen kann. Und natürlich kommt so was bei mir vor.

Meine Beine haben sich sichtbar verformt, und wenn ich mit dem Zeigefinger in die Wade drücke, bleiben lustige kleine Dellen für ein paar Sekunden sichtbar. Den Vorschlag von Sandra, Brennnesseltee zum Entwässern zu trinken, habe ich nur einmal befolgt. Erstens schmeckt das Zeugs wie eine Mischung aus Kernseife und Kehrwochendreck. Und zweitens wirkt es verdammt gut. In jener Nacht hatte ich keinen Schlaf gefunden, weil meine Blase pünktlich alle 40 Minuten »VOLL!« meldete.

Mit dem neuen Foto vom Zipfel, einem neuen Termin und dem Gedanken an neue Schuhe in meiner neuen Größe komme ich schließlich in unserer WG an. Das heißt: Ich komme bis zur Haustür, vor der ein fast fabrikneuer BMW in Schneeweiß parkt. Der überdimensional große Kofferraum steht offen. Eine blonde Frau zerrt an einem blauen Koffer, und ich beneide sie um die schlanke Taille und den nicht vorhandenen Bauch, der sich unter dem hautengen Shirt nicht abzeichnet. Ihre Füße stecken in traumhaften Sandalen. Mit Absatz. Und geschätzt Größe 26. Allein ihr Anblick sorgt dafür, dass ich mich wie ein Walross fühle, obwohl man mir die Schwangerschaft wirklich noch nicht ansieht. Eigentlich sehe ich aus, als würde ich jeden Abend zwei Gläser Nutella leer löffeln. Diese Frau macht so was garantiert nie.

»Jetzt hilf doch mal!«, brüllt sie und wirft den Kopf herum. Ihre Augen sind von einem Blau, das sonst nur ein geniales Computerprogramm hinbekommen kann.

»Äh, ich...«, stammele ich. »Ich kann nicht.« Will auch nicht. Chris und Rolf erlauben mir ja nicht mal mehr, den Wäschekorb zu tragen, damit dem Zipfel nur ja nichts passiert. Meine Jungs würden mich steinigen, wenn ich einen wildfremden Koffer einer wildfremden Frau rumwuchte.

»Sie meine ich doch nicht«, lächelt die Frau und zeigt dabei perfekt weiße Zähne. Die ein kleines bisschen schief stehen. Endlich ein Makel, denke ich.

»Pascal! Beweg deinen verwöhnten Hintern her und schlepp dein Zeugs rauf«, brüllt sie unvermittelt in einem Ton, der einen Bahnhofslautsprecher neidisch machen würde. »Mein Sohn«, fügt sie leise und mit einem entschuldigenden Schulterzucken hinzu.

»Ach, der Zwischenmieter!« Dann muss das seine Mutter sein, schließe ich und strecke ihr die Hand hin. Im direkten Vergleich zu Klaus Hünken hätte ich ihm eine so schicke Schwester niemals zugetraut. Diese Frau ist von Dorf, Kittelschürze und Dauerwellen so weit entfernt wie Maultaschen von Labskaus. »Tanja Böhm, die neue Nachbarin Ihres Sohnes.« Sie schlägt ein.

»Ilona, freut mich. Und Pascal, du faules Stück, kommst jetzt! Sofort! Her!«

Das faule Stück scheint hinter dem Auto zu stehen, jedenfalls kommt von dort ein unwilliges Brummen und dann ein herzhaftes »Leck mich!«. Seine Mutter verdreht die Augen.

»Dann eben nicht«, knurrt sie, zerrt den Koffer über die Laderampe des SUV und lässt ihn auf den Bordstein knallen. Haarscharf an meinen Zehen vorbei. Ich mache einen Satz nach hinten. »Wer nicht will, der hat!«, ruft sie in Richtung ihres Filius. Dann nickt sie mir zu. »Wenn er will, dann muss er eben allein zurechtkommen. Sie sind ja jetzt da.«

»Ich?« Moment mal. Ich bin doch hier nicht die Erziehungsberechtigte eines offensichtlich in einem pubertären Hormonstau gefangenen Kotzbrockens! Aber noch ehe ich Ilona irgendwie aufklären kann, dass ich nur die Mieterin der gegenüberliegenden Wohnung bin, hat sie schon den Kofferraum zugeknallt und wirft sich schwungvoll hinter das Steuer. Der Diesel wummert und der BMW reiht sich blitzschnell in den Verkehr ein. Das Hupen eines Fords ignoriert sie.

»Hi!« Das faule Stück lehnt, bislang verdeckt vom Automonster seiner Mutter, an der Hauswand. Die Hände hat er in den Hosentaschen so weit vergraben, dass er sich nach vorn beugen muss. Sieht sicher cool aus, wenn man es aus der Warte eines 17-Jährigen betrachtet. Von meinem Standpunkt aus ist Pascal ziemlich drollig. Die übergroße Hose würde für drei Jungs seiner Sorte ausreichen. Als er sich von der Wand abstößt, sehe ich die Rückseite des zeltgroßen Jeansteils. Und die rote Unterhose, die weit über den Hosenbund lugt, der auf halber Pohöhe sitzt. Ich unterdrücke den Impuls zu lachen und ihn zu fragen, ob er die Windel voll hat. Zum Glück lenkt mich die quietschblaue Strähne ab, die dem Jungen über die Augen reicht. Ansonsten sind Pascals Haare wie abgeschoren. Sieht ein bisschen so aus, als ob er nach einer radikalen Lauskur in ein Tintenfass gefallen wäre. Alles in allem sieht der Knabe mit seinem Schlabberlook, den geschätzten 20 geflochtenen Armbändern am rechten Handgelenk und der verunstalteten Frisur so aus, wie die Kiddys hier in Stuttgart – vor zehn Jahren. Ich nehme an, sein Style ist out. Sehr out. Aber das sage ich natürlich nicht, schließlich bin ich in meinem Alter aus seiner Sicht bestimmt schon scheintot.

»Hallo, ich bin Tanja«, sage ich. Pascal schenkt mir ein so strahlendes und freundliches Lächeln, dass ich schmelzen würde, wenn ich 16 Jahre alt wäre.

»Pascal, hi.« Er schüttelt meine Hand. Sein Händedruck ist warm. Fest. Gut. Ich mag ihn auf Anhieb.

»Sorry für meine Mutter. Die ist sonst nicht so, aber sie hat Stress. Der Dackel hat heute Morgen auf das Sofa gekotzt.« Er grinst schief und ich muss lachen.

»Zum Kotzen, was?«, sage ich und lasse offen, ob ich den Dackel, die Mutter oder das Leben an sich meine.

»Allerdings.« Pascal schnappt sich den Koffer, als wäre der eine Feder und folgt mir zur Haustür. Während wir die Treppen hochsteigen, erkläre ich ihm, wer hinter welcher Tür lebt.

Erdgeschoss rechts: Hilde und Karl Otto, die guten Geister des Hauses, deren eigener Dackel vor ein paar Monaten durch exzessiven Kuchenkonsum aus Hildes Küche quasi geplatzt ist und jetzt im Hundehimmel weilt.

Erdgeschoss links: Bernd Kube, der so hoch wie breit ist, seinem Namen also alle Ehre macht. Und der ein Herz hat so groß wie ein Zirkuszelt. Bernd schneidet in seiner Freizeit Videos zusammen, die er auf youtube einstellt und die eine ganz gute Fangemeinde haben, wenn man mit knapp 500 Klicks zufrieden ist.

Erster Stock rechts: Frau Stiller. Niemand kennt ihren Vornamen, aber alle ihre Stimme, wenn sie wieder mal so nette Sachen wie ›Heimadland, mached Se gfälligschd d'Kehrwoch!‹ oder ›Jetzt langds, Ruhe!‹ durchs Treppenhaus brüllt. Sie ist unsere hauseigene Überwachungsfirma und teilt uns, wenn wir Partys machen, ab 23 Uhr im Halbstundentakt telefonisch und mit wachsendem Ärger die Uhrzeit mit.

Erster Stock links: Jasmin Tschirwitz. Pascals Augen leuchten, als ich ihm erzähle, dass sie das fleischgewordene Klischee einer blondierten Friseurin ist, die sehr willig zu sein scheint. Meine Jungs scherzen zwar immer mal wieder, dass sie vielleicht das Geld als Bordsteinschwalbe verdient, welche ja hier bei uns um die Ecke ihre Geschäfte machen (das allerdings sage ich dem Knaben nicht, für solcherlei Businesskontakte ist er wohl noch zu jung und ich schätze, Ilona würde mich sonst was heißen, wenn ihr Sohnemann sein komplettes Taschengeld in Damen investiert). Ich allerdings bewundere sie heimlich. Auto kaputt? Jasmin angelt sich in der Disco einen Mechaniker. Lattenrost defekt? Der Mechaniker muss einem Schreiner weichen. Aktuell ist ein Elektriker bei ihr zu Gast, da die Waschmaschine vor etwa zwei Wochen nicht mehr richtig funktionierte.

Dritter Stock: wir. Und ab sofort Pascal.

»Du links, wir rechts«, erkläre ich ihm und muss schlucken, als ich die Bärchen-Fußmatte sehe, die vor Arnes Tür liegt. Die hatte er zwar vom Vormieter übernommen, aber da Chris und Rolf sie ›sooo passend‹ für den Haushalt eines Tierarztes und ›gar nicht kitschig‹ fanden, ließ er sie liegen. Am liebsten würde ich auf die Knie gehen und die struppige Matte knutschen.

»Ich hab keinen Schlüssel«, unterbricht Pascal meine Gedanken.

»Aber wir«, beruhige ich ihn. Klaus Hünken hat mit den Jungs abgesprochen, dass sie seinen Neffen durch Arnes Wohnung führen. Immerhin hat er noch nie alleine gelebt und es scheint dem Onkel fraglich, ob Pascal einen Herd von einer Waschmaschine unterscheiden kann.

»Komm erst mal mit rein«, schlage ich vor und schließe die Tür auf. Augenblicklich setzt zweistimmiges Gekläffe ein. Offensichtlich haben die Jungs den Mops und Mudel nicht mit ins Restaurant genommen. Pascal parkt seinen Koffer vor der Tür und strahlt.

»Hunde, cool!«

Die finden unseren neuen Nachbarn offensichtlich genauso ›cool‹, jedenfalls ignorieren sie mich und stürmen direkt auf den Jungen zu. Mudel umkreist die ausladende Hose und schnuppert hingebungsvoll am Jeansstoff, während Earl auf seinen Mopsbeinen hüpft. Pascal geht in die Hocke, klemmt sich den Mops unter den rechten und den Mudel unter den linken Arm und kichert, als die beiden ihm das Gesicht in Stereo ablecken.

»Darf ich vorstellen? Earl of Cockwood und sein Sohn Mudel«, sage ich und werfe meine Handtasche auf das Sofa, das im großen Wohnflur unter dem Oberlicht steht.

»Cool«, sagt Pascal noch mal und folgt mir in die Wohnung, wobei er der Tür mit dem Fuß einen Stoß gibt, dass sie krachend ins Schloss fällt.

»Fühl dich wie zu Hause«, grinse ich und freue mich, dass der Junge das offensichtlich schon tut: Mit den beiden Knutschkugeln auf dem Schoß fläzt er auf der Couch und sagt im Sekundentakt ›Cool‹ und ›Mega‹.

»Willst du gleich rüber oder erst was trinken?«, will ich wissen.

»Cola«, antwortet Pascal irgendwo zwischen beigem Mopsfell und schwarzen Mudellocken.

»Oh.« Cola. Haben wir wahrscheinlich nicht, denn seit Chris und Rolf von der Ankunft des Zipfels wissen, haben sie alle leckeren Sachen aus unserer Küche verbannt. Cola ist Zucker in flüssig, also bäh. Statt Nutella, die sich wunderbar beim Fernsehen löffeln lässt, stehen ungezuckerte Marmeladen aus dem Bioladen im Schrank. Paprikachips und leckeres Glutamat? Nicht doch – Reiswaffeln mit der Konsistenz von Bauschaum.

»Geht auch Bionade?«, rufe ich aus der Küche.

»Cool«, kommt als Antwort. Ich öffne zwei Flaschen ökologisch völlig korrekter Holunderbrause. Pascal fläzt quer auf der Couch, als ich wiederkomme. Die Hunde fläzen mit.

»Mega hier«, sagt mein Gast und leert die halbe Flasche in einem Zug.

»Ja, schön, finde ich auch. Rolf und Chris lernst du spätestens morgen kennen.«

»Das sind die mit der Kneipe? Hat mein Onkel mir erzählt.«

»Genau. Oder ich hol dich nachher ab, wenn du alles ausgepackt hast und wir gehen die Jungs besuchen.«

»Cool. Vielleicht ist Klaus auch da.« Pascal rülpst leise und leert die restliche Flasche. Dann schwingt er seine Beine vom Sofa. »Na dann. Danke für die Limo.« Für einen Rebell scheint der Junge gut erzogen zu sein, denke ich und gebe ihm den Schlüssel.

»Kommst du mit?«, will er wissen und neigt den Kopf. Sieht ein bisschen aus wie Earl, wenn er etwas will. Pascal hat diesen bettelnden, leicht verlorenen Ausdruck jedenfalls gut drauf. Ich habe zwar keine Lust, in Arnes Wohnung zu gehen, weil ich einen sofortigen Gefühlsflash befürchte und auf gar keinen Fall heulen will. Arne fehlt mir wie die Luft zum Atmen und es ist auch nicht besser, wenn ich in seiner Wohnung bei seinen Sachen stehe. Aber als Pascal ein leises »Bitte« hinzufügt, nicke ich.

In der Wohnung riecht es nach Mango. Ich atme tief ein und bin sehr, sehr froh, dass ich Chris habe. Er war vor ein paar Tagen schon hier und hat alles für unseren neuen Nachbarn vorbereitet. Inklusive großzügig verteiltem Mangoduft aus der Spraydose. Pascal rümpft zwar die Nase, aber ich nicht: Arne riecht niemals nach Mango und der Chemiecocktail überdeckt den Geruch, den ich sonst aus der Wohnung kenne, diese Mischung aus Arnes Rasierwasser, seinen selbst gedrehten Zigaretten und … Arne eben.

»Cool.« Pascal strahlt. Ich nehme an, für ihn ist das hier das Paradies. Wäre es für mich auch, wenn ich ›nur‹ ein Kinderzimmer im Haus meiner Eltern hätte. Ich zeige ihm das Bad, wo die Waschmaschine steht (die er mit großen Augen anschaut), die Küche (Chris hat sogar eingekauft, das heißt, vermutlich hat er unsere Bestände an Leckereien hier deponiert, denn hier stehen Cola, Nutella und Co.) und schließlich das Wohnzimmer.

»Mega!«, ruft Pascal, als er die Playstation sieht. Ich unterdrücke den Impuls, ihm zu sagen, dass er ja eigentlich zum Arbeiten hier ist, und frage, ob ich ihm beim Auspacken helfen soll. Pascal verneint vehement.
»Quatsch, die paar Klamotten! Gehen wir lieber zu den Schrebergärtnern!«
»Willst du dich nicht ausruhen oder so?«
»Ach was!« Okay, würde ich auch nicht wollen, in diesem Alter hat man ja noch Kraft und Ausdauer für zwei.
»Ich hab Hunger«, verkündet Pascal. »Onkel Klaus sagt, das panierte Schnitzel kriegt Chris super hin.«
Ich muss lachen. »Das und vieles andere auch.«

Als wir mit den Hunden als Vorauskommando im ›Fröhlichen Laubenpieper‹ ankommen, ist das Mittagsgeschäft offensichtlich schon gelaufen. In der Luft liegt der Duft von Fritteuse – und mein Magen meldet augenblicklich ›Hunger!‹. Zwei Tische sind noch nicht abgeräumt worden. Aus der Küche höre ich das Lachen von Chris und Rolf, als Mudel und Earl hineinstürmen. Am Stammtisch sitzt Klaus Hünken.
»Na endlich!«, ruft er und steht auf, wobei sein Bierbauch dem halb vollen Weizenglas gefährlich nahe kommt. »Passi, mein Lieblingsneffe!«
Passi kriegt rote Ohren, lässt sich aber brav von seinem Onkel umarmen und auf die Schultern klopfen.
»'n Bier?«, fragt Klaus. Pascals Ohren werden noch einen Tick röter. Er schickt mir einen fragenden Blick zu. Herrschaftszeiten, ich bin hier nicht die Erziehungsberechtigte! Andererseits ... der Junge ist 17. Mit 17 habe

ich mich quasi von Cola mit Rotwein ernährt. Wahlweise Lumumba, dieses alkoholhaltige Kakaogetränk. Oder Apfelkorn, was fatal sein kann, weil es so lecker nach Obst schmeckt. So ein kleines Bier kann da nicht schaden. Ich nicke und verschwinde hinter dem Tresen, wo ich ein kleines Glas Pils zapfe. Und ein großes für Klaus, der mir mit einem Handzeichen bedeutet, ihn ja nicht zu vergessen. Als die Gläser voll sind, stürmt Rolf aus der Küche, dicht gefolgt von seinem Mann und den Hunden.

»Ach, unser neuer Nachbar!«, ruft er und schüttelt Pascal so fest die Hand, dass es aussieht, als wolle er dem Jungen den Arm auskugeln. Wenn Rolf sich freut, kann er schon mal sehr handfest sein. Chris ist und bleibt auch in solchen Momenten eine Tunte – und dazu steht er. Er haucht Pascal rechts und links ein Küsschen auf die Wange. Was dem unendlich peinlich zu sein scheint, denn jetzt glühen seine Ohren wie Grillkohle. Ich beeile mich und stelle die Gläser auf den Stammtisch.

»Bekomm ich auch ein Küsschen?«, frage ich überlaut, um dem armen Passi die unangenehme Situation zu verkürzen.

»Aber immer doch, Prinzessin«, lacht Chris und knutscht mich ab. Pascal atmet hörbar auf. Klaus hebt sein Glas.

»Auf meinen Neffen!«

»Cool«, sagt der und nippt an seinem Bier.

»Rolf, und jetzt ab in die Küche und mach Schnitzel. Mit Spätzle. Viel davon, ja?«, bestellt Klaus.

»Kommt sofort«, antwortet der Küchenchef. »Und Tanja, du kommst mit. Chris, räum bitte die Tische ab und dann schau mal nach, ob in den Toiletten alles okay ist.« Rolf kann ein echter Chef sein, aber kein unangenehmer. Er hat immer einen Plan im Kopf, und ehrlich gesagt sind Chris und ich dankbar, wenn er den Überblick behält. Während Chris sich pfeifend an seine Aufgaben macht, folge ich Rolf in die Küche. Der hantiert blindlings am Herd – und hält mir nebenbei eine Standpauke.

»Tanja, es tut mir leid, aber eigentlich darfst du gar nicht mehr hier arbeiten«, gibt er bekannt. Mir wird übel. Was nicht vom Zipfel kommt.

»Wie bitte?«, frage ich leise und lasse mich mit wackligen Knien auf den Hocker sinken, der neben der Spüle steht. »Bin ich entlassen?«

»Quatsch, aber ich hab mich erkundigt. Schwangerschaft und Gastronomie, das ist so eine Sache«, erklärt Rolf, während er die Spätzlepresse vom Haken über dem Herd angelt.

»Die nächsten vier, fünf Wochen sind noch kein Problem. Man sieht ja auch noch gar nicht, dass du brütest.«

»Aha?«

»Schau mal da hinten, da liegt ein Stapel Papier.« Rolf schüttet Salz ins Nudelwasser und dreht fast zeitgleich die Kalbsschnitzel in der Panade um.

Ich gehe zum kleinen Schreibtisch, der in einer Nische am hinteren Fenster steht und der samt einem Regal und einem Rollcontainer das Büro des Restaurants darstellt. Ganz oben auf einem Stapel Lieferscheine vom Getränkemarkt liegt ein Packen Blätter, der sehr, sehr amtlich aussieht. Ich überfliege die Zeilen, während das Fett in der Schnitzelpfanne spritzt. Ich kapiere kein Wort.

»Das verstehe ich nicht«, gestehe ich und lehne mich neben Rolf an den Herd. Er schneidet Zitronen in hauchdünne Scheiben.

»Also, ganz einfach«, sagt Rolf in einem Ton, um den ihn jede Kindergärtnerin beneiden würde. »Schwangere dürfen nun mal nicht schwer körperlich arbeiten. Heben. Tragen. Mehr als fünf Kilo sind da nicht drin.«

»Ja na und? Dann mach ich die Tabletts eben nur halb voll«, werfe ich ein. Rolf platziert die Spätzlepresse über dem sprudelnden Wassertopf und füllt großzügig Teig ein. Während er perfekte Schwabennudeln ins Kochwasser presst, schüttelt er vehement den Kopf.

»Das geht auch um das lange Stehen und so. Du sagst doch selbst jetzt schon, dass deine Füße eine Nummer größer geworden sind.« Mit der Kelle angelt er die ersten fertigen Nudeln aus dem Wasser und gibt sie mit einer Scheibe Butter auf die Servierplatte. Fast im selben Augenblick wendet er die Schnitzel, hält die Pfanne schräg und schöpft mit einem Löffel Bratfett auf die brutzelnde Spezialität.

»Der Gesetzgeber sagt außerdem, dass du nach 20 Uhr nicht mehr hier sein darfst.«

»Wie bitte? Nach acht werde ich doch erst richtig wach, und im Sommer brummt der Laden!« Unser Restaurant ist nach Feierabend immer gerammelt voll – erst recht, wenn die Gärtner mit dem Tagwerk fertig sind und sich auf der Terrasse mit den Nachbarn auf ein Bier oder einen Wurstsalat treffen.

»Ist aber so, kann ich ja nichts dafür.« Rolf guckt ein bisschen grimmig, als er zwei Teller aus der Ablage nimmt und die Schnitzel darauf legt. Wie immer überlappen sie den Rand. Ich nehme Zitronenscheiben und Petersilie sowie Tomaten und dekoriere das Fleisch, während Rolf die Spätzleplatte mit knusprigen Semmelbröseln bestreut.

»Nach dem fünften Monat darfst du nicht mehr länger als vier Stunden im Stehen arbeiten«, zitiert mein Lieblingskoch aus dem amtlichen Text. Das kann ich gerade noch so nachvollziehen, denn mit einer Wampe, die einem Walross gleicht, kann ich mir schon vorstellen, dass es kein Spaziergang mehr ist. Andererseits … ein bisschen Bewegung hat doch noch keiner Schwangeren geschadet, steht schließlich in jedem Heftchen, das man zum Thema haben kann!

Ich schnappe mir die beiden Teller und die Nudelplatte. »Weißt du was, die können mich mal. Kreuzweise«, brumme ich und stoße die Schwingtür zum Gastraum mit dem Fuß auf.

»So ähnlich hab ich mir deine Reaktion vorgestellt«, grinst Rolf. »Trotzdem, mach bitte nichts, was dir nicht guttut.« Ein wenig besorgt sieht er schon aus – aber schließlich wird er ja nicht jeden Tag Onkel. Ich zwinkere ihm zu.

»Na endlich!«, empfängt mich Klaus, als ich das Essen zum Stammtisch bringe. Pascal kriegt runde Augen, als er das Schnitzelmonster auf seinem Teller sieht.

»Cool.«

»Hoffentlich nicht, das sollte heiß sein«, scherzt Chris und lässt sich neben Pascal auf die Eckbank plumpsen.

»Kann ich Ketchup?«, fragt unser neuer Nachbar.
»Kann. Ich. Bitte. Ketchup. Haben. So heißt das«, fällt ihm sein Onkel ins Wort. Pascal verdreht die Augen, aber in meine Richtung, sodass Klaus das nicht sehen kann. Ich schließe den Jungen noch ein bisschen mehr in mein Herz, denn ich erinnere mich noch haargenau an meine Teenagerzeit. Worte wie ›Bitte‹ und ›Danke‹ kamen da auch nicht vor, wozu auch, man hat in dem Alter keine Zeit zu verlieren.

»Klar kannst du«, sage ich und hole ihm die Drei-Liter-Flasche aus der Küche. Bis ich wiederkomme, hat Pascal bereits einen wahrhaften Berg an Spätzle auf seinen Teller gehäuft und mampft mit dicken Backen. Seine Essgeschwindigkeit kommt der eines Scheunendreschers ziemlich nahe.

»Is' leggä«, nuschelt er mit vollem Mund. Rolf setzt sich zu uns an den Tisch und strahlt. Er strahlt immer, wenn den Gästen sein Essen schmeckt – und das tut es ganz offensichtlich. Ich habe selten jemanden gesehen, der mit solch einer Hingabe sein Schnitzel verzehrt, denke ich. Und merke, wie mein Magen ›Hunger‹ meldet. In letzter Zeit könnte ich den ganzen Tag und die halbe Nacht essen. Ich mopse mir ein Spätzle von der Platte.

»Magst du einen Salat?«, will Rolf wissen und ist schon halb aufgestanden. Vitamine? Bitte nicht!

»Schnitzel. Bitte«, hauche ich und merke, wie mir das Wasser im Mund zusammenläuft.

»Kannst meins haben«, sagt Klaus und schiebt mir seinen Teller hin. Er hat gerade mal die Hälfte seines Monsterlappens verzehrt. Für alle, die nicht Sumoringer sind oder deren Körper von Hormonen durchflutet wird, sind diese Portionen schlicht nicht machbar. Ich strahle Klaus dankbar an und mache mich über das Schnitzel her. Mit jedem Bissen fühle ich mich besser.

»Wie gefällt dir die Wohnung?«, will Chris wissen.

»Cool.« Pascal schüttet noch mehr Ketchup auf seinen Teller.

»Und was hast du außer deinem Praktikum vor?« Chris bemüht sich redlich, eine Konversation in Gang zu kriegen.

»Weiß nicht«, nuschelt unser Teenager.

»Nachtleben?«

»Hä?«

»Naja, Disko und so ...«

»Von wegen«, mischt sich der Onkel ein. »Das hier ist kein Ferienheim!« Ich nehme an, Klaus hat von seiner Schwester genaue Instruktionen bekommen, wie er Pascal zu erziehen hat, während der unwillige Knabe in der großen, großen Stadt ist. Ich muss grinsen.

»Das regeln wir schon«, sage ich mit einem Augenzwinkern zu Pascal.

»Tanja, wehe ...« Klaus droht mir mit dem Zeigefinger. Aber er grinst dabei. Auch wenn man es nicht glauben mag – Klaus scheint doch mal jung und ... naja, ungestüm gewesen zu sein.

»Keine Bange, wir werden dafür sorgen, dass Pascal jeden Abend nach dem Sandmännchen ins Bett geht«, wirft Rolf ein. Der Angesprochene macht große Augen.

»Was?«

»Na gut, ich lese dir dann noch eine Geschichte vor«, kichert Chris. Pascal verdreht die Augen, muss dann aber doch lachen.

»Noch ein Bier?«, fragt ihn sein Onkel. Der Junge nickt heftig, und ich sehe ihm an, dass er gar nicht so unglücklich mit seinen neuen Nachbarn zu sein scheint.

Zur Feier von Pascals Einzug organisieren wir am Abend eine unserer berüchtigten Videonächte. Was sich am nächsten Morgen als fataler Fehler herausstellt – ich nehme an, dass es beim Chef der Schwabengarage keinen guten Eindruck hinterlässt, wenn der neue Praktikant mit verquollenen Augen und ganz offensichtlich etwas Restalkohol in der jugendlichen Blutbahn erscheint. In Begleitung von zwei ebenfalls ziemlich zerknautschten Schwulen, von denen der eine Schädelweh hat und dem anderen so flau ist, dass er beim Einatmen Geräusche macht wie ein Goldfisch auf dem Trockenen. Ich bin meinem Zipfel mehr als dankbar, dass wenigstens ich eine Ausrede habe und liegen bleiben kann. Obwohl ich keinen Alkohol getrunken und den Jungs die vier Flaschen Prosecco, die halbe Kiste Bier und den Scotch allein überlassen habe, könnte ich bis Weihnachten schlafen. Was mir aber nur bis kurz vor zwölf gelingt. Dann nämlich reißt mich das Handybimmeln aus meinen Träumen, die ähnlich blutig sind wie Kill Bill gestern. Ich will mich gar nicht daran erinnern, welches Massaker ich dank Quentin Tarantino in meinen Träumen angerichtet habe …

»Huhuuuuuu!« Igitt. Sandra ist verdammt wach.

»Hm.«

»Stör ich dich?«

»Hmhm.«

»Sag mal, hast du noch geschlafen?«

»Äh. Nö. Ja. Bisschen.«

Sandra lacht. »Mannomann. Ich wusste gar nicht, dass die Schwangerschaftsmüdigkeit so früh einsetzt!«

Earl hebt missmutig den Kopf, als ich mich aufsetze. Mudel pennt auf dem Bettvorleger, aber der Mops bevorzugt die warme Kuhle in meinen Armen.

»Quatsch«, gähne ich. »Die Jungs haben gefeiert.«

»Ist klar, und Tanja hat solidarisch einen Kater. Jag den Schlaf aus dem Gesicht, Süße. Bin in einer halben Stunde da, wir haben was vor.«

»Und was?«, frage ich, bekomme aber keine Antwort mehr. Earl macht leise »Wuff«, als ich aus dem Bett krabbele. Sein Sohn springt auf und folgt mir in die Küche. Anders als ich hat der Mudel Appetit und stürzt sich mit Begeisterung auf das Trockenfutter im Napf. Ich bin wenig begeistert, als ich mich selbst im Spiegel sehe. Unsere Küche ist gleichzeitig das Bad. Das war früher in ganz vielen Wohnungen so. Ist in unserer noch immer der Fall – weswegen die Miete auch sehr günstig ist. Es ist eben nicht jedermanns Sache, direkt neben dem Herd eine Duschkabine zu haben. Zugegeben, für meine Jungs und mich war das anfangs auch gewöhnungsbedürftig. Aber jetzt fällt uns das schon gar nicht mehr wirklich auf. Außerdem hat Chris, der ein spezielles Deko-Gen zu haben scheint, das schlauchartige Klo kurz nach unserem Einzug in ein Paradies aus Kunstblumen verwandelt, so dass wir uns vorstellen können, ein Badezimmer zu haben, um das uns jedes Aschenputtel und jede Prinzessin auf der Erbse beneiden würde.

Vom Aussehen einer Prinzessin bin ich im Moment weit entfernt. Im Gesicht geht es erstaunlicherweise, außer dem Abdruck des Kissens auf meiner linken Wange weist nichts auf meinen langen Schlaf hin. Allerdings hört es dann schon auf, denn unterhalb meines Halses scheine ich mich über Nacht wie ein Michelinmännchen aufgebläht zu haben. Mein Busen hat eine schöne Größe, und ich gebe zu, dass ich ein bisschen stolz auf den neuen Umfang bin. Allerdings wölbt sich direkt darunter eine Wampe. Nicht schwabbelig, aber es ist unmöglich, den Bauch einzuziehen.

»Puh«, sage ich zu meinem Spiegelbild. Mudel rülpst und schleckt sich zufrieden über sein Maul. Ich frage mich, in welche Hose ich noch reinpasse und beschließe, heute zum ersten Mal eine Jeans aus der neuen Kollektion zu tragen. Die wird immerhin meine Waden verdecken. Und meine Fesseln. Oder das, was davon übrig geblieben ist. Ich bücke mich (was ein bisschen schwer geht, weil das Bäuchlein im Weg ist) und drücke auf die Stelle, an der sonst der linke Knöchel zu sehen ist. Es gibt eine lustige Delle in der Haut, die erst nach einigen Momenten verschwindet. Immerhin passt das zu meinen Fingern, die auch schon mal schlanker waren.

»Oh Zipfel«, seufze ich und putze mir die Zähne. Ich bin viel zu müde, um zu duschen, schleppe mich aber trotzdem unter die Brause. Auf das Haarewaschen verzichte ich, da muss es heute ein Zopf tun. Dafür gönne ich mir eine Portion des französischen Duschgels, das Arne mir zum Valentinstag geschenkt hat. Es riecht nach Vanille – und ich bekomme auf der Stelle Hunger.

Mit einer dreifachen Portion Butterkeksen im Bauch und einer Tasse Kaffee mit ganz, ganz viel Milch im Magen stapfe ich eine knappe halbe Stunde später die Treppe runter. Sandra hat quer auf dem Bürgersteig geparkt. Der Motor läuft. Meine Freundin steht neben der Fahrertür und gestikuliert Richtung eines Familienwagens, der die Ausmaße eines Panzers hat. An dessen Steuer sitzt eine ungeschminkte Frau mit verrutschtem Pferdeschwanz.

»Sie blockieren die ganze Straße!«, brüllt die Fahrerin durch die heruntergelassene Scheibe auf der Beifahrertür.

»Jetzt mal ganz langsam«, kontert Sandra. Obwohl ich sie nur von hinten sehe, weiß ich, dass ihre Augen kleine Schlitze sind. Wenn meine Freundin etwas nicht leiden kann, dann sind es Fahrerinnen, die ihren Fahrstil kritisieren.

»Gute Frau, ich kann nichts dafür, wenn sie mit ihrer Familienkutsche nicht zurechtkommen«, ruft Sandra gegen das Hupen eines nachfolgenden Sportwagens an, der elegant ausschert und an den beiden Damen vorbeifährt. Was kein Problem ist, denn die restliche Fahrspur ist fast so breit wie die A 81. Der Fahrer grinst. Ich umrunde Sandras kleinen roten Flitzer und sehe auf der Rückseite des gegnerischen Wagens eine Menge Aufkleber: ›Scheißerle an Bord!‹, ›Kilian‹, ›Kaitleen‹ und ›Kassandra‹. Na prima.

»Guten Morgen«, sage ich betont fröhlich.

»Huhu«, flötet Sandra mit gespielter Heiterkeit. Ich ahne, dass es gleich einen Showdown Hausfrau gegen Singlegirl gibt.

»Wollen wir los?«, frage ich meine Freundin und hoffe, dass sie Ja sagt. Ich habe keine Lust auf Gezeter. Die Hausfrau allerdings schon. Sie schaltet den Motor aus. Ganz offenbar hat sie ihre Kids schon in der Kita abgeliefert und jetzt jede Menge Zeit.

»Wo ist das Problem?«, sage ich sehr, sehr freundlich. »Meine Freundin hat nur eben hier gehalten, weil …«

»… das ist ab-so-lu-tes Halteverbot!«, belehrt uns die Supermutter. Stimmt. Vor unserem Haus darf man eigentlich nicht parken. Allerdings steht das Schild, das darauf hinweist, fast 80 Meter weiter die Straße runter. Das zweite hat nämlich vor ein paar Wochen ein angesäuselter Diskogänger niedergemäht, ehe er seinen übers Wochenende geliehenen Porsche gegen die Wand von Nummer 42 gesetzt hat. War eine ziemliche Schau, die meine Jungs, Arne und ich vom Fenster aus beobachtet haben.

»Warum fahren Sie denn nicht einfach weiter?«, frage ich.

»Weil das hier so nicht geht.«

»Geht wohl, alle anderen Autos kommen doch auch vorbei!« Sandra stemmt die Hände in die schmale Taille, um die ich sie in diesem Moment glühend beneide. Mit meiner runden Leibesmitte, der (noch) zu großen Umstandshose und den ausgelatschten Sneakern komme ich mir vor wie ein Kartoffelsack.

»Wenn alle so parken würden, wo kämen wir dann hin?«

»Nirgends, wenn ständig so eine Hilfspolizei wie Sie sich einmischt«, knurrt Sandra.

»Jetzt ist aber gut«, blafft die Hausfrau und macht Anstalten, auszusteigen.

»Genau, jetzt ist gut!« Ich überlege fieberhaft, wie ich den Showdown vermeiden kann. Hilde Otto steht schon hinter der Gardine, und ich habe wirklich keine Lust, der Nachbarschaft eine Schau zu liefern. »Ich habe nämlich einen Termin. Beim Frauenarzt. Wegen meinem Baby.« Das Wort ›Baby‹ betone ich extra. Die Hausfrau kneift die Augen zusammen und bläht die Wangen auf. Aber außer einem »Pffff« kommt nichts mehr.

»Na dann. Also. Schöne Schwangerschaft noch«, nuschelt sie schließlich, dreht den Zündschlüssel und gibt Gas. Der Wagen macht einen Satz nach vorn und geht sofort wieder aus.

»Erster Gang beim Anfahren«, ruft Sandra ihr zu. Ich ziehe meine Freundin zum Flitzer, ehe die Frau sich für den Rückwärtsgang entscheiden kann.

»Blödes Muttertier«, wütet meine Freundin und gleitet elegant hinters Steuer. Das Muttertier findet den ersten Gang und rauscht davon, als ich mich auf den Beifahrersitz plumpsen lasse.

»Versprich mir eins«, sagt Sandra und gibt Gas. »Werde bite nie, nie so wie die!«

Ich muss lachen. »Keine Bange. Mein Zipfel wird weder Kaitleen heißen, noch habe ich vor, zum verstaubten Hausmütterchen zu werden.«

»Gut. Dazu hast du nämlich auch gar keine Zeit.«

»Ach? Sag mal, was ist denn dieser mysteriöse Termin?«

»Wir fahren zu Betty.«

»Die Mopsbetty? Wieso das denn?«

»Weil wir gestern telefoniert haben. Ich soll ihr ein paar Flyer machen für den Laden. Und da hat sie mir erzählt, dass sie jede Sendung mit dem Polenta gesehen hat. Naja, bis auf zwei oder drei. Und sie notiert sich immer alle Fragen, um sie beim Kaffeekränzchen mit dem Hundeclub zu spielen.«

»Trainingslager also«, seufze ich. Ausgerechnet. Wenn ich auf was keine Lust habe, dann sind es dusslige Quizfragen. Aber das kann ich Sandra nicht mehr sagen, denn wir biegen schon in die Augustenstraße ein. Dieses Mal findet der rote Flitzer einen korrekten Parkplatz nur zwei Häuser von ›Gigis Lädchen‹ entfernt. Das kleine Schaufenster ist mit rosa Aufklebern in der Form verschiedener Hundeumrisse dekoriert. Pudel, Dackel, Möpse umrahmen die Auslage. Die fast komplett in Pink ist. Halsbänder, Mäntelchen, Schühchen, Decken, ein Fressnapf mit Strasssteinen. Und in der Mitte ein Stoffhund, der ein rosafarbenes Tüllkleid trägt.

»Oha!«, rufe ich. Sandra verdreht die Augen. Wir stehen beide nicht auf Rosa. Nicht auf Kitsch. Und schon gar nicht auf Hunde, die wegen des schlechten Geschmacks der Besitzer zum Affen gemacht werden.

»Sag bloß nichts«, raunt meine Freundin mir zu und drückt die Tür auf. ›Geschlossen‹ steht auf einem – rosa! – Schild, auf dem ein gemalter Mops abgebildet ist. »Das ist meine Kundin!«

»Ja, ist klar«, wispere ich und folge Sandra in den Laden.

»Huhuuuuuu!«, flötet uns Betty entgegen.

»Huhu«, flötet Sandra zurück.

»Hi«, sage ich und staune. Frauchen und Möpsin treten uns im Partnerlook entgegen: Beide haben ein rosa Schleifchen im Haar. Tragen ein rosa Kettchen. Und ein rosa Shirt. Betty hat ihren ausladenden Hintern in eine weiße Jeans gezwängt, die ihre Satteltaschen unvorteilhaft betont. Das zumindest bleibt Gigi erspart. Die Möpsin wackelt aufgeregt auf Bettys Arm, als Sandra und ich sie zur Begrüßung kraulen. Von Betty bekommen wir beide rechts und links Küsschen auf die Wangen gehaucht, wobei ich eine Prise ihres süßen Parfums in die Nase bekomme. Der Zipfel beschwert sich mit einer kleinen Übelkeit, und ich bemühe mich, unauffällig frische Luft in meine Lungen zu hecheln.

»Hach, ist das aufregend!« Betty bekommt unter dem rosa Rouge rote Bäckchen. Steht ihr gut, wie ich finde. Mit einer Handbewegung bedeutet sie uns, auf dem antik anmutenden Sofa an der Stirnseite des Ladens Platz zu nehmen. Sie selbst stöckelt zum mit dunkelrosa Samt bezogenen Ohrensessel. Auf dem kleinen Beistelltischchen liegt eine rosa Kladde, in der jede Menge Post-its kleben. Natürlich alle in Pink. Ich schiele unauffällig ringsum. Der Laden ist zwar sehr rosa, aber gemütlich. In einem offensichtlich restaurierten Bauernschrank hat Betty allerlei Halsbänder und Fressnäpfe arrangiert. Daneben steht ein winziges Hundesofa, auf das Gigi jetzt springt, sich zusammenrollt und wohlig seufzt. Vor dem gläsernen Tresen, auf dem eine antike Kasse steht, ist eine süße Kinderküche aufgebaut, die als Schauregal für Hundefutter und Leckerlis dient. Die Hauptattraktion ist aber der kleine Laufsteg an der linken Seite. Die Stücke aus Betty eigener Kollektion hängen auf winzigen Bügeln daneben oder prangen auf unterschiedlich großen Plastikhunden, die quasi als Schaufensterpuppen dienen. An der Wand sind Hochglanzfotos, die Gigi in den verschiedensten Outfits zeigen. Mal im Lodenmantel, mal im Regencape. Gigi mit einem Rüschenkleid. Im Dirndl. Und schließlich im Pyjama.

»Dann wollen wir mal«, unterbricht Betty meine Rundschau. Sandra kichert aufgeregt und schlägt die Beine übereinander. Würde ich auch gerne machen, aber ich befürchte, dann staut sich das Wasser erst recht. Aus gesundheitlichen Gründen entscheide ich mich also für eine bequeme, aber nicht sehr damenhafte Position. Macht ja nichts, noch sind keine Kameras da.

»Stellt euch einfach vor, dass ich der Polenta bin«, beginnt Betty. Räuspert sich und beginnt mit der Anmoderation: »Herzlich willkommen zum ›Klugscheißer-Quiz‹ im Ersten Programm! Mein Name ist Jörg Polenta und heute haben wir Sandra Magister und Tanja Böhm aus Stuttgart zu Gast!« Während sie spricht, steckt Betty sich eine schwarze Fliege ans Dekolleté. Ich unterdrücke ein Lachen. Sandra schaut betont fröhlich.

»Guten Abend«, sagt meine Freundin.

»Hallo«, sage ich.

»An der Stelle wird der Polenta euch ein paar Sachen fragen. Was ihr für Hobbys habt und so. Oder was ihr mit dem Jackpot macht. Das könnt ihr euch schon vorher überlegen, damit es ganz locker rüberkommt.«

Locker. Ist klar. Ich lockere meinen Haargummi ein bisschen und lehne mich zurück. Betty zieht die Augenbrauen hoch.

»Tanja, im Fernsehen solltest du dann aufrecht sitzen. Das betont den ... äh ... Bauch nicht so.« Ich nicke und verzichte darauf zu sagen, dass meine Wampe bis zur Aufzeichnung wahrscheinlich größer ist als eine Wassermelone im Monsterformat. »Andererseits«, lenkt Betty ein, »kann so eine Schwangerschaft auch ein kleiner Bonus beim Polenta sein. Manchmal hilft er ja doch bei den Antworten.«

Der Bonus in meinem Bauch meldet, dass er ein bisschen Hunger hat. Aber außer Hundekeksen kann ich weit und breit nichts Essbares entdecken.

»Ich habe mal die spannendsten Fragen der letzten hundert Sendungen zusammengestellt.« Betty blättert in dem rosa Büchlein. »Natürlich werden die nicht zwei Mal gestellt, aber so könnt ihr euch schon mal an das Prozedere gewöhnen.«

»Prima.« Sandra nickt zufrieden. Betty räuspert sich. Und dann kommt sie in Fahrt.

Betty: »Woher kommt die chinesische Stachelbeere?«
Ich: »China?«
Sandra: »Quatsch! Neuseeland. Kiwi!«
Betty: »Richtig! Und Tanja, bitte antworte nur, wenn du ganz sicher bist, sonst bekommt ihr Punktabzug. Also weiter. Wie lange dauerte der hundertjährige Krieg?«
Ich: »Hundert Jahre?«

Betty: »Tanja, bitte ...«
Ich: »Na was? Ich rate eben mit. Ist doch hier egal.«
Betty (schaut mich sehr streng über den Rand des Büchleins an): »Ist es nicht, meine Liebe. Ihr wollt doch üben, um den Jackpot zu knacken. Immerhin geht es um satte 100.000 Euro.«
Sandra: »116 Jahre. Irgendwann im Mittelalter.«
Betty (begeistert): »Richtig!«
Ich staune. Was Sandra alles weiß ...
Ich: »Was du alles weißt!«
Sandra: »Naja, die Frage war vor zwei oder drei Wochen erst dran.«
Betty blättert in ihrer Kladde zurück. Offensichtlich sucht sie ältere Fragen. Schließlich will sie von uns wissen, in welcher Westernserie im Vorspann eine brennende Landkarte gezeigt wurde. Das weiß ich, hab ich als Kind schließlich immer geguckt, weil ich mich in Little Joe verguckt hatte.
»Bonanza!«, rufe ich und summe die Titelmelodie. Sandra summt mit. Und dann geht es Schlag auf Schlag. Nicht alles wissen wir, aber doch das allermeiste. Im echten Leben wären wir nach der Sendung mit 60.000 Öcken aus dem Studio gegangen. Wir scheitern an der Frage, welcher Hase 1938 das Comiclicht der Welt erblickte. Bugs Bunny nämlich und nicht Roger Rabbit. Betty hat uns gefühlte tausend Fragen gestellt. Mir schwirrt der Kopf, mein Magen meldet Unterzucker und ich würde mich nicht wundern, wenn gleich ein rosa Kaninchen durch den Laden hoppeln würde. Es hoppelt auch etwas – nämlich Gigi, die herzhaft gähnt, sich streckt

und zu ihrem Frauchen trottet, die sie mit geübtem Griff auf ihren Schoß hievt.

»Bleibt nur noch eine Frage offen«, meint die Designerin.

»Ja, hast du Kekse?«, platze ich raus.

»Oh wie unhöflich von mir!« Betty springt auf und drückt Sandra den Hund auf den Schoß. Dann stöckelt sie durch den Fadenvorhang im hinteren Ladenteil und kommt kurz darauf mit einem Tablett voller süßer Teilchen, Tassen und einer Thermoskanne Kaffee wieder. Der Zipfel schlägt einen Purzelbaum, jedenfalls bilde ich mir das ein. Ich schnappe mir eine Apfeltasche und beiße ein großes, großes Stück des süßen Blätterteigs ab.

»Hm, danggschön«, nuschele ich, während Betty den Kaffee einschenkt. In meine Tasse macht sie mehr Milch als Koffeinbrause.

»Also, die Masterfrage, sozusagen«, verkündet unsere Gastgeberin, nachdem Sandra sich mit einer Mohnschnecke und sie selbst sich mit einem Liebesknochen versorgt hat.

»Nämlich?«, fragt Sandra.

»Welches Maskottchen nehmt ihr mit?«

»Puh«, macht Sandra.

»Puh«, mache ich. Ehrlich gesagt haben wir uns darüber noch keine Gedanken gemacht. Ich weiß, dass die Kandidaten alles Mögliche in die Show mitschleppen. Vom zerlumpten Teddy aus Kindertagen über eine überdimensionale Keramikgans und einem zerbeulten Matchboxauto war schon alles dabei. Außerdem der Lieblingsschnuller des Töchterchens, der erste ausgefallene Milchzahn von Sohnemann, eine Locke der Liebsten. Rostige Nägel, eine ausgeleierte Zahnspange, eine stumpf gewordene Axt oder ein kleines Hirschgeweih kamen auf diese Art schon ins Fernsehen. Die Glücksbringer müssen originell sein, sagt die Redaktion. Eheringe, getrockneter Glücksklee oder kitschige Engelchen werden nicht gerne gesehen. Sandra grübelt. Ich grübele. Betty macht ein kieksendes Geräusch.

»Ich hab's! Nehmt einen Mops mit!«

Sandra sieht mich an. Ich sehe meine Freundin an.

»Genial!«, rufen wir unisono. »Earl kommt mit!«

»Und ich statte ihn aus. Mit einer Lederhose aus meiner neuen Kollektion!«

Sandra und ich wechseln einen Blick. ›Bitte nicht!‹, lese ich in ihren Augen. Und sie dasselbe in meinen. Aber keine traut sich, etwas zu sagen, denn Betty kommt in Fahrt. Sie flitzt zum Tresen und knallt uns dann ein Skizzenbuch vor den Latz. Sie kann wirklich sehr, sehr gut zeichnen. Und ich muss zugeben, dass die winzigen Hütchen, karierten Hemdchen, die bestickten Schürzchen und nicht zuletzt die Lederhose durchaus putzig aussehen.

»Also abgemacht«, freut sich die Designerin. »Wann kommt der Herr zum Maßnehmen?«

Chris hat Tränen in den Augen, als ich ihm von unserem Training bei Betty berichte – und davon, dass Earl als bayerischer Oktoberfest-Mops Fernsehgeschichte schreiben soll. Er rutscht fast vom Küchenstuhl, so sehr muss er lachen. Rolf findet das weniger witzig. Er sitzt mit dem Mops auf dem Schoß da und macht große Augen.

»Ich weiß nicht, ich weiß nicht«, murmelt er wie ein Mantra. »Ich weiß nicht.«

»Ach komm, das ist doch klasse!«, giggelt Chris. »Und die Mädels besorgen sich ein Dirndl!«

»Nie im Leben!«, widerspreche ich. »Erstens kommen wir nicht aus München und zweitens gibt es die Teile nicht in Bruthennengröße.«

Pascal quittiert das Ganze mit einem herzhaften Gähnen. Seit er aus der Schwabengarage nach Hause gekommen ist, hat er außer »Hi« (zu uns) und »Cool« (zur Pizza) nichts gesagt.

»Jetzt erzähl doch mal, wie war dein erster Arbeitstag?«, frage ich ihn. Rolf setzt Earl auf den Boden, der sich zu seinem Sohn auf das pompöse Kuschelkissen vor der Heizung trollt. Dort nagen die beiden gemeinsam an einem Kauknochen, der so groß ist, dass er eigentlich für einen Dobermann gedacht wäre.

»Cool«, sagt Pascal und schielt zu Chris, der eben eine Flasche Bier köpft.

»Auch eins?«, fragt der. Rolf und Pascal nicken beide. Ich werde gar nicht erst gefragt, mir stellt Rolf eine Flasche Malzbier hin. Das sei gut für die Milchbildung, hat er gelesen. Ich brauche zwar noch keine Milch bilden, aber ich mag das süße Kinderbier.

»Ja, jetzt sag schon«, insistiert Rolf. Pascal nuckelt mit geschlossenen Augen an seiner Flasche. Ich widerstehe dem Drang, ihn auf den Arm zu boxen, damit er die Zähne auseinanderbekommt. Aus dem Hundekorb kommt Schmatzen im Duett. Der Teenager rülpst leise und strahlt uns der Reihe nach an.

»Mega, ich sage euch!« Wahnsinn. So viele Worte am Stück, grinse ich innerlich. Und er kann noch viel mehr. Wir erfahren alles über die Werkstatt mit dem Dutzend Hebebühnen. Den computergesteuerten Reifenanlagen. Dem handgeklöppelten Spezialgerät zum Ein- und Ausbau von Frontscheiben. Dem schniekeneuen Messgerät für die Auspuffanlagen. Oder so. Ich verstehe nur Bahnhof, irgendwie, und schalte ein bisschen ab. Autos sind Technik, und Technik ist nun mal nicht meins. Ich bin eher der Anwendertyp – ich muss nicht wissen, warum mein Auto rückwärts fährt, wenn ich den Schalthebel bediene. Es ist mir egal, warum mein Computer sich mit der ganzen Welt vernetzen kann. Und es interessiert mich nicht die Bohne, weshalb eine Waschmaschine das Wasser auf unterschiedliche Temperaturen wärmen kann. Das sind Maschinen. Die müssen funktionieren. Und wenn sie das nicht tun, dann werde ich zum absoluten Mädchen. Schließlich wohne ich mit zwei Männern zusammen. Naja, anderthalb, Chris ist manchmal mehr Mädchen als ich. Ich werde erst wieder hellhörig, als ich die Worte »blond«, »tolles Lachen« und »Isabelle« höre.

»Die ist Mechanikerin?«, will Chris wissen. Pascal schüttelt den Kopf und nuckelt an seiner Flasche.

»Verwaltung.«

»Ja und?« Rolf beugt sich über den Tisch. Wenn es um Herzensdinge geht, sind meine Jungs immer Feuer und Flamme.

»Mega. Sie ist mega.«

»Hast du mit ihr gesprochen? Ein Date ausgemacht?« Chris wird ganz hibbelig.

»Nö.«

»Ist sie Single?«, mische ich mich ein. Ich finde, die grundsätzlichen Dinge müssen klar sein, ehe Pascal sein Herz verschenkt. Als Antwort bekomme ich ein Schulterzucken.

»Das weißt du nicht?«

»Nö.«

»Also, du hast ein Mädel gesehen, das mega ist. Du weißt, wie sie heißt, wie sie aussieht und wo sie arbeitet. Praktischerweise da, wo du ab sofort auch jeden Tag bist. Mehr haben wir noch nicht.« Rolf macht sein Planer-Gesicht. Pascal nickt.

»Dann brauchen wir einen Plan!« Chris knabbert an seinem Daumennagel. Pascal strahlt, und ich bringe es nicht übers Herz zu sagen, dass es höchst unwahrscheinlich ist, dass das erste Mädel, was ihm in Stuttgart über den Weg läuft, die Frau fürs Leben ist. Sie könnte ebenso gut eine von den Schicksen sein, die sich jeden Abend von aufstrebenden Jung-Bankern bei den Kneipen rund um den Hans-Im-Glück-Brunnen mit Cocktails aushalten lassen, um hinterher zwar das eigene Geld noch im Beutel, dafür aber keinen Mann im Bett zu haben. Nicht, dass ich auf One-Night-Stands stehe, aber diese Sorte Frau gibt es leider zuhauf. Die lassen sich erst dann auf einen Kerl ein, wenn sie seinen Kontostand, seine Wohnsituation, sein aktuelles Auto sowie seine Karriereaussichten abgecheckt haben.

»Was heißt da Plan?«, sage ich und schiele sehnsüchtig auf die Gummibärchen, die Pascal mitgebracht hat. Er bemerkt meinen Blick und reißt die Tüte auf. Ich lange dankbar zu – ich brauche Zucker. Der Zipfel schreit nach Farbstoffen.

»Ist doch eigentlich ganz einfach«, fahre ich mit vollem Mund fort. »Pascal geht da morgen wieder hin. Und fragt, ob er auch mal in der Verwaltung reinschnuppern kann.«

»Cool«, sagt Pascal.

»Das ist viel zu auffällig«, kontert Rolf.

»Und außerdem interessiert ihn doch das öde Zahlenwerk gar nicht, oder?« Chris verschränkt die Hände vor der Brust.

»Nö.«

»Du kannst sie einfach fragen, ob sie was mit dir unternehmen will«, schlage ich vor.

»Tanja! Das ist viel zu direkt!« Unser Hausromantiker Chris schüttelt den Kopf. Pascal auch – wobei er knallrot wird. Okay, der Junge ist ein bisschen schüchtern. Also muss Isabelle auf andere Art und Weise überzeugt werden, dass er der coolste Megatyp im ganzen Universum ist. Ich schlage einen Brief vor – wird abgelehnt. Ebenso fallen die Frage nach der Telefonnummer, ein ungefragt servierter Kaffee, eine heimlich auf den Schreibtisch geschmuggelte Rose und eine Einladung zu uns zum Essen durch das Raster. Als wir bei Möglichkeit 47 (Kino) angelangt sind, muss ich gähnen. Seit der Zipfel bei mir wohnt, gähne ich ohne Vorwarnung. Die Müdigkeit übermannt mich wie eine Narkose – blöderweise nicht immer dann, wenn ich müde sein will. Ich habe Schlafbedürfnisse am helllichten Tag, wache dafür mitten in der Nacht auf, weil ich aufs Klo muss. Jetzt ist immerhin Abend. Ich verabschiede mich von den drei Jungs mit je einem Küsschen, verzichte auf das Zähneputzen und schleiche nach einem Umweg über die Toilette in mein Zimmer. Earl folgt mir auf leisen Pfoten und springt in mein Bett, das unter dem runden Fenster mit der bunten Glasscheibe steht. Die Tiffanydame erinnert mich an die schönen Stunden, die ich hier mit Arne verbracht habe. Ich kicke meine Hausschuhe in die Ecke und stutze: Earl kaut auf etwas Buntem herum. Ich reiße ihm die Pappe aus dem Maul. Die linke untere Ecke ist schon im Mops verschwunden, der mich etwas beleidigt anschaut, weil ich sein neues Spielzeug geklaut habe. Eine Postkarte. Eine vollgesabberte, ziemlich mitgenommene Postkarte. Auf der Vorderseite sehe ich eine Landschaft von weit, weit weg. Und auf der Rückseite – Arnes Schrift. Einer der Jungs muss die Karte auf mein Bett gelegt haben. Mein Herz macht einen Hüpfer, und ich wette, der Zipfel klopft begeistert mit den winzigen Fäustchen gegen die Nabelschnur. Ich schiebe den Mops zur Seite, knipse die Nachttischlampe an, schlinge mir die Decke um die Beine und lese das, was Earl übrig gelassen hat:

»Liebe Tanja,
 der Sommer in Stuttgart ist nichts gegen die feuchte Hitze hier. Urwald ist anstrengend. Das Team ist nett.

Wir haben schon ... gesichtet und katalogisiert. ... also fleißig ... fehlst ... alles ... Dein ...«

Earl schleckt sich hingebungsvoll die Vorderpfoten und schielt zu mir. Ich rate ihm, ein ausreichend schlechtes Gewissen zu haben, weil er die halbe Nachricht vom anderen Ende der Welt gefressen hat. Dann lege ich die angeknabberte Karte unter mein Kopfkissen, streichele über meinen Bauch und nehme mir in den Sekunden vor dem Einschlafen vor, im Traum in den Urwald zu gehen.

MINUS DREI

So ein dicker Bauch kann auch ganz schön praktisch sein. Während ich bei Theo Roller im Wartezimmer sitze, kann ich mit dieser Zipfelunterlage ganz prima ein bisschen weiter am Babytagebuch arbeiten. Seit die Postkarte ankam, habe ich aus dem Urwald nichts mehr gehört. Das heißt: Einmal rief Arne an, aber die Verbindung war so schlecht, dass ich außer Rauschen und Bruchteilen seiner Stimme nichts verstanden habe. Ich habe zwar schon gefühlte 2.000 SMS geschickt, aber Arne schreibt grundsätzlich keine Kurznachrichten. Ich tröste mich also damit, dass es ihm gut gehen muss, denn sonst hätten sich das Auswärtige Amt, irgendeine Botschaft oder die Kripo bei mir gemeldet. Außerdem wusste ich ja, dass er am Arsch der Welt ist – und zwar so am Arsch, dass die Kommunikationsmöglichkeiten wirklich nur denen der Urvölker entsprechen. Rauchzeichen. Botengänge. So was. Allerdings hoffe ich für ihn, dass seine Schweizer Kollegin einen netten Schweizer in der Schweiz hat und die Finger von meinem Tierarzt lässt. Auch wenn ich dank Zipfel in einem unglaublich entspannten, fast schon meditativen Gefühlszustand bin – die Eifersucht kann ich nicht ganz unterdrücken. Will ich auch nicht. Schließlich liebe ich Arne, und es wäre nicht normal, wenn ich mir keine Gedanken machen würde.

Das habe ich ja damals auch, als er zu Sandra nach Norddeutschland gefahren ist, um den Kauf des gemeinsamen Hauses abzuwickeln. Ich hatte ehrliche Bedenken, dass die beiden noch etwas ganz anderes wickeln würden. Schließlich war Sandra seine Sandkastenliebe. Und als sie dann plötzlich in Stuttgart auftauchte und sich bei ihm einnistete ... Meine Jungs haben mich damals mit viel Geduld, Prosecco und Fürst-Pückler-Eis von Mord und Totschlag abgehalten. Zum Glück, denn zwischen den beiden war wirklich nichts mehr außer einem geschwisterlichen Verhältnis. Und: Ich hätte niemals eine beste Freundin gefunden. Und das ist Sandra mittlerweile, auch wenn sie so versponnene Ideen hat wie die Teilnahme an einer Fernsehshow. Das verzeihe ich ihr gerne, denn sie hat auch tolle Ideen. Gestern zum Beispiel lag ein Päckchen vor meiner Tür. Darin waren allerlei Cremes, Schokoladen und Schmökerbücher, die eine brütende Frau nun mal so braucht, um sich selbst etwas Gutes zu tun. Plus ein ultragenialer knallroter Nagellack samt passendem Lippenstift aus der Parfümerie. Ich will gar nicht wissen, was das Set gekostet hat, der Marke nach ein kleines Vermögen. ›Ein bisschen Pflege für das Mutterschiff‹, stand auf der Karte. Und der Termin für die Fernsehaufzeichnung. Als ob ich DAS vergessen könnte!

Im Augenblick kreisen meine Gedanken allerdings nur um das Wesen in meinem Bauch. In meinem beachtlich großen Bauch – ich kann und will mir gar nicht vorstellen, dass ich meinen Umfang in den kommenden Wochen noch weiter vergrößern soll. Ich fühle mich schon jetzt wie eine Luftmatratze, die jemand mit Steinen gefüllt hat. Oder wie ein Walross. Das Baby in meinem Bauch wächst und meine Organe scheinen zu schrumpfen. Besonders die Blase (ich könnte alle halbe Stunde aufs Klo) und die Lunge (ich schnappe beim Treppensteigen nach Luft wie ein Kettenraucher). Okay, ein bisschen bin ich auch selbst schuld an meiner Gewichtszunahme. Aber ich kann nicht anders, ich muss Laugenweckle mit Schaumküssen drauf essen. Ich brauche Apfeltaschen mit Sahne. Viele Apfeltaschen mit viel Sahne. Die Jungs haben es mittlerweile aufgegeben, mich mit Vitaminbomben und Reiswaffeln zu füttern, nachdem ich eines Nachts um halb drei beim Blick in den Vorratsschrank einen Wutanfall bekommen habe.

»Verdammte Hacke, ich will Zucker!«, brüllte ich. Mudel und Earl schreckten aus ihrem Körbchen hoch und bellten, als ich mit sehr, sehr viel Schwung die Schranktür zuknallte. Was mir herzhaft egal war in dem Moment, ich hätte töten können für ein Stück Schokolade. Chris stürzte mit halb geschlossenen Augen und offener Pyjamajacke in die Küche.

»Ist was passiert?«

»Ja! Ich finde keinen Zucker!«

»Tanja, spinnst du?« Rolfs Haare standen in alle Richtungen ab. Ich drohte beiden mit der Faust.

»Ich! Brauche! Jetzt! Zucker!« Earl zog den Kopf ein und versteckte sich hinter seinem Sohn, der allerdings kniff auch den Schwanz ein. Mir taten die Hunde beinahe leid. Beinahe, denn ich sabberte regelrecht beim Gedanken an ein Stück Schokolade.

»Weißt du, wie spät es ist?« Chris wollte mir den Arm um die Schulter legen, aber ich schüttelte ihn wutschnaubend ab.

»Es ist mir scheißegal, wie spät es ist. Ich will Schokolade!«

»Du spinnst doch total.« Rolf zeigte mir einen Vogel und schlappte zurück ins Bett. Chris seufzte, verschwand ebenfalls in seinem Zimmer, von wo aus ich Rolf leise keifen hörte. Kurz darauf packte Chris mich mit einer 400-Gramm-Tafel Vollmilch ins Bett. Ich schaffte geschätzte 380 Gramm. Dann war mir schlecht – aber ich war glücklich. Am nächsten Tag brachten die Jungs mir vom Großmarkt eine Gemüsekiste mit. Gefüllt mit einem Kiloglas Nutella, einer Großpackung Gummibären (zwei Kilo) und diversen anderen Leckereien mit vielen, vielen herrlichen Kalorien. Und der sanften, aber bestimmten Bitte, doch bei der nächsten Heißhungerattacke leiser zu sein.

Der Lautsprecher knarzt und Barbara, die Sprechstundenhilfe, ruft meinen Namen auf. Endlich darf ich pinkeln gehen, ich muss schon so lange. Ich fülle den Becher, stelle ihn in die Durchreiche zum Labor und setze mich unaufgefordert auf den Plastikstuhl vor dem Sprechzimmer. Mittlerweile habe ich ja Routine. Es dauert zum Glück nicht lang, und Theo bittet mich ins sein Allerheiligstes.

»Wie geht es uns?«, fragt er, während ich mich – ebenfalls unaufgefordert – auf die Liege wuchte.

»Prima«, gebe ich zu. Geht es ja eigentlich auch. »Abgesehen von der ewigen Müdigkeit und den dicken Beinen.«

»Das ist doch wunderbar«, nuschelt der Arzt und klatscht mir kaltes Gel auf den Bauch. Dann fährt er mit dem Schallkopf über meine Wampe. Auf dem Bildschirm erscheint eine schwarz-graue Mondlandschaft. Die er mit "wunderbar« kommentiert. Ich bringe meine Halswirbel zum Quietschen, so sehr muss ich den Kopf drehen, um meinen Zipfel zu sehen. Aber ich sehe ihn. Oder sie. Es eben. Mein Herz macht einen Satz, als ich das winzige Herz schlagen sehe. Es sieht aus wie eine kleine Lampe, die an- und ausgeht, im Sekundentakt. Während Theo ein paar Messungen vornimmt und ein Ultraschallbild nach dem anderen ausdruckt, starre ich wie gebannt auf das Babyfernsehen. Livebilder aus meinem Bauch.

»42 Zentimeter«, murmelt der Arzt.

»Wow«, flüstere ich. »Mega.« Das Kind in meinem Bauch wedelt mit den winzigen Armen. Das kann ich sehen – und spüren. Es fühlt sich an, als würde ein kleiner Ball von innen sanft über meine Bauchdecke gerollt. Natürlich habe ich die Bewegungen des Babys schon vorher gespürt, aber noch nie so intensiv. Jetzt, wo ich es sehen kann, fühlt es sich anders an als das, was ich bislang in den Bereich von heftigen Blähungen geschoben habe. Und auch der Schluckauf von meinem Mitfahrer, der mich nachts schon ein paar Mal geweckt hat, fällt mir in dem Augenblick ein. Und macht mich sehr, sehr glücklich. Es lebt. Es wächst. Es ist da.

»Da kann ich Ihnen ein schönes Foto für den Papa machen«, sagt Theo und strahlt mich an. Ich strahle nicht zurück, sondern nicke nur stumm. Der Papa ist verdammt weit weg und wird das alles erst sehen, wenn der Zipfel geschlüpft ist. Falls er bis dahin nicht mit einer

Schweizer Vogelkundlerin in die Hängematte geschlüpft ist. Ich verbiete mir jeden Gedanken an den Urwald und was Mann dort des nächtens so tun kann, wenn er gerade nicht irgendwelchen aussterbenden Fledermäusen auflauert. Ich habe oft genug Bilder von nackten Eingeborenen vor meinem geistigen Auge, obwohl ich natürlich weiß, dass Bolivien ein durchaus zivilisiertes Land ist und ich mich mit meinen Vorstellungen geografisch um einige Längen- und Breitengrade vertue. Aber wie zivilisiert sind Schweizerinnen?

»1.500«, sagt Theo.

»Was?«

»Gramm. Wächst wunderbar.« Er rödelt mit dem Schallkopf um meinen Bauchnabel herum, der sich seit zwei Tagen wie ein kleiner Badewannenstöpsel nach außen wölbt. Was Chris toooootal süß findet. Überhaupt findet er alles ganz niedlich, putzig und aufregend, was mit mir und meinem Bauch zu tun hat.

»Und jetzt die Masterfrage«, lächelt Theo. Die Neonbeleuchtung spiegelt sich in seiner Glatze.

»Kann ich den Publikumsjoker ziehen?«

Der Arzt lacht. Das Kind in meinem Bauch macht eine Linksdrehung und ich sehe sein Profil. Oder besser das Profil eines Wesens, das auch in einer Geisterbahn auftreten könnte: Der Ultraschall zeigt die dunklen Augenhöhlen und eine Reihe Zähne. Die aber garantiert noch im Kiefer versteckt sind, sagt zumindest der Schwangerschaftsratgeber, den Chris mir besorgt hat. Und ich hoffe, der hat recht, denn die Beißerchen sehen ziemlich spitz aus, und ich will mir gar nicht vorstellen, wie sie bei falscher Bedienung beim Stillen auf meine Brustwarzen wirken.

»Junge oder Mädchen. Das ist die Frage.«

»Ach so. Naja, eigentlich ist mir das egal.«

»Wollen Sie das Geschlecht wissen, Frau Böhm? Falls nein, werde ich schweigen wie ein Grab.«

Jetzt muss ich lachen. Denn der Zipfel wackelt mit dem Po, der in Übergröße auf dem Bildschirm erscheint. Und zwischen den Beinchen hat er ... einen kleinen Zipfel. Nicht zu übersehen.

»Sie müssen nichts sagen«, flüstere ich und blinzele die Tränen weg. Ein kleiner Arne. Mein kleiner Arne.

»Tja, Jungs zeigen immer gerne, was sie haben.« Theo kichert und reicht mir ein Papiertuch, damit ich meinen Bauch abwischen kann. Während er die Fotoausdrucke begutachtet, die meisten in meine Akte und zwei Stück in meinen Mutterpass legt, geleitet mich Barbara ins Nebenzimmer. Ich weiß ja nicht, was SIE gestern Abend gemacht hat, aber gute Laune geht definitiv anders. Sprechen: Fehlanzeige. Lächeln: Nö. Stört mich das? Nein! Ich schwebe förmlich zur Liege, kuschele mich in die Kissen und lasse mir von der brummeligen Arzthelferin den Gurt mit den Messpunkten auf den Bauch legen. Und dann trappelt das kleine Pony in meinem Bauch los: die Herztöne vom Zipfel klingen, als ob ein Pferdchen im Galopp über eine frisch gemähte Sommerwiese tobt. Und ich strahle ganz bestimmt wie die blank geputzte Sonne. Barbara stellt die Eieruhr und verschwindet. Ich seufze, schließe die Augen und lasse mich von den Geräuschen aus meinem Bauch in einen wohligen Dämmerschlaf gleiten.

»Da steckst du!«

»Chris!« Die Gedanken an hellblaue Söckchen, das erste Mofa und die Einschulung meines Sohnes verpuffen. »Was machst DU denn hier?«

»Sie können nicht einfach so reinplatzen!« Barbara taucht auf und macht ein Gesicht wie die Rächerin der Enterbten.

»Kann ich wohl«, sagt Chris und lächelt sein Tuntenlächeln. Das sieht zwar total schwul aus, wirkt aber. Meistens. Bei der mies gelaunten Babsi heute nicht.

»Kennen Sie den Mann?«, will sie von mir wissen, und ich warte darauf, dass sie die Zähne fletscht.

»Äh. Ja«, gebe ich zu und vertreibe die letzten Gedanken an mannshohe Plastikbagger, von Vater und Sohn in trauter Zweisamkeit sezierte Vögel und lange sonnige Nachmittage mit Kind, Earl und Mudel im Höhenpark Killesberg.

»Ich bin der Vater«, verkündet mein Mitbewohner und reckt das Kinn. »Quasi«, setzt er fast unhörbar hinzu.

»Aha«, macht Barbara. »Nächstes Mal melden Sie sich aber erst bei mir, ja? Es hätte ja auch eine andere Frau hier liegen können.« Spricht's und knallt die Tür hinter sich zu. Ich schiele zur Eieruhr. Noch 20 Minuten. Chris tritt neben die Liege und macht ein Gesicht wie ein Kunstfreund beim Anblick der Mona Lisa im Original. Dabei ist er genauso stumm wie Menschen im Museum. Außer dem Ponygetrappel ist nichts zu hören, und ich wage es nicht, ihn zu fragen, ob er noch alle Windeln in der Tüte hat, denn über seine Wangen kullern zwei dicke Tränen.

»Ist das … das ist … ein Wunder«, flüstert er schließlich und legt ganz sanft die Hand auf meinen nackten Bauch. Ich nicke und muss dann selbst schlucken, als das Pferdchen in meinem Bauch ein bisschen mehr Gas gibt. Der Zipfel scheint zu spüren, dass sich hier gleich zwei Menschen über ihn freuen.

»Also, du Vater, was machst du hier?«, frage ich schließlich. Chris schnieft, wischt sich die Tränen weg und kramt einen Umschlag aus der Hosentasche.

»Dein Weihnachtsgeld!«

»Bitte? Weihnachten ist erst in einem halben Jahr!«

»Urlaubsgeld ist auch drin.«

»Hä?«

»Rolf hat, sagen wir mal … deine Lohnzahlung etwas vorgezogen.« Chris öffnet den Umschlag, und ich sehe grüne Scheine. Eine Menge grüne Scheine.

»Wow.«

»Genau. Und das hauen wir jetzt auf den Kopf!« Chris hibbelt. »Im Babycenter haben sie diese Woche 20 Prozent Rabatt.«

»Auf alles außer Tiernahrung?«

»Hach, Tanja, du bist süß!«

»Nein, ihr seid süß«, sage ich, und dann verschwindet Chris hinter einer Tränenwand. Meine Hormone sorgen zuverlässig dafür, dass ich mehr Augenpipi von mir gebe, als die Wasserwerke in einer Stunde ins Stuttgarter Netz einspeisen. Natürlich habe ich ein Sparschwein. Und natürlich habe ich längst daran gedacht, das für den Zipfel zu schlachten. Auf meiner Liste stand allerdings angesichts der mageren Sau nur eine Erstausstattung aus dem Second-Hand-Laden. Strampler, Bodys, was die einschlägigen Brutmagazine eben so empfehlen. Plus das ganze Pflegezeugs (so ein Zwerg braucht mehr Kosmetik als ich!). Allerdings erst mal kein Bett, ein winziges Baby kann auch bei mir schlafen, ist sowieso für die Bindung besser. Sagen die Magazine. Und der Zipfel wird kaum größer sein als Earl – und mit dem in einem Bett schlafe ich fantastisch. Statt Kinderwagen wollte ich auf Tragetuch setzen. Und statt Wickelkommode ein flauschiges Handtuch auf der Waschmaschine. Kommt Zeit, kommt der Kindsvater, kommen Möbel. So mein Plan. Der mich aber, ich geb es zu, nicht wirklich begeistert hat.

Die Eieruhr rattert. Noch ehe sie ganz verklungen ist, stößt Barbara die Tür auf, reißt wortlos die Messpunkte von meinem Bauch und wischt lustlos das Kontaktgel ab.

»Ist alles okay mit dem Baby?«, will Chris wissen.

»Wird schon«, murrt Barbara.

»Geht das ein bisschen genauer?« Chris kann pampig sein.

»Ja, alles gut.« Ich sehe Barbara an, dass sie innerlich die Augen verdreht. Sie hat auch keinen leichten Job, den ganzen Tag nur Frauen um sich, und wenn mal ein Kerl reinschneit, dann nur schwer vergeben, weil werdender Vater. Da hätte ich auch schlechte Laune, so auf Dauer.

»Aber mit Ihnen nicht«, stellt Chris fest, Barbara hält mitten in der Bewegung inne. Dreht sich wie in Zeitlupe zu meinem Mitbewohner. Ich beobachte sie, während ich den dicken Hosenbund über meinen Bauch ziehe. Wortlos starrt sie ihn an.

»Wie bitte?«, flüstert sie schließlich.

»Geht es Ihnen nicht gut?«

»Ich ... doch. Bestens.« Barbara wirft das benutzte Kleenex mit Schwung in die Tonne.

»Dann sollten Sie das auch zeigen«, meint Chris mit einem breiten Lächeln. »Sie haben wunderschöne Zähne.«

»Echt?« Barbara wird ein bisschen rot und zeigt tatsächlich einen Millimeter ihrer Beißerchen.

»Viel besser«, lobt Chris.

»Na dann«, kommt von Barbara. Und dann – lächelt sie. Komplett. Sogar ihre Augen lächeln mit.

»Geht doch«, freut sich mein Mitbewohner, als ich den neuen Termin bei der nun sehr, sehr freundlichen Helferin abgeholt habe und wir vor der Praxis stehen. »Wahrscheinlich hat sie seit Monaten kein Kompliment mehr bekommen.«

»Frauenversteher«, lache ich und hake mich bei ihm unter. Ich sage ihm nicht, dass ich auch seit Monaten nicht mehr gehört habe, wie hübsch, erotisch oder auch nur nett ich bin. Ich bin Bauch. Alle und jeder will nur wissen, wann es so weit ist. Junge oder Mädchen. Ob ich schon einen Namen habe. Als Walross habe ich aber auch ein Anrecht auf Komplimente! Immerhin halten Mudel und Earl felsenfest zu mir. Wahrscheinlich sind meine hormonellen Ausdünstungen für ihre Nasen so etwas wie ein Aphrodisiakum. Die Hunde weichen mir nicht von der Pelle, wenn sie in meiner Nähe sind. Im Gegenteil – erst vorgestern wollte Mudel mein rechtes Schienbein rammeln. So was hat er noch nie gemacht!

Bis wir beim Babycenter ankommen, muss ich schon wieder aufs Klo. Dabei sind wir gerade mal zehn Minuten gelaufen.

»Ich muss mal«, gebe ich bekannt und bin dem Architekten dankbar, dass er direkt im Eingangsbereich zwei Kundentoiletten installiert hat. Auf der einen Tür steht ›Für Papa‹, auf der anderen ›Für Mama und Kind‹. Da gehe ich hinein und bedaure Chris, dass er das nicht sehen kann: Die Kacheln sind knallrosa, in der Ecke steht eine weiße Wickelkommode, daneben ein offener Mülleimer, aus dem es verdächtig nach sehr, sehr voller Windel riecht. An den Wänden hängt ein halbes Dutzend Babybilder und auf der Ablage über dem Waschbecken stehen Deo, Handcreme und ein Korb, der mit Pröbchen von Poposalben, Babyshampoo und Babycremes gefüllt ist. Ich nehme mir von jedem zwei Stück mit, verschiebe das Luftholen angesichts des Odeurs aus dem Mülleimer auf später und mache mich auf die Suche nach meinem Einkaufsberater. Den muss ich nicht suchen – ich höre ihn.

»Oh wie süüüüß!«, flötet es ungefähr in der Mitte des riesigen Ladens. Ich folge dem »Hach« und dem »Oooooh« und finde Chris bei den Stubenwagen. Er beugt sich über eine weiße Wiege aus Korbgeflecht und streichelt versonnen über die mit hellblauem Stoff bezogene Decke. Der hellblaue Stoff, der als Himmel dient, sieht ein bisschen aus wie Omas Vorhänge.

»Scheußlich«, sage ich. Chris fährt herum.

»Findest du?« Er sieht enttäuscht aus. Ich schiele auf das Preisschild. Über 300 €.

»Das brauche ich nicht. Das geht keine drei Monate, dann ist der Zipfel da rausgewachsen.«

»Stimmt leider«, gibt Chris zu. »Aber schön ist es.« Er wirft einen letzten sehnsuchtsvollen Blick auf die Satinschleifchen und folgt mir dann in die Bettenabteilung.

»Wie hoch ist denn unser Etat?«, erkundige ich mich.

»700.«

»Oh. Wow!« Ein kleines Vermögen! Allerdings – allein das erste Babyzimmer, das wir betrachten, kostet gut das Dreifache. Dafür kann man aber das Bett ständig umbauen, so dass es mit dem Kind mitwächst. Und der Kleiderschrank hat einen eingebauten Wäschekorb. Die Wickelkommode wird im Lauf der Zeit zu einem Schreibtisch und der Schaukelstuhl, auf dem ein prall gefülltes Stillkissen liegt, würde sich wunderbar in unserer Küche machen.

»Ne«, sagt Chris und geht weiter.

»Ne«, sage ich. Beim nächsten, übernächsten und bei überhaupt allen Möbeln, die hier angeboten werden. Alle sind sehr, sehr schick. Alle sind aus biologisch, ökologisch und sonst noch wie nomisch angebauten Hölzern. Alle sind multifunktional. Und alle sprengen unseren Etat um ein Vielfaches. Ich frage mich, wie Babys so wohnen, wenn die Eltern keine Millionen auf der Kante haben.

»Ich glaube, der Zipfel soll erst mal bei mir im Bett schlafen«, flüstere ich Chris zu. Der nickt und sieht ein bisschen geknickt aus.

»Ikea«, meint er dann. »Aber lass uns noch die Kinderwagen anschauen. Die gibt's bei den Schweden nicht.«

Aber hier gibt es Babywagen. Und einen Verkäufer, dessen Umfang mittig dem einer Hochschwangeren gleicht.

»Kann ich Ihnen helfen?«, fragt er, kaum dass wir um die Ecke in die Abteilung gebogen sind.

»Äh«, sage ich.

»Äh«, sagt Chris. Der Mann fasst das offenbar als ›Ja, unbedingt!‹ auf, denn er weist sofort mit großer Geste auf einen Wagen, der leicht erhöht auf einem Podest steht.

»Der Baby 5.000. Sozusagen der Daimler unter den Kinderwagen!« Er sieht mit seinem Doppelkinn und der fettglänzenden Nase dabei so stolz aus, als hätte er selbst das Wägelchen designt.

»Cool«, muss ich zugeben.

»Mega«, stimmt Chris mir zu. Das Teil ist auch enorm schick mit seiner windschnittigen Form, die so gar nicht an die plumpen Kinderwagen aus meiner eigenen Kindheit erinnern. Und hat jede Menge Vorzüge, wie wir erfahren: Gestell aus Carbon, ultraleicht, die drei luftbefüllten Räder sind einzeln schwenkbar, der Griff ergonomisch geformt und zur Tragetasche, die sich mit einem Klick ausheben lässt, gehören noch eine Autoschale, ein Sitzpolster für später sowie eine Wickeltasche im Wagendesign und ein Sonnenverdeck dazu. Selbstverständlich gibt es auch eine Regenhaube für das Babymobil, und die Bremsen lassen sich mit einem Griff feststellen. Mit fast derselben Handbewegung kann man den Wagen so klein zusammenklappen, dass er in einen Briefkasten passt (»Sie sollten aber Ihr Kind vorher rausnehmen, haha!«) –

und das Ganze ist diese Woche sogar reduziert. Chris bekommt glänzende Augen, als der Verkäufer mit der Farbpalette für das Gefährt winkt. Alles in Hochglanz, satte Farben. Und außerdem fährt halb Hollywood mit diesem Rolls Royce unter den Kinderwagen rum.

»Und wie liegen wir da preislich so?«, unterbreche ich den Redeschwall des Verkäufers.

»Alles in allem im Komplettpaket bei 1.800.«

»Lire? Francs? Rubel?«

»Hahaha, Sie sind ein Scherzkeks!« Der Verkäufer klopft Chris auf die Schulter. Soll jovial wirken, kommt aber bei meinem eher zart besaiteten Mitbewohner gar nicht gut an.

»Das ... also ... entschuldigen Sie, wenn ich so direkt bin ... ist nicht unsere Preisklasse.«

»Da kann man sicher noch was machen, vier, fünf Prozent sind drin.« Der Mann grinst schief, und ich sehe ihm an, dass er auf Provisionsbasis arbeitet.

»Ich meine, in so einem gewöhnlichen Teil wird unser Kind nicht fahren.« Chris reckt das Kinn. »Nicht wahr, Schatz?«

»Auf gar keinen Fall. Unser Kasimir-Friedhelm hat schließlich Standesbewusstsein«, antworte ich und versuche, dabei sehr aristokratisch zu schauen.

»Schatz, wir fliegen nach Cannes. Der Wagen von Prinzessin Chantal hat mir besser gefallen.« Chris hakt mich unter.

»Aber ...«, ruft der Verkäufer.

»Billigheimer«, schnöselt Chris und zieht mich Richtung Ausgang. Im Vorbeigehen schiele ich auf die Strampelanzüge, winzigen Kleidchen und Schuhe im Zwergenformat. Alle Preisschilder sind zweistellig. Hoch zweistellig. Und die Schnuller, die an der Kasse als ›Angebot‹ stehen, kosten zwölf Euro. Das Stück.

»Ne. Neee. Das geht nicht«, sage ich lachend, als wir wieder draußen sind. »Wie machen das andere Eltern?«

»Keine Ahnung«, gibt Chris zu und schielt auf die Uhr. »Jedenfalls werden wir einen schwedischen Möbelheimer besuchen. Aber nicht mehr heute. Wir müssen nach Hause. Küchendienst.« Dagegen habe ich nichts. Erstens muss ich schon wieder aufs Klo (und ich freue mich auf eine Toilette, in der es nicht nach Babykacka riecht), und zweitens habe ich Hunger. Wir machen einen Schlenker über den türkischen Gemüseladen, holen beim Metzger am Eck ein Pfund Rinderhack und zwei Rinderherzen für die Hunde. Heute ist Mittwoch. Und Mittwoch ist Kochtag. Seit Pascal gegenüber wohnt jedenfalls. Der Junge hat mittwochs früher Schluss, und wir haben es uns in den vergangenen paar Wochen angewöhnt, alle gemeinsam zu essen und dann entweder einen Film zu gucken oder noch was trinken zu gehen. Pascal findet das »cool« und »mega«. Leider isst er außer Spaghetti Bolo nichts wirklich gerne, aber einmal in der Woche ist das auch okay. Meistens essen wir sowieso im ›Laubenpieper‹, wo unser junger Nachbar den Rekord beim Spätzle-Essen hält. Eine ganze Familienplatte putzt er weg wie nichts. Zum Schnitzel, versteht sich.

»Was zum Geier ist das denn?«, keuche ich, als wir im dritten Stock ankommen. Vor unserer Wohnung steht ein Karton, der so groß ist wie ein Spielehaus für Kinder. Hinter der Tür kläffen Earl und Mudel im Duett. Chris fummelt den Schlüssel aus seiner Hosentasche, steckt ihn am Karton vorbei ins Schloss und drückt die Tür auf. Earl hüpft auf und ab, als hätte er einen Gummiball verschluckt. Dabei sieht er ein bisschen wütend aus, denn er kommt nicht an der Riesenkiste vorbei. Auf dem Karton pappt ein Paketaufkleber.

»Das ist für Rolf«, lese ich vor, während Chris den Karton zur Seite schiebt. Das Ding ist breiter als die Tür. Ich frage mich, wie der Postbote es geschafft hat, das Monstrum hochzuschleppen.

»Ist nicht schwer«, kommentiert Chris und wehrt Mudels Sprung ab, der sofort durch die frei gewordene Lücke schießt und an der Metzgertüte schnuppert. Ich schnappe mir den Mops, ehe er auch noch auf die Tüte losgehen kann.

»Möchte mal wissen, was er schon wieder bestellt hat«, knurrt Chris. Der Absender verrät jedenfalls nichts. »A. Braun, Zinsendorf.«

»Ein Fernseher wird's ja nicht sein«, sage ich. »Und ein Buch wohl auch nicht.« Chris verdreht die Augen und kickt die Wohnungstür mit dem Fuß zu. Ich biege als Erstes ab in Richtung Klo. Als ich erleichtert wieder in die Küche komme, sitzen beide Hunde zu Chris' Füßen, der eben die Herzen in einen Topf legt.

»Du kannst die Möhren schälen«, schlägt er vor. Ich würde ja ein Nickerchen vorschlagen, traue mich aber nicht. Schließlich falle ich in letzter Zeit viel zu oft aus, weil der Zipfel mich so müde macht. Also werkeln wir gemeinsam in der Küche und schaffen es fast auf die Sekunde genau, die Nudeln abzugießen, als Rolf mit Pascal im Schlepptau nach Hause kommt.

»Was gibt's denn – und wie war eure Einkaufstour?«, erkundigt sich Chris' Mann.

»Alles viel zu teuer und Spaghetti«, rufe ich aus der Küche zurück und muss mich am Sideboard festhalten, als Mudel mit Karacho an meinen Beinen vorbeischießt, um sein Herrchen zu begrüßen.

»Cool«, freut sich Pascal.

»Nicht so cool«, sage ich zu ihm, als er im Blaumann und mit ölverschmierten Händen im Türrahmen erscheint. Das Werkstatt-Outfit mit der knackigen Latzhose macht zwar einen knackigen Po, aber leider ansonsten nicht sehr sexy.

»Hä?«

»Wie wär's mit Seife?«, schlage ich vor und werfe ihm vom Regal neben der Küchendusche ein Handtuch zu. »Kannst schnell hier duschen.«

»Äh ...« Pascal bekommt knallrote Ohren.

»Wir gucken auch nicht hin«, kichert Chris.

»Neee, ganz sicher nicht«, stimmt ihm Rolf zu.

»Mach schon, sonst wird das Essen kalt«, befehle ich. Pascal sieht völlig verdattert aus, schält sich aber trotzdem aus seinen Klamotten, das Gesicht zur Wand. Chris und Rolf schielen beide zu ihm. Anscheinend gefällt, was sie sehen, denn sie nicken anerkennend. Ich verdrehe die Augen, schnappe mir den Klamottenhaufen und stopfe ihn in die Waschmaschine, die neben der Spüle installiert ist. Pascal verschwindet dermaßen schnell hinter dem

Duschvorhang, dass der Mops ganz irritiert ist. Als das Wasser rauscht, zeige ich meinen Mitbewohnern einen Vogel.

»Der Junge ist hetero«, flüstere ich.

»Na und?«, nölt Chris. »Sein Arsch ist …«

Rolf knufft ihn in die Seite.

»Aua!«, ruft Chris. »Sag mal, was ist das eigentlich für eine Monsterkiste vor der Tür?«

»Ist nicht für mich«, sagt Rolf und gibt seinem Mann einen Kuss auf den Mund. »Ist für Tanja.«

»Für mich? Ich hab nichts bestellt!«

»Neee, aber ich. Aber warte bis nach dem Essen, ja?«

Jetzt bin ich neugierig. Aber auch hungrig, und außerdem muss ich Pascal vor den allzu neugierigen Blicken meiner Mitbewohner schützen, indem ich ihm meinen Bademantel in die Dusche reiche, kaum dass er das Wasser abgestellt hat. Rosa steht ihm nicht – aber immerhin ist er nicht nackig.

»Viel besser!«, freue ich mich, als er frisch duftend am Tisch sitzt. »Und die Haare sind so auch besser.«

»Stimmt.« Chris häuft die Nudeln auf unsere Teller, wobei er den von Pascal übervoll macht. »Das Gel muss gar nicht sein.«

»Echt?« Pascal dreht eine Portion Nudeln auf seine Gabel.

»So verwuschelt ist es viel besser«, stimmt Rolf zu.

»Musch isch mal machen«, mampft Pascal.

Muss er wirklich. Mit seinem Look, der vor zehn Jahren ganz bestimmt mal in war, fällt er zwar auf – allerdings kommt er nicht an. Bei Isabelle offensichtlich so was von gar nicht. Seine heimliche Flamme weiß wahrscheinlich gar nicht mehr, wer Pascal ist, denn er hat sich nie wieder in die Verwaltung getraut.

»Wie wär's, wenn die Jungs mal ein Styling mit dir machen?«, schlage ich vor. Pascal schielt mich über seinen Teller hinweg an. »Haben sie bei mir auch. Und zack, hab ich einen Freund gehabt.«

»Ach. Echt? Cool.« Pascal strahlt.

»Ja, Arne«, erklärt Chris. »Wobei der sich auch ohne neues Outfit in Tanja verknallt hätte.«

»Na, da bin ich mir nicht so sicher«, kichere ich. Schließlich war ich damals auf superpraktisch und ziemlich unweiblich getrimmt. Weiblich soll Pascal zwar nicht werden, aber Chris und Rolf haben das todsichere Gespür für Mode.

»Oh toll, das machen wir!« Chris klatscht begeistert in die Hände und beginnt, von Mega-Jeans, coolen Shirts und einem neuen Haarschnitt beim megacoolen Friseur in der Königstraße zu schwadronieren. Rolf grinst in sich hinein. Ich sehe ihm an, dass er seinem Mann gerne das neue Stylingopfer überlässt. So ist Chris wenigstens beschäftigt – er ist nämlich ein bisschen hyperaktiv, gelinde ausgedrückt. Und solange er an Pascal rumdoktert, werden unsere Wohnung, die Laube und das Restaurant hoffentlich von neuen Dekowellen verschont.

»So, und was ist jetzt in dem geheimnisvollen Paket?«, will ich wissen, als Chris und Pascal mit dem Abwasch beginnen. Teamwork, wie immer: Earl und Mudel sorgen mit ihren Zungen für das Vorspülen der Teller, ehe die Spülmaschine den Rest besorgt.

»Komm mit!« Rolf schnappt sich das Brotmesser und beginnt damit, im Flur das Klebeband aufzuschneiden. Der Absender scheint ein Abo bei Tesa zu haben, gefühlt ist der Karton mit sieben Kilometern Band umwickelt. Während ich noch überlege, ob eine derart verklebte Kartonnage ins Altpapier oder in den Restmüll gehört, ruft mein Mitbewohner »Tadaaa!« und klappt den Deckel auf.

»Alte Zeitungen?« Ich nehme mit spitzen Fingern die oberste Seite in die Hand. Ganz oben wird die Eröffnung der Krippenausstellung angekündigt. »Weihnachten?«

»Ach was!« Rolf reißt weitere Tageszeitungsstücke aus dem Karton. Darunter kommt ein quietschbunter Haufen Etwas zum Vorschein.

»Was ist das?«, frage ich und zerknülle die Zeitung.

»Für den Zipfel! Spielzeug ohne Ende!« Rolf stemmt die Hände in die Hüften und sieht sehr, sehr stolz und glücklich aus.

»Spielzeug?«, frage ich lahm.

»Ja, ebay. Schnäppchen. Alles zusammen nur 13 Euro!«

»Aha.«

»Ja, ich hätte auch auf Klamotten geboten, aber man weiß ja nicht, ob es ein Junge oder ein Mädchen wird.« Rolf strahlt mich an, als ob wirklich Weihnachten wäre, und ich bringe es nicht übers Herz ihm zu sagen, dass das Letzte, was ich brauche, bunte Plastikklötze sind.

»Junge«, flüstere ich. Rolf strahlt noch breiter, dann stürzt er einen Schritt auf mich zu, knutscht mich auf beide Wangen und drückt mich vorsichtig an sich.

»Ich hab's geahnt«, sagt er und wischt sich ein Tränchen aus dem Auge. »Dann kann ich ja …«

»… bitte nicht verraten!«, sage ich verschwörerisch. »Und ja, ersteigere alles in Hellblau, was du kriegen kannst.« Ich muss lachen, als Rolf breit grinsend einen knallroten Stoffaffen aus dem Karton zieht.

»Hach, wie schön!«, freut er sich. Eine halbe Stunde später sieht unser Wohnflur aus wie ein Spielzeugladen. Ich muss zugeben, dass Rolf wirklich ein Schnäppchen gemacht hat, auch wenn ich keine Ahnung habe, wo ich die Sachen alle hinpacken soll. Ich sitze zwischen Earl und Mudel auf dem Sofa. Der Mops hat sich auf Anhieb in ein Sesamstraßen-Ernie-Kissen verknallt und kaut jetzt hingebungsvoll und sehr vorsichtig an Ernies Stoffbein. Der Mops geht mit seinen Spielsachen vorbildlich um. Erst wenn er sie über Wochen und Monate so eingespeichelt hat, dass sie eigentlich durch ein Spezialkommando in Sicherheitsklamotten entsorgt werden müssten, frisst er sie auf. Das heißt – er nagt so lange darauf herum, bis außer Flocken und Fetzen nichts mehr übrig bleibt. Mudel ist da konsequenter: Gib ihm egal was und er kriegt es binnen kürzester Zeit klein. Zum Glück hat er null Interesse am Inhalt der Babykiste, wofür Chris ihn mit einem getrockneten Schweineohr belohnt hat. Darauf kaut er neben mir rum, und ich schaffe es tatsächlich, den unverwechselbaren Geruch von getrocknetem Schweineohr zu ignorieren.

Pascal, mittlerweile in ausgeleierter Jogginghose und verwaschenem Shirt, drückt wie ein Besessener auf einem Miniklavier herum, das ganze sieben Tasten hat. Ich hoffe, dass die Krawallschachtel ganz, ganz schnell leere Batterien hat. Ich weiß schon jetzt, dass ich niemals neue kaufen werde. Chris versucht derweil, ein Dutzend bunte Holzformen so auf einen Stab zu stecken, dass wieder ein Segelboot daraus wird. Er kämpft mit zusammengekniffenen Augen. Dieses Spielzeug scheint also pädagogischer zu sein! Rolf ist in der Küche verschwunden, wo er hingebungsvoll allerlei Beißringe, Rasseln und sonstiges Zeugs für ganz, ganz neue Menschen wäscht. In der Waschmaschine dreht sich jetzt nach Pascals Latzhose ein halber Zoo aus Stofftieren.

»Cool!« Pascal hört endlich, endlich auf, den Mozart für Minderbemittelte zu machen und angelt einen Babyrennwagen aus dem Karton. Sehr Plastik. Sehr reduzierte Form.

»Schenk ich dir«, sage ich großmütig und streichle meinen Bauch.

»Echt? Mega!« Wie kann ein ziemlich erwachsener Mensch sich so über ein Babyspielzeug freuen? Aber irgendwie ist Pascal wohl doch noch ein Kind, denn seine Augen leuchten, als er das Spielzeug über den Boden rollen lässt. Earl stupst mich an und ich zerre ein bisschen an Ernie. Der Mops ist begeistert und knurrt seinen neuen Freund spielerisch an.

»So, und jetzt kommt meine Überraschung!«, ruft Chris und stopft die Teile des Holzbootes ungeordnet in den Karton zurück. »Moment mal!« Er springt auf, rennt in sein Zimmer und kommt gleich darauf mit einem Karton wieder. Wesentlich kleiner als der von Chris.

»Tanja, mach dich nackig!«, lacht mein Mitbewohner. Rolf kommt aus der Küche, das Geschirrtuch in der einen und eine knallblaue Rassel in der anderen Hand. Pascal schnappt sich sein Auto und klappt den Mund auf und wieder zu.

»Was soll ich?« Ich bin stets auf alles gefasst bei meinen Jungs, aber so was hatten wir noch nie. »Seit wann stehst du auf Frauen?«

»Das würde ich auch gerne wissen«, sagt Rolf.

»Gar nicht, Liebster!« Chris drückt seinem Mann über die Kiste hinweg einen Schmatzer auf den Mund. »Aber ich war auch bei ebay!«

»Oh nein, nicht noch mehr Spielsachen«, stöhne ich. Earl schnappt sich Ernie und trollt sich ins Körbchen. Mudel macht mit seinem halb aufgenagten Schweineohr zum Glück dasselbe.

»Nein, viel besser!« Chris klappt den Karton auf und holt eine Tüte mit weißem Pulver heraus.

»Koks?«

Pascal verschluckt sich und hustet.

»Gips! Wir machen einen Gipsabdruck von deinem Bauch!«

»Äh?«

»Jaaaa! Den male ich dann noch an und du kannst ihn aufhängen.«

Ich weiß nicht, ob ich meine Wampe an die Wand nageln will, aber Chris strahlt dermaßen, dass ich nicht Nein sagen kann. Außerdem habe ich irgendwann mal im Fernsehen solche Gipsbäuche gesehen und muss zugeben, dass ich die Idee ganz witzig finde.

»Na dann!« Ich streife mein Shirt ab. Pascal bekommt Schluckauf und mir wird bewusst, dass ich – wie immer – keinen BH trage.

»Hol mal einen Eimer vom Balkon, wir müssen die Gipsbinden einweichen«, rettet Rolf die Situation für unseren Nachbarn. Pascal springt auf, starrt noch einen Moment auf meinen Busen und flitzt davon.

»So, Prinzessin, du legst dich jetzt ganz bequem hin«, befiehlt Chris. Ich lege mich.

»Nein, das geht so nicht«, stellt Rolf fest. »Da rutscht dein Busen auf die Seite.«

Ich lege mich anders.

»Jetzt hängt der linke weiter runter.« Chris stopft mir ein Kissen in den Rücken.

»Das ist unbequem«, nöle ich. Pascal kommt wieder, mit dem blauen Putzeimer und knallroten Ohren.

»Äh. Ich … muss ins Bett«, stammelt er.

»Bleib doch noch ein bisschen«, schlägt Chris vor.

»Du, mich stört das echt nicht«, pflichte ich bei.

»Äh. Ja. Also. Cool.« Der Junge setzt sich und nuckelt an seiner Cola. Dabei starrt er angestrengt in den Hundekorb, wo Earl gerade mit Ernie flirtet. Und wenn ich Flirt sage, dann meine ich Flirt: Der Mops rammelt den Bauch des Stofftieres. Ich muss lachen.

»Ja, bleib so!« Chris klatscht begeistert in die Hände. »Jetzt ist der Busen perfekt!«

»Ich dachte, es geht um einen Bauchabdruck?«

»Ja schon, aber der Busen gehört dazu. Ich weiß auch schon, wie ich den nachher anmale.«

»Bitte keine Blümchen!«

Rolf und Chris lachen. Pascal fixiert das Oberlicht.

»Also, dann wollen wir mal!« Chris krempelt die Ärmel hoch, während sein Mann sich in die Gebrauchsanleitung vertieft. Ich bewege mich einen halben Millimeter.

»Sie hat sich bewegt!«, petzt Pascal.

»Stillhalten!«, rufen meine Jungs wie aus einem Mund, unterstützt von den Hunden, die beide kläffen. Ich verdrehe die Augen.

»Mir wird langsam kalt«, nöle ich.

»Gleich wird's warm!« Chris kommt mit dem Eimer wieder. »37 Grad. Perfekt!« Er hat garantiert die Wassertemperatur mit dem Badethermometer gemessen. Wir besitzen zwar keine Wanne, aber als ehemaliger Florist mit sehr, sehr grünem Daumen gießt Chris die Pflanzen nur mit wohltemperiertem Wasser. Und tatsächlich ist es angenehm warm, ich darf probehalber einen Finger ins Wasser stecken.

»Äh ... bevor das los geht ... ich muss aufs Klo.« Das Wasser regt meine Blase an.

»Nein!« Rolf, der schon die erste Gipsbinde in den Eimer tunkt, ist entsetzt. »Jetzt nicht!«

»Genau jetzt.« Ich springe auf und sause zum Klo. Es war sehr, sehr dringend. Leider muss ich mich danach wieder in Position rücken lassen, dieses Mal allerdings mit einem übergroßen Strandtuch als Unterlage. Gips auf Sofa käme nicht gut. Earl und Ernie liegen mittlerweile im post-koitalen Dämmerschlaf im Körbchen. Mudel schielt halb gelangweilt zu mir. Pascal starrt gebannt auf einen weißen Fleck an der weißen Wand. Chris schmiert mich großflächig mit Nivea ein. Angenehm.

»So.« Rolf legt die erste Gipsbinde mitten auf meinen Bauch.

»Iiiih, das kitzelt!«

»Tanja, wehe, du lachst, du zerstörst das ganze Ergebnis.« Chris sieht mich mit erhobenem Zeigefinger an.

»Aye, Scheff. Ich bin so ruhig wie eine Statue. Echt. Rolf! Das kihihitzelt!« Während die Jungs abwechselnd eine Stoffbinde auf meine Wampe und den Busen legen und glatt streichen, wacht der Zipfel auf.

»Oh.«

»Was? Musst du schon wieder pinkeln?« Chris sieht mich entsetzt an.

»Nein. Der Zipfel hat Schluckauf!«

»Wie süüüß!« Chris strahlt. Rolf strahlt. Pascal sieht mich fragend an.

»Das haben die Babys wegen dem Atemreflex oder so«, erklärt Rolf. »Genau weiß man das nicht.«

»Ist mir auch egal«, gebe ich zu. »Wenn das wieder die halbe Nacht dauert, werde ich sauer.« Es ist nämlich kein Vergnügen, wenn Mama schlafen will, während in ihrem Bauch ein Wesen zuckt und tritt. Vorzugsweise gegen die Blase.

»Ach was«, mischt Pascal sich ein. »Kannst dich ja schon mal an die Nachtwachen gewöhnen.«

»Genau, mit dem Ausschlafen ist es bald vorbei«, stimmt Rolf ihm zu.

»Quatsch, ich stehe gerne nachts auf und mache ein Fläschchen.« Chris nickt mir aufmunternd zu.

›Und außerdem sollte irgendwann der Kindsvater wieder auftauchen‹, will ich hinzufügen, verkneife mir das aber. Ich verdränge jeden Gedanken an Arne, so gut es eben geht. Nützt ja nichts, wenn ich vor Sehnsucht vergehe, während er putzmunter durch den Dschungel krabbelt und keine Ahnung von seiner Vaterschaft hat. Selbst schuld, Tanja, du wolltest es so.

Chris streicht die letzte feuchte Binde über meinem linken Busen glatt. »Fertig! Jetzt musst du trocknen.«

»Wie lange?«, frage ich ein wenig bang, denn meine Blase fühlt sich schon wieder ziemlich voll an.

»Halbe Stunde.«

»Oh nein.«

»Oh doch!«, rufen alle drei Jungs im Chor. In dem Moment schnattert eine Ente in meiner Handtasche. Mein Handy.

»Chris, hast du mal wieder meinen Klingelton geändert?«

Der Angesprochene nickt und versucht, schuldbewusst zu gucken. Klappt aber nicht. Die Ente klingt wirklich witzig.

»Mein Handy klingelt«, sage ich.

Alle drei springen gleichzeitig auf. Rolf ist als Erster bei meiner Tasche und fummelt das Gerät raus. Sandra.

»Tanja in Gips«, melde ich mich.

»Was? Was ist passiert?«

»Ich liege hier im Gipsbett«, sage ich grinsend.

»Du hattest einen Unfall? Ist was mit dem Baby? In welcher Klinik bist du?« Meine Freundin klingt ein bisschen hysterisch.

»Alles gut, Sandra, alles ist gut, die Jungs machen einen Gipsabdruck von meinem Bauch.«

»Was? Egal, Hör mal, Süße, wir haben ein Problem.«

»Oh.« Von mir aus kann ein Tsunami über Stuttgart schwappen – erstens könnte ich mich nicht bewegen, zweitens dürfte ich nicht und drittens will ich das gar nicht, denn es ist mollig warm unter meinem Gipsbauch und die Jungs platzieren eben eine Schüssel Chips und eine große Flasche Fanta vor meiner Nase.

»Ja, was denn?« Ich gebe zu, ich klinge ein bisschen träge.

»Die haben die Aufzeichnung vorgezogen. Auf MORGEN!«

»Was?« Das Handy flutscht aus meiner Hand. Sandra landet auf dem Boden. Ihre Stimme kommt nur noch gedämpft aus dem Apparat.

»... Kandidatenpaar ausgefallen ... einspringen ... neun Uhr ... Sender!«

»Chris! Chriiiiiis! Gib mir mein Handy!«, flehe ich und hoffe, dass ich mich schwer verhört habe. Habe ich aber nicht. Kaum hat mein Mitbewohner mir das Gerät gereicht, bekomme ich von Sandra die Eckdaten.

»Sag das noch mal«, flüstere ich. Vor Schreck hat der Zipfel keinen Schluckauf mehr, dafür wummert mein Herz gegen die Gipswand.

»Schreib mit«, befiehlt Sandra.

»Kann ich nicht. Rolf ... mach du ...« Ich reiche ihm mit zitternder Hand das Telefon. Rolf schnappt sich Handy, Zettel und Stift. Nach einigen »Verstehe« und »Ja, klar« sagt er »Tschüß«.

»Tja, Süße, dann würde ich mal sagen, du gehst heute früh ins Bett, sonst hast du morgen Augenringe!« Rolf grinst mich an.

»Ich kann aber morgen nicht.« Ich gebe zu, ich jammere. »Ich hab nichts zum Anziehen, ich wollte vorher noch zum Friseur und wir wollten noch mindestens drei Mal bei Betty trainieren. Außerdem braucht Earl noch sein Outfit.«

»Der Hund!« Chris springt auf und weckt den Mops aus seinem zufriedenen Schlummer, indem er ihn aus dem Körbchen hochreißt. Earl schnaubt unwillig, bekommt aber zum Glück nicht mit, dass Mudel sich Ernie nähert, das Stofftier beschnuppert und abschleckt. »Du gehst jetzt baden!«

»Wozu das denn?« Rolf sieht seinem Mann entgeistert hinterher.

»Er stinkt!« Chris kickt die Küchentür hinter sich zu, damit der Hund nicht reißaus nehmen kann.

»Das ist Fernsehen, da riecht man nichts!«, ruft Pascal.

»Lass ihn.« Rolf verdreht die Augen und sagt dann, an mich gerichtet: »Wir richten dich schon her. Du brauchst nur ein Outfit, Make-up machen die im Sender.«

»Ja eben das ist das Problem«, seufze ich. Ich hatte mir eigentlich ein weit schwingendes Kleid gewünscht. Das ich aber leider noch nicht besitze. »Ich will nicht wie eine Presswurst aussehen, wenn ich einmal im Fernsehen bin.«

»Mega.« Pascal gähnt. »Ich geh mal.«

»Wie? Du gehst? Hallo? Ich habe ein Problem!«

»Und ich muss morgen früh raus.« Pascal drückt mir ein Küsschen auf die Wange. Süß!

»Ich drück euch die Daumen, ja?«

»Und die Zehen«, flehe ich ihn an.

»Jo. Is klar.« Spricht's und ist verschwunden. Aus der Küche höre ich Wasser rauschen und einen Mops bellen, der hörbar schlechte Laune hat.

»Wann kann ich aus meinem Panzer raus?« So langsam wird es heiß unter dem Gips. Rolf klopft an verschiedenen Stellen auf die weiße Masse. Es klingt hohl.

»Jetzt!«, sagt er und hebt vorsichtig die Ränder an. Es gibt ein spautzendes Geräusch – und dann hat er meinen Bauch in der Hand. Samt Busen. In Schneeweiß. Als er das Teil mit der Vorderseite zu mir dreht, mache ich kugelrunde Augen. »So fett bin ich?«

»Du bist nicht fett, du bist wunderschön«, sagt Rolf, küsst meine Nasenspitze und schickt mich dann unter die Dusche.

Ausschlafen geht definitiv anders. Nachdem Earl und ich wieder trocken waren, haben die Jungs meinen Kleiderschrank komplett auf den Kopf gestellt. Natürlich ist er gut gefüllt, Sandra sei Dank. Aber ich gehöre nun mal zu den Frauen, die im Laden alles toll finden, besonders das, was die Ankleidepuppen tragen. Die das dann kaufen. Und zu Hause feststellen, dass ein winziges Accessoire fehlt. Und zwar so fehlt, dass das komplette Outfit nach nichts aussieht. Aber gegen Mitternacht standen zwei Outfits fest. In das erste, das Rolf ausgesucht hat, steige ich nach einer heißen Dusche. Das zweite von Chris hängt in einen Kleidersack verpackt an der Garderobe, falls den Fernsehleuten die schwarze Dreiviertelhose, das taupefarbene Top mit schicker Raffung am Ausschnitt und die gleichfarbigen Ballerinas nicht gefallen. Dass deren Sohlen kurz vor der Auflösung standen hat Rolf mit Sekundenkleber kaschiert. Es ist definitiv der letzte Einsatz für die Schuhe – sie sind eine gute Nummer zu klein. Meine Füße wachsen mit meinem Bauch mit.

Der Zipfel scheint genauso nervös gewesen zu sein wie ich. Die halbe kurze Nacht hat er Fußball mit meiner Blase gespielt. Den Rest der Zeit hat er mich mit Schluckauf wachgehalten. Die Quittung: Meine Gesichtsfarbe ist irgendwo zwischen Umweltpapier und altem Aschenbecher und meine Augen sind verquollen.

»Das schminken die weg«, tröstet mich Chris und nimmt mich in den Arm.

»Loslassen«, befiehlt Rolf, streift mir die lange silberne Kette mit dem stilisierten Mops um den Hals und streichelt über meine wunschgemäß für die Fernsehleute nicht frisch gewaschenen Haare.

»Ich will nicht«, flüstere ich ganz, ganz leise. Meine Jungs schauen mich betreten an. Mudel gähnt in seinem Körbchen. Earl kuschelt mit Ernie. Ich will hierbleiben.

»Ich will hierbleiben«, sage ich etwas lauter. Chris nickt. Rolf schüttelt den Kopf. Und dann schellt es Sturm.

»Ich glaube, dein Taxi ist da.« Chris spuckt mir über die Schultern, sagt »Toi, toi, toi« und steckt mir einen Glückscent in die linke Hosentasche. Rolf drückt mir den Mops in den Arm. Earl grunzt unzufrieden, nachdem Morgenspaziergang hatte er sich ganz offensichtlich auf eine ausgiebige Kuschelrunde mit seinem neuen Freund Ernie gefreut. Der geht fremd, kaum dass die

Jungs mich zur Wohnungstür hinausbugsiert haben – Mudel stürzt sich begeistert auf den kauzigen Stofffreund. Mit dem Kleidersack über dem rechten Arm, dem Mops auf dem linken und der Handtasche irgendwo dazwischen stapfe ich das Treppenhaus runter. Sandra parkt mit laufendem Motor direkt vor der Haustür.

»Hey ho!«, sagt sie und strahlt mich an, ehe sie mir Sack und Hund abnimmt, beides auf dem Rücksitz deponiert und mich fest in den Arm nimmt. »Ich bin soooo nervös!«

»Und ich erst.« Ich staune. Meine Freundin sieht ungeschminkt toll aus. Es gibt Frauen, die brauchen kein Make-up. Ihre Augen strahlen, der Teint ist makellos und rosig und die Augenbrauen sind perfekt gezupft. Weil ich eine Memme bin, hat Chris meine Brauen gestern mit einem winzigen Spezialrasierer bearbeitet. Immerhin habe ich frisch und seidig glatt rasierte Beine, damit meine Waden auf dem Bildschirm gut zur Geltung kommen. Rolf hatte das übernommen, ich kann mich nicht mehr so weit bücken, ohne den Zipfel zu quetschen. Während ich mich auf den Beifahrersitz quetsche, schnüffelt Earl sehr intensiv an einer Papiertüte auf dem Rücksitz.

»Lass das!« Sandra fädelt sich in den Verkehr ein. »Das brauchst du nachher!«

»Ach, ist das sein Dirndl?« Ich gebe zu, ich klinge ein wenig gereizt.

»Lederhose, Süße. Und Betty hat die halbe Nacht durchgenäht.«

»Toll.« Ich klang auch schon fröhlicher. Aber ich will weder vor eine Kamera treten, noch dusslige Fragen beantworten und schon gar nicht einen Mops in Klamotten auf dem Schoß haben. Das kann ich meiner Freundin aber nicht sagen, denn auf dem Weg zum Sender beschreibt sie mir haarklein, was sie mit dem halben Jackpot, den wir gefälligst heute abräumen, tun wird. Immerhin geht es um 250.000 €. Also 500.000 Mark. Eine Viertelmillion. Bei den Privatsendern wäre es gut und gerne das Vierfache, aber Öffentlich-Rechtlich ist da sparsamer. Ich muss zugeben, dass die Vorstellung, meine Rundfunkgebühren mit ein paar cleveren Antworten um ein Mehrfaches erstattet zu bekommen, sehr reizvoll ist. Sandras Ideen sind aber auch nicht ohne. Die ersten 25.000 € ihres Anteils will sie verpulvern und ich muss zugeben, da würde ich mich glatt anschließen: Schiffsreise in einer Luxuskabine, Karibik oder so. Schuhe, Klamotten und die perfekte Handtasche. Ein Besuch bei Udo Walz, natürlich mit verlängertem Wochenende in einem Fünf-Sterne-Wellnessbunker. Dann allerdings würden sich unsere Wege trennen.

»100.000 sind ein feines Startkapital«, sagt meine Freundin und nimmt die nächste Ampel bei Hellrot. »Eine eigene Agentur. Mein eigener Chef sein, nur noch Kunden betreuen, die mir Spaß machen. Jawoll!«

»Klingt super«, sage ich und kralle mich am Türgriff fest, als sie mit Tempo 80 auf die nächste Kreuzung zuschießt und erst einen Millimeter vor dem Vordermann zum Stehen kommt.

»Und du? Was machst du mit so viel Kohle?« Sandra hibbelt nervös mit den Fingern auf dem Lenkrad. Hilft nix, die Ampel bleibt rot.

»Bett. Kinderwagen. So was«, antworte ich und streichle über meinen Bauch, in dem es nach dem nächtlichen Diskotanz sehr ruhig ist.

»Aber dann nicht irgendeinen Buggy!«, feuert Sandra meine Fantasie an und gibt Vollgas, als die Ampel auf Grün springt.

»Natürlich nicht«, lache ich. »Wenn schon, dann so ein Hollywoodteil mit allem Schnick und Schnack!« Bis wir beim Sender ankommen, wo uns ein netter Pförtner auf den Besucherparkplatz lotst, habe ich eine traumhafte Babyausstattung zusammengestellt. Und, rechne ich, immer noch genügend Geld übrig, um für den Zipfel einen feinen Batzen auf ein Konto zu packen, mit Arne zu urlauben und mir selbst das eine oder andere Bonbon zu gönnen. Und natürlich meinen Jungs. Chris würde sich ganz bestimmt über einen neuen Buddha in Lebensgröße für den Garten freuen. Oder einen kleinen Brunnen. Oder einen Teich. Und für Rolf habe ich ein japanisches Messerset im Auge. Und zwar eins, das nach seinen Handabdrücken extra für ihn gefertigt wird. So was gönnen sich sonst nur Spitzenköche – aber hey, meine Jungs sind schließlich spitze, oder? Außerdem will ich für Earl ein neues Körbchen kaufen, mit Baldachin. Und Mudel braucht ein neues Halsband. Ihm würde ein ganz breites, echt ledernes mit Strassbesatz sicher gut stehen. Mit jedem Teil, das ich in meiner Fantasie kaufe, steigt mein Kampfgeist. Als wir durch die gläserne Drehtür das mehrstöckige Gebäude betreten, bin ich ein Soldat, der nur noch eins will: diesen verdammten Jackpot schießen. Tschakka!

Mein Marschgepäck besteht aus dem Kleidersack, meiner Handtasche, der Tüte für Earl und dem Mops selbst, der sich hocherhobenen Hauptes von mir tragen lässt. Sandra selbst hat drei Kleidersäcke dabei und den Zettel mit der Einladung, ohne den wir scheinbar nicht ins Gebäude kommen. Direkt hinter der Drehtür ist eine gläserne Loge, in der ein Mädel sitzt, das rein optisch bei Heidi Klum jedes Mal ein Foto bekommen könnte.

»Heimadsogga, isch der goldig!«, ruft sie, als Earl in ihrem Gesichtsfeld auftaucht. »Ha no, so an Mops isch äbbes schees!« Ich nehme das mit dem Foto zurück. Zwar ist ihr Körper perfekt, so weit ich das erkennen kann, aber ein Topmodel muss dann doch Deutsch können. Nichts gegen Schwäbisch, ich spreche das ja auch – aber bitte nicht so breit, dass selbst gebürtige Schwaben ein Lexikon brauchen. Jedenfalls erklären die freudigen Ausrufe wie »granadamäßig«, »saugladd« oder »zom Vergnuddla«, warum das Mädel hinter einer Glasscheibe und nicht vor einer Kamera sitzt. Immerhin schafft Sandra es, ihr zu entlocken, wo wir hin müssen. Ich muss nämlich wohin. Dringend. Der Zipfel streckt sich in meinem Bauch und knetet meine Blase.

Wir drücken auf den Knopf beim Aufzug. Es dauert ewig, bis die Kabine im Erdgeschoss ankommt. Als die Tür aufgleitet, gibt der Mops ein leises Wuff von sich. Sandra schließt sich mit einem »Huch« an. Ich mache »Oh«: Vor uns steht Harald Schmidt. DER Harald Schmidt. Live und in Farbe, in der rechten Hand einen Kaffeebecher, in der linken einen Schlüsselbund.

»Mops?«, fragt er. Sandra nickt stumm. Ich nicke stumm.

»Nett«, sagt die Fernsehikone, lächelt – und geht.

»Das war Harald Schmidt!«, flüstert Sandra heiser, als wir im Lift stehen.

»Jaaaaa ...«, sage ich und schlucke trocken. »Und er findet Earl nett!« Wir sind fassungslos und erschrecken beide, als der Lift im fünften Stock anhält, wo die Büros der Quizredaktion sind. Dort sollen wir uns melden. Raum zwölf. Steht auf dem magischen Zettel. Der Flur ist lang, mit grünem Teppich ausgelegt, und an den Wänden hängen Hochglanzfotos von allen Menschen, die wir sonst nur auf der Mattscheibe sehen. Harald Schmidt (der live ein bisschen kleiner wirkt als im Fernsehen). Der Nachrichtenmann, dessen Namen ich mir nie merken kann. Carmen Nebel. Oder Helene Fischer, ich kann die beiden nie auseinanderhalten. Und natürlich in allen Variationen das Äffle und das Pferdle, diese knuffigen Comicfiguren, die schon ganze Generationen von Schwaben durch das Vorabendprogramm begleitet haben mit ihrem Hafer- und Bananenblues. Die Tür zu Zimmer zwölf steht offen. Drinnen lacht jemand sehr bassig. Sandra klopft mit der freien Hand an den Türrahmen.

Das Lachen verstummt. Dann poltert jemand »Herein!« Meine Freundin drückt die Klinke mit dem Ellbogen herunter.

»Hallo?«, fragt sie so vorsichtig, wie ich es kaum von ihr gewohnt bin.

»Tag!«, kommt es von drinnen. »Immer rein mit euch!« Als Sandra die Tür mit der Schulter aufdrückt, staune ich nicht schlecht: Die Bass-Stimme gehört zu einem Mädel, das keine 50 Kilo wiegt, ein Gesicht wie ein Engel hat, samt der dazugehörigen blonden Locken auf dem Kopf und einen Zigarillo zwischen den knallrot geschminkten Lippen. Sie legt das Buch, das sie offenbar schwer amüsiert hat, auf den Schminktisch.

»Polenta?«, fragt sie.

»Nein, Magister und Böhme«, antworte ich. Sandra kann offensichtlich nicht sprechen, denn sie starrt mit offenem Mund zwischen dem Mädel und dem halben Dutzend Schminkplätzen hin und her. Vor den ringsum beleuchteten Megaspiegeln stapeln sich Pinselchen und Püderchen, von denen jede Frau träumt. Plus Bürsten, Lockenwickler, allerlei Föhns und Gerätschaften, die aus Otto Normal einen Fernsehstar machen.

»Also doch, bei Polenta. Hach, bist du aber süß!« Das Mädel drückt den Zigarillo in einem überquellenden Aschenbecher aus und stürzt auf mich zu. Das heißt: Sie stürzt auf Earl zu, der begeistert bellt, als sie ihn am Nacken krault. Ich setze den Hund ab, der sofort mit der Beschnüffelung des kompletten Raums beginnt.

»Ich bin Celia«, brummt Celia. »Hängt eure Klamotten mal da drüben hin. Wer will als Erstes drankommen?«

»Ich!«, platze ich raus. Denn was die überhell beleuchteten Spiegel mir zeigen, sieht irgendwie … krank aus. Sandra grinst, lässt sich in einen der Ledersessel fallen und bedient sich großzügig an allem, was auf dem Tisch daneben steht: Schokoriegel und Bananen, Kaffee, Mineralwasser mit Blubber, mit viel Blubber und mit ohne

Blubber. Kekse, frische Brezeln mit und ohne Butter. Mein Magen meldet: ›Ich will das auch!‹, aber meine Eitelkeit siegt. Nicht auszudenken, wenn Herr Polenta hier reinplatzt und eine Leiche sieht, die bei ihm gewinnen will! Ich will mich schon auf einen der Schminkstühle setzen, als Celia mich zu den Kleiderständern zieht.

»Dann zeig mal, was du anziehen willst«, fordert sie mich auf und zündet sich einen neuen Zigarillo an. »Ja, ich weiß, Rauchen ist im Sender nicht erlaubt.«

»Ich hab nichts gesehen«, ruft Sandra und füttert Earl mit dem Salamibelag der Schnittchen.

»Ich hab nichts gerochen«, stimme ich zu. Obwohl mir ein bisschen flau wird. Der Zipfel scheint Nichtraucher zu sein. Normalerweise macht es mir nichts aus, wenn meine Jungs zu Hause in der Küche qualmen, aber dieses Kraut hier ist eine Nummer stärker. Celia wühlt sich durch meine Kollektion und schüttelt dann den Kopf.

»Sorry, das ist alles suboptimal«, kommentiert sie die so sorgfältig von den Jungs zusammengestellten Klamotten. »Aber ich habe da eine Idee!« Sie verschwindet im hinteren Teil des Raumes, der durch einen japanisch bemalten Paravent abgetrennt ist, und kommt kurz darauf mit einem schwarzen Anzug über dem Arm wieder. In der anderen Hand schwenkt sie eine rosa Fliege.

»Tadaaaaa! Das passt dem Polenta nicht. Schenk ich dir, wird sowieso weggeschmissen.« Ich mache offensichtlich sehr runde Augen, denn Celia erklärt mir, dass die Hersteller die Moderatoren des Senders quasi mit

Teilen aus den neuen Kollektionen überschütten. Werbung für die eigenen Sachen und so. Und die Fernsehleute ziehen die Sachen nur einmal an, danach landen sie entweder gereinigt in den Outletstores der Designer oder in der Altkleidersammlung. Ich schlucke sehr, sehr trocken, als ich die Marke des Anzugs sehe. Ich kenne sie – von Weitem aus den Nobelboutiquen in der Königstraße. Ich wette, das Teil kostet so viel, wie Rolf und Chris in einer Woche im Laubenpieper einnehmen.

»Habt ihr zufällig auch ein Abendkleid in meiner Größe?«, scherzt Sandra, während ich mich aus meinen Bequemklamotten schäle und in die Hose steige. Am Bauch passt sie wie angegossen und das, was an den Füßen zu lang ist, heftet Celia ab.

»Das geb ich nachher schnell ins Kostüm«, erklärt sie. »Die machen das ruckzuck passend.« Dann schlüpfe ich in das Jackett. Es ist ein bisschen ungewohnt, die Knöpfe falschrum zu schließen. Erstaunlicherweise passen die Ärmel von der Länge her ganz genau. Und am Bauch sitzt es sowieso perfekt. Allerdings klafft es am Busen auseinander. Sehr weit auseinander.

»Moment!« Celia verschwindet noch einmal. Ich schnappe mir einen Keks. Sandra reckt beide Daumen in die Höhe und formt lautlos mit den Lippen ein »Wow!«. Als Celia wiederkommt, wirbelt sie einen Spitzen-BH in rosa durch die Luft. Ich schlucke trocken, aber als Sandra dieses Mal ganz laut »Wow!« sagt, füge ich mich in mein Schicksal. Ich werde also eine sexy Schwangere mimen. Wenn's fürs Vermögen hilft – was soll's. Und dann endlich, endlich beginnt Celia damit, aus meinem bleichen, teigigen Gesicht ein fernsehtaugliches Antlitz zu machen. Ich wusste gar nicht, wie viele verschiedene Farben von Concealer es gibt. Dass man die Lippenstiftfarbe aus einer Palette von geschätzten 200 Rottönen mischt. Und dass man in die Innenwinkel der Augen einen silbernen Punkt malt, damit der Blick sich öffnet. Und das tut er. Als ich fertig bin und meine Haare auf riesige Wickler aufgedreht sind, schaut mich eine Tanja an, die ich so nur kenne, wenn Rolf ein Foto von mir am PC bearbeitet hat. Meine Pausbacken sind verschwunden, ebenso die Augenringe. Meine Lippen sind voller denn je und der lästige Pickel am Kinn, der sich seit fast zwei Wochen bei mir wohlfühlt, ist nicht mehr zu sehen.

Dann ist Sandra dran. Zu ihrem eigenen Bedauern hat sie das passende Outfit mitgebracht und bekommt nichts aus der Edelkollektion des Senders. Dafür heimst sie jede Menge Schminktipps von Celia ein. Ich kann leider nicht zuhören, weil ich versuche, Earl in seine Lederhose zu quetschen. Der Mops kennt das nicht und windet sich wie ein Aal. Als es mir endlich gelungen ist, ihn mit der Vorderseite in das Teil zu quetschen, jault er entrüstet auf. Der Klettverschluss klettet sich an seinem besten Teil fest, und ich habe Mühe, ihn ohne großen Fellverlust wieder abzuziehen. Zur Belohnung gebe ich ihm einen winzigen Windbeutel. Und hoffe, dass er nicht speien muss. Denn eigentlich ist Zucker für Earl streng verboten. Aber heute ist nicht irgend ein Tag. Mit Hilfe der Kalorienbombe schaffe ich es tatsächlich, unser Maskottchen in die von Betty eiligst angefertigte Lederhose zu quetschen.

»Zucker!«, quietscht Sandra.

»Nur ein bisschen«, verteidige ich mich. »Zur Beruhigung.«

»Nein, ich meine: Earl sieht zuckersüß aus!« Ich muss ihr leider recht geben. Der Mops scheint der geborene Trachtenträger zu sein. Auf dem Brustschild der Lederhose sind kleine Herzchen aufgestickt und … eine Fliege. Ich hoffe sehr, dass uns dieser Talisman beim Fliegenträger des Jahres gleich Glück bringen wird. Ich jedenfalls kann alles gebrauchen, was ich kriegen kann. Obwohl wir noch nicht mal im Studio waren, bin ich schon völlig geschafft. Sandra stopft sich mit Gummibärchen voll. Sie ist sichtlich nervös. Ich stopfe auch. Nämlich meinen Bauch in die mittlerweile gekürzte Hose und meinen Busen in den wunderschönen BH. Celia hat noch das passende Höschen dazu gefunden. Größe 32 – also untragbar für mich, aber immerhin ungetragen. Sie steckt es mit einem Augenzwinkern in meine Tasche, während ich voller Begeisterung feststelle, dass mir der BH Größe C passt. Ich kenne mich nur als A-Körbchen und schicke ein stummes ›Danke‹ an den Zipfel: Wenn Mama schon im Fernsehen ist, dann darf sie auch zeigen, was sie hat. Das Jackett minimiert meinen Bauch optisch so, dass er quasi verschwindet und ich nicht mehr schwanger, sondern allenfalls ein bisschen aufgebläht wirke. Die Krönung meines Outfits ist aber die rosa Fliege, die auf meinem nackten Hals wie ein keckes Accessoire wirkt. Und gar nicht so kitschig, wie ich befürchtet hatte.

»So, Ladies, fertig!« Celia schnappt sich einen Zigarillo, zündet ihn an und bläst genüsslich eine Rauchwolke ins Zimmer. Ich strahle und will mir eben ein Schinkenschnittchen nehmen, als es an der Tür klopft.

»Ah, es geht los! Viel Glück euch!«, ruft Celia und übergibt uns an einen jungen Kerl mit schlimmer Akne, Zahnspange und Klemmbrett. Wir folgen ihm durch lange Flure, eine Treppe rauf, eine runter, um zig Ecken und stehen dann vor dem Studio fünf. Das heißt: Wir stehen vor einer massiven Stahltür, die unser Guide wortlos öffnet. Ich folge Sandra in das Studio – und lasse vor Schreck beinahe den Mops fallen. DAS soll das berühmte Studio sein?

»Das ist ja winzig!«, rutscht es mir raus. Sandra ist ebenso erstaunt wie ich: Vor dem Bildschirm wirkt alles so weitläufig, in echt hat es die Größe eines normalen Klassenzimmers. Die Kandidatenstühle stehen viel näher am Pult des Moderators, als es via Mattscheibe wirkt. Und von der Ratewand ist nichts zu sehen. Die komplette Rückseite des Raumes ist blau. Ich weiß zwar, dass das alles per PC eingeblendet werden kann, so dass für den Zuschauer die perfekte Illussion entsteht. Aber dass außer den beiden Kameras (die übrigens riesig sind!) so wenig im Studio steht und man beim Zuschauen zu Hause doch so viel sehen kann, erstaunt mich.

Hinter den Kameras stehen zwei Männer, die Zwillinge sein könnten, wenn der eine nicht doppelt so alt wäre wie der andere. Sie nicken uns zu und fummeln dann weiter an den Einstellungen. Die Stahltür geht auf und eine Frau kommt herein.

»Herr Polenta kommt gleich«, ruft sie mit einem strahlenden Lächeln und schüttelt uns die Hand und

Earl das Pfötchen. »Ich bin Birgit, Regieassistenz. Setzt euch doch schon mal, damit wir ausleuchten können.«

Sandra und ich nicken stumm, Earl sabbelt auf meinen Ärmel. Ich hoffe, das sieht man nachher nicht.

»Das ist ja mal ein originelles Maskottchen!«, freut sich Birgit. Der Mops bellt leise und will offensichtlich von ihr zur Begrüßung gestreichelt werden. Dafür hat sie aber keine Zeit. Erst setzt sie meine Freundin und mich hin, dann gibt sie den Kameramännern uns unverständliche Anweisungen und spricht gleichzeitig mit jemandem, den wir nicht sehen können, der aber via Headset mit ihr verbunden ist. Dann geht sie in aller Eile die Fragen durch, die Herr Polenta uns gleich am Anfang stellen wird. Von irgendwoher kommt ein Mädel, stellt drei Gläser Wasser auf den Tisch und verschwindet wieder nach irgendwo. Wir bekommen von irgendwem Mikrofone angesteckt und ein kleines Kästchen am Hintern festgeklemmt. Dann kommt irgendwer und pudert nochmal unsere Näschen, zupft die Haare zurecht. Das alles geht so schnell, dass ich kaum Luft holen kann, obwohl ich das dringend müsste. Und nicht nur das. Der Zipfel fühlt sich offenbar sehr wohl reckt und streckt sich und knetet hingebungsvoll meine Blase.

»Ich muss mal«, flüstere ich Sandra zu.

»Oh, dann …«, will sie sagen, kommt aber nicht weiter, denn mit einem Mal wird es mucksmäuschenstill. Auftritt Moderator.

»Hallo, herzlich willkommen«, sagt Herr Polenta und schwebt durch die Tür. Er ist kleiner, als er im Fernsehen wirkt. Und viel geschminkter. Auf dem Bildschirm wirkt er wie ein Naturbursche, der eben von einer Bergwanderung wiederkommt. Im Licht der Scheinwerfer aber sieht er aus wie ein ganz normaler Mann, der sich mit der Schminke seiner Frau angemalt hat. Ich weiß von Celia, dass der Sender in HD aufzeichnet und dass deswegen spezielles Make-up benutzt werden muss. Ich wusste aber nicht, dass ein Mann, der den Zuschauern als knackig gesund verkauft wird, im wahren Fernsehleben aussieht wie sein eigenes zu braun geschminktes Zombie-Alter ego. Ich muss grinsen. Polenta grinst zurück und entblößt makellos weiße Zähne. Dann schüttelt er erst mir, dann Sandra die Hand.

»Und wer bist du?«, fragt er den Mops, der mit dem Ringelschwanz wedelt und von meinem Schoß springen will. Was er ja nicht darf, denn das Maskottchen muss bei den Kandidaten bleiben.

»Das ist Earl«, stelle ich Earl vor. Polenta, der heute eine blaue Fliege trägt, auf deren glänzendem Stoff winzige Blümchen aufgedruckt sind, streichelt den Hund. Und grinst wie ein kleiner Junge. Was ihn mit einem Schlag zu dem macht, der er für die Zuschauer ist: den sympathischen Kerl von nebenan.

»Ich hätte so gern einen Hund«, gibt er zu. »Aber meine Frau hat eine Tierhaarallergie.«

»Oh«, sagt Sandra.

»Oh«, sage ich.

»Können wir?«, sagt eine Stimme aus dem Nirgendwo.

»Wir können«, sagt Polenta und setzt sich. Dann ertönt die Titelmusik der Sendung. Ich räuspere mich, Sandra schluckt trocken. Der Zipfel bohrt in meiner Blase, aber dafür habe ich jetzt keine Zeit. Earl hechelt erwartungsvoll in die Kamera. Eine Stimme zählt von zehn rückwärts. Die Scheinwerfer flammen auf und plötzlich sind wir mittendrin in der Aufzeichnung. Jetzt erscheint auf dem kleinen Bildschirm, der in das Pult vor mir eingelassen ist, auch die Ratetafel auf der in echt immer noch blauen Wand hinter uns.

»Herzlich willkommen beim Klugscheißer-Quiz!«, beginnt Polenta mit der Moderation, die ich so ähnlich schon x-Mal im Fernsehen gesehen habe. Aber jetzt, hier so live und mittendrin, klingt alles irgendwie anders. Blechern und ... echt eben. Mir wird mit einem Schlag sehr, sehr bewusst, dass ich im Fernsehen bin. Oder eben bald im Fernsehen sein werde. Mein Herz beginnt zu rasen und mein Mund wird staubtrocken. Sandra scheint es ähnlich zu gehen, denn sie atmet sehr ruckartig und knetet ihre Hände im Schoß. Ich bin froh, dass ich mich an Earl und seiner Lederhose festhalten kann. Der Hund scheint von all dem hier völlig unbeeindruckt zu sein, denn er bellt, kaum dass Polenta den ersten Satz beendet hat.

»Aus, noch mal!«, ruft die unsichtbare Stimme.

»Nein, wir lassen das so«, kontert der Moderator. »Ist doch mal was anderes!«

Es knackt irgendwo, dann hören wir ein Brummen. Und dann geht es weiter.

»Es kommt selten vor, dass wir Mitglieder von Adelshäusern zu Gast haben«, erzählt Polenta der Kamera. »Doch heute haben wir einen waschechten Grafen zu Gast: Earl of Cockwood und seine Begleiterinnen Sandra und Tanja!«

Earl macht seine Sache perfekt. Er legt den Kopf schief, schmatzt und bellt dann leise. Sandra legt ebenfalls den Kopf schief. Allerdings bellt sie nicht und schmatzt auch nicht – im Gegenteil. Es scheint, als habe jemand einen Schalter bei meiner Freundin umgelegt und sie zu einer Fernsehikone gemacht. Voller Bewunderung höre ich zu, wie sie mit dem Moderator flirtet, kluge Antworten gibt und dabei völlig gelassen aussieht. Einzig das Wippen ihres rechten Fußes verrät mir, dass sie innerlich nervös ist wie vor ihrer ersten Fahrstunde.

Ich bin weniger gelassen und bleibe bei meinen Antworten eher einsilbig. Was aber offenbar weiter nicht auffällt, denn Earl in seiner Lederhose lenkt perfekt ab. Von meinem Bauch, wie ich auf dem kleinen Bildschirm sehe. Und von meinen nicht gerade klugen Antworten. Aber die müssen ja auch noch nicht gescheit sein, tröste ich mich, denn das Quiz hat noch nicht begonnen.

Tut es aber. Jetzt. Und schneller, als mir lieb ist. Die Ratetafel leuchtet auf und wir müssen uns für eine Kategorie entscheiden.

»Unterhaltung«, beschließt Sandra, die als Erste auswählen darf. Ein Jingle ertönt, Earl legt den Kopf schief. Der Zipfel bekommt Schluckauf.

»Dann starten wir mit der 500-€-Frage!« Herr Polenta nickt uns aufmunternd zu. Ich werde ein wenig ruhiger. Die erste Frage ist eigentlich immer ein Spaziergang, wie Betty uns erklärt hat. Dass trotzdem manche Kandidaten ins Grübeln kommen, hat sie sehr belustigt. Mich jetzt allerdings weniger: Zu Hause am Bildschirm mit einer Tüte Chips auf dem Schoß, kann man die Frage in aller

Ruhe und ganz, ganz großer Schrift nachlesen. Hier habe ich erstens keine Chips und zweitens tatsächlich nur die Worte des Moderators. Sandra scheint auch ein wenig irritiert zu sein und sieht sich suchend um. Aber weder auf der blauen Wand, noch auf dem winzigen Bildschirm vor uns ist die Frage zu lesen. Das ist aber nicht das ganz große Problem. Das macht uns Polenta, als er sagt:

»Für eine waschechte Schwäbin wie Sie, Tanja, dürfte das kein Problem sein. Ich bewundere allerdings Sandras Mut, als Neigschmeckte zum Schwabenquiz zu kommen.«

Meine Freundin reißt die Augen auf. Ich den Mund. Der Schluckauf in meinem Bauch hört auf. Earl schmatzt.

»Immerhin ist euer Maskottchen passend für den Cannstatter Wasen gekleidet, und mit 500 € kann man schon die eine oder andere Achterbahnfahrt machen oder sich in den Zelten ein Hähnchen und ein Viertele gönnen!« Auf dem Bildschirm sehe ich, dass Bilder des Volksfestes eingeblendet werden und darüber ein Logo: ›Klugscheißerquiz – die Schwabenedition.‹

Ach. Du. Heilige. Scheiße.

Irgendwann hatte ich mal mit einem halben Auge in einer Zeitung gelesen, dass zum Jubiläum von was weiß ich im Ländle alle Regionalsender auf Schwabenoffensive schalten. Offensichtlich auch Polenta mit seiner Sendung, denn als er die erste Frage stellt, rutscht Sandra beinahe vom Stuhl. Sie hat als Norddeutsche wohl keine Chance.

»Wie nennt der Schwabe einen Idioten, wenn er ihm einen tierischen Namen verpasst?«

Sandra schluckt und lächelt dann gekünstelt in meine Richtung. Trotz allem wirkt sie noch souverän.

Ein Idiot bin ich, dass ich mich hier gleich zum Deppen mache, denke ich. Sage ich aber nicht. Stattdessen lächele ich den Moderator an.

»Das kommt ganz auf die Schwere der Idiotie an«, höre ich mich selbst sagen. Und staune über mich selbst, als ich sämtliche möglichen Lösungen, die mir einfallen, von mir gebe. »Daggl. Grasdaggl. Halbdaggl.«

Aus dem Off ertönt das kurze Jingle, das verkündet, dass die Antwort richtig war. Damit haben wir 500 € in der Tasche – übrigens jenen Betrag, den alle Kandidaten mit nach Hause nehmen dürfen, ob sie nun an einer der weiteren Fragen scheitern oder nicht. Ich entspanne mich ein bisschen, und auch Sandra sieht nicht mehr ganz so angespannt aus. Im Gegenteil: Sie scheint sich an das Lexikon ›Schwäbisch für Anfänger‹ zu erinnern, das die Jungs ihr letztes Weihnachten geschenkt haben. Ich hätte nicht gedacht, dass sie das Buch überhaupt mal in die Hand genommen hat – hat sie aber offensichtlich. Ich bin froh, dass sie immer für eine Überraschung gut ist. Gemeinsam steigern wir uns über die magische 80.000 €-Frage hinaus. Dabei sind die Fragen alles andere als ein Kinderspiel, selbst wenn man wie meine Freundin ganz offensichtlich ein Wörterbuch verschlungen hat. Was mich ein wenig tröstet, ist die Tatsache, dass Sandra trotz so mancher Antwort, die sie korrekt geben kann, mit der schwäbischen Aussprache Probleme hat. Was niedlich klingt und Herrn Polenta offensichtlich entzückt, denn er lächelt sie öfter an, als er müsste. Und sie ihn. Aber vielleicht gehört das auch zum Fernsehen.

Polenta: »Was schlürft der Schwabe ungemein gern?«

Sandra: »Trollinger.«

Ich: »Sai Vierdele. Am liabschda med Drollinger em Glas.«

Pling. 1.000 €.

Polenta: »Welcher große europäische Fluss entspringt an der europäischen Wasserscheide?«

Sandra: »Äh.«

Ich: »Brigach und Breg bringen die Donau zu Weg!« Tadaaaa – doch mal aufgepasst beim Schulausflug nach Donaueschingen!

Pling: 5.000 €.

Polenta (kichert): »Was ist ein Nonnenfürzle?«

Ich kämpfe gegen Earl, der von meinem Schoß springen will.

Sandra: »Was ganz Leckeres ist das. Kann man essen.« Sie rattert sogar das Rezept herunter, was aber keine Extrapunkte gibt. Dafür ein Zwinkern von Polenta, das meine Freundin unter dem dicken Make-up erröten lässt.

Pling. 10.000 €.

Earl: jault. Windet sich.

Polenta: »Wo regiert der berühmteste schwäbische Bürgermeister?«

Sandra: »Stutt… autsch!«

Ich: (habe sie hinter dem Pult getreten) »In der Mäulesmühle. Gemeinsam mit Hannes.« Sandra kann die beiden Volksschauspieler nicht kennen. Sie kommt aus dem Land der Heidi Kabel und der Shanty-Chöre.

Pling. 20.000 €.

Langsam bekomme ich Spaß an der Fragerei. Der Mops hat seine Lust allerdings verloren, denn er bellt und zappelt dermaßen, dass ich ihn auf den Boden setzen muss. Der Kameramann lacht begeistert und folgt dem Hund mit dem Sucher quer durch das Studio. Polenta nutzt die Zeit, um sich das Näschen pudern zu lassen, einen kräftigen Schluck Wasser zu trinken und meiner Freundin zuzuzwinkern. Ich nutze die Zeit, um meinen Bauch zu strecken. So ist ein wenig mehr Platz für meine Blase, und ich habe gute Chancen, noch ein bisschen durchzuhalten. Earl kann allerdings nicht mehr an sich halten und hebt das Bein.

»Draufhalten! Das ist großes Kino!«, ruft die Männerstimme aus dem Regieraum. Der Kameramann hält drauf und Earl auch. Sieht schon süß aus, wie er da in seiner Lederhose die blaue Wand markiert. Wahrscheinlich blenden die nachher bei der Ausstrahlung einen Baum ein. Ich muss grinsen. Als der Hund einigermaßen leer ist, flitzt ein junger Kerl mit Wischlappen rein und beseitigt angewidert die Pfütze. Ich schätze mal, sein Praktikantengehalt kann den Ekel, den er empfindet, niemals aufwiegen. Zum Nachdenken bleibt mir aber keine Zeit, denn der Regisseur drängt zum Weitermachen.

Polenta (frisch frisiert): »Hoffen wir mal, dass der Mops Ihnen weiterhin Glück bringt! Die nächste Frage lautet ... Was macht der Hund?« Polenta reißt die Augen auf. Der Regisseur schreit durch das Nichts ein lautes »Aus!«

»Wuff«, macht Earl und schnuppert hingebungsvoll an der Jeanshose des jüngeren Kameramanns. Der schaut sehr betreten drein und nuschelt ein »Ich habe zu Hause eine Katze.«

Sandra springt auf, schnappt sich den Mops und setzt sich mit ihm als Accessoire wieder hin, wobei sie Polenta einen koketten und unschuldigen Blick zuwirft. Der räuspert sich und fängt noch mal an.

»Hoffen wir, dass der Mops Ihnen weiterhin Glück bringt! Die nächste Frage lautet: Wessen Lyrik bimmelt wo noch heute?«

Ich: »Öh … ich muss gestehen, da bimmelt bei mir gar nichts.«

Sandra: »Bimmeln. Moment mal. Glocke. Schiller?«

Polenta: »Ja, der gute alte Friedrich!«

»Dann suchen Sie das Literaturarchiv in Marbach am Neckar!«, platze ich raus. Sandra sieht mich begeistert an, als der Zähler weiterklettert. Und wieder einmal hat sich ein Schulausflug von anno dunnemals bezahlt gemacht (Dass ich an jenem Tag mein erstes Schnäpsle gezwitschert, in den Bus gekotzt und Hausarrest bekommen hatte, brauche ich ja im Fernsehen nicht zu erzählen.).

Pling. 50.000 €.

Polenta: »Welche beiden Adelsgeschlechter haben über Jahrhunderte die Geschicke des Ländles geprägt?«

Sandra: »Oha.« Sie liest mit Begeisterung die Gala und andere bunte Blätter. Von schwäbischen Königen steht da aber wenig drin, kein Wunder, die gibt's ja auch nicht mehr. Aber es gab meinen bildungsbeflissenen Onkel Heinz. Und der hat an den Wochenenden eine Tour nach der anderen mit mir gemacht. Auf die Burg Hohenzollern und ins Schloss Sigmaringen, unter anderem. Erstere habe ich bei meinem ersten Besuch schon lieben gelernt, an die zweite habe ich kaum Erinnerungen. Aber mir fällt eine Menge ein, was mich selbst erstaunt.

Ich: »Die Hohenzollern und die Preußen! Und der Louis Ferdinand war der Urenkel vom Kaiser oder so.«
Pling. 80.000 €.

Earl knurrt in Richtung Kameramann und muss von Sandra so gewendet werden, dass er Richtung blauer Wand starrt. Ist sicher nicht sehr telegen, aber immerhin kann man jetzt seinen bestickten Lederhosenpo bewundern.

Polenta: »Und jetzt kommt eine magische Grenze. Seid ihr bereit, um 100.000 Euro zu spielen?«

Sandra und ich nicken beide. Es läuft ja auch gar nicht so schlecht. Polenta weist uns darauf hin, dass wir im Falle einer falschen Antwort auf 500 € zurückfallen. Aber wir sind in Fahrt und nehmen die kommenden Klippen fast wie im Schlaf. Earl jedenfalls schläft auf Sandras Schoß, und ich sehe Polenta an, dass er gerne mit dem Mops tauschen würde.

Polenta: »Welcher schwäbische Politiker heißt vorn wie ein ehemaliger Nationalspieler?«

Sandra: »Au...«

Ich: »Späth. Lothar!« Der flimmerte schon zu Hause jeden Abend durch die Abendschau im Dritten und bringt uns jetzt – Pling! 100.000 €. Während für die Zuschauer zu Hause ein Einspieler läuft (wie auch zu allen anderen Fragen, die wir bereits beantwortet haben), nippt Sandra am Wasser. Ich denke an Wasser, das ich loswerden will. Ob ich nach einer kurzen Pause fragen kann?

Kann ich nicht.

Polenta: »Sie sehen jetzt einen kurzen Film über Sehenswürdigkeiten im Ländle. Nennen Sie mindestens fünf davon und finden Sie auch jene, die nicht bei uns sind.«

Ich: »Hä?«

Sandra: »Okay!«

Na, wenigstens sie hat verstanden, worum es geht. Ich nicht ganz, aber das konnten wir mit Betty auch nicht üben. Ich wette, die Gute bekommt einen Infarkt, wenn sie die Aufzeichnung sieht, die so ganz anders ist als alles, was sie in ihrem Quizzirkel jemals durchgespielt hat. Ich bekomme auch gleich einen Infarkt, nämlich an meiner Blase. Ich halte die Luft an, nützt aber auch nichts. Der Druck steigt. Naja, für 150.000 Euronen kann man schon mal Druck spüren, tröste ich mich und konzentriere mich auf den Film. Der viel zu schnell zu Ende ist.

Polenta: »Also dann, meine Damen!«

Sandra: »Puh. Tübingen und Stocherkähne, das kenne ich. Und das neue Schloss in Stuttgart.«

Polenta: »Prima!« Ich glaube nicht, dass er ihre Antworten meint, eher den Schmollmund, den sie macht.

Ich: »Da war dann noch das Donautal bei Fridingen. Das Freilichtmuseum am Bodensee, Pfahlbauten, Uhldingen, japp. Und die Skisprungschanze in Hinterzarten. Außerdem die Bärenhöhle auf der Schwäbischen Alb. Und das Letzte müsste ... der Atomkeller in Haigerloch gewesen sein?"

Polenta: »Nein, war es nicht, aber das macht nichts – das waren fünf, nein sogar sechs Sehenswürdigkeiten aus dem wunderschönen Schwaben. Nur, was ist nicht bei uns?«

Sandra: »Die Fischräucherei. Das waren Kieler Sprotten. Ganz eindeutig!«

Polenta und ich: »Wow!«

Pling. 150.000 €.

Polenta: »Zwei starke Frauen als Kandidatinnen. Wie könnte die 200.000 €-Frage besser passen?« Er sieht regelrecht begeistert aus, als er von uns die Namen von Schwäbinnen wissen will, die Herausragendes geleistet haben. Ich bin weniger begeistert, denn da fällt mir auf Anhieb nichts ein. Wie auch – meine knallvolle Blase sprengt mein Denken. Sandra bleibt cooler.

Sandra: »Margarethe Steiff. Die Erfinderin der weltberühmten Bären. Sie hatte Kinderlähmung. Und es trotzdem zu Weltruhm gebracht.«

Polenta nickt begeistert, und ich nehme mir vor, vom Riesengewinn einen Steiffteddy zu kaufen und meiner Freundin zu schenken. Oder besser zwei. Earl soll auch einen bekommen.

Sandra: »Dann Königin Olga. Sie hat dafür gesorgt, dass die Württembergischen Waisenkinder zur Schule gehen konnten.«

Ich muss grinsen. Das weiß Sandra nur, weil wir neulich beim Olgahospital vorbeigefahren sind und sie mit ihrem neuen iPad gegoogelt hat. Aber immerhin. Polenta nickt wieder, und aus der Regie ertönt der Vermerk, dass später an dieser Stelle ein Einspieler gezeigt werden soll. Einen Moment herrscht Schweigen. Sandra grübelt ganz offensichtlich. Ich grübele auch. Earl nicht, der pennt.

»Benz! Frau Benz!«, rufe ich schließlich. Da war doch neulich ein Film im Fernsehen, wo es um das Beinahe-Scheitern des genialen Autoerfinders ging und darum, dass seine Frau auf eigene Faust von ich weiß nimmer wo bis irgendwo gefahren ist, mit dem ersten Motorwagen und ihren beiden Söhnen an Bord. Das Benzin hat sie damals in Apotheken am Wegesrand gekauft. Ich strahle. Sandra strahlt.

Polenta schüttelt den Kopf.

»Sie war mit Sicherheit eine ganz besondere Frau«, sagt er. »Aber leider nicht unter jenen, die wir suchen. Sie hat das Auto nicht selbst erfunden.«

»Ach«, machen Sandra und ich gemeinsam. Und dann nochmal »Ach«, als ein Jungle ertönt, das uns eindeutig signalisiert: Game over. Aus. Geld futsch.

Scheiße.

Mist.

»Schade«, sagt der Moderator und lockert seine Fliege. »Aber es war mir eine Ehre, den Earl of Cockwood und seine reizenden Begleiterinnen kennenzulernen. Schalten Sie auch morgen wieder ein, wenn es mit einer neuen Spezialedition vom Schwabenquiz weitergeht!« Die Scheinwerfer gehen aus, Polenta steht auf und drückt mir die Hand und Sandra rechts und links ein Küsschen auf die Wange. Sie ist so perplex, dass sie kein Wort sagen kann.

»Moment mal«, insistiere ich. »Die Frau Benz war wohl eine herausragende Persönlichkeit.« Aber mir hört keiner zu, denn jetzt strömt ein Dutzend Menschen ins Studio und beginnt damit, unsere Gläser weg und neue hinzuräumen. Ein Mädel sammelt die Moderationskarten ein, wobei eine auf den Boden segelt. Ich gehe in die Knie, was mir mit dem Zipfel an Bord nicht leichtfällt, und hebe sie auf. Es ist die Karte mit der Jackpotfrage: Warum wurde der Stuttgarter Fernsehturm für Besucher gesperrt?

»Brandschutz. Die Idioten haben keinen Brandschutz im Fahrstuhlschacht eingebaut«, zische ich, zerreiße die Karte und folge Sandra, die Polenta noch einmal zuwinkt.

»Ich werde mir nie im Leben einen Daimler kaufen«, mosere ich, als wir die Treppen zu unserer Wohnung hochstapfen.

»Dafür reichen 250 € auch nicht«, knurrt Sandra.

»Schon aus Prinzip werde ich niemals einen Benz fahren«, motze ich weiter. »Und die blöde Sendung schaue ich nie, nie wieder an.«

»Du hast die auch vorher nie geschaut.«

»Eben.«

»Und? Uuuund?«, ruft Chris und reißt die Wohnungstür auf. Mudel bellt begeistert, als er seinen Vater sieht, schreckt aber sofort zurück, als er dessen Lederhose bemerkt. Der Mops trollt sich in die Küche, wo wir ihn schmatzend sein Trockenfutter mampfen hören. Rolf schwenkt eine Flasche Schampus in der einen und eine Buddel alkoholfreien Sekt in der anderen Hand.

»Wie war's?«

»Scheiße!«, rufen Sandra und ich aus einem Mund. »Nichts gewonnen.«

»Oh«, macht Chris.

»Oh«, macht Rolf.

»Oh, nicht cool«, macht Pascal, der sich auf dem Sofa fläzt. Jetzt steht er auf und schaut ein bisschen betreten drein.

»Den Sekt kannst du trotzdem aufmachen«, befiehlt Sandra.

»Genau«, stimme ich ihr zu. »Ich habe euch was mitgebracht, wird schon einem passen.« Ich drücke Chris den in eine durchsichtige Tüte verpackten Nobelanzug in die Arme und stürme aufs Klo. Da war ich zwar direkt nach der Sendung schon (und ich schwöre, ich habe noch nie so lange am Stück gepinkelt!), aber es lohnt sich schon wieder. Der Zipfel scheint mächtig Spaß damit zu haben, meine Blase zu kneten. Als ich die Spülung drücke, höre ich Chris' Begeisterungsschrei.

»Mega!«, sagt Pascal, als er meinen Mitbewohner im sündhaft teuren Jackett sieht, das ihm zugegebenermaßen besser steht als mir. Nur die Hose ist zu kurz, aber das können die Jungs ja rückgängig machen. Rolf, der ein Tablett mit Gläsern zum Sofa balanciert, sieht seinen Mann bewundernd und stolz an. Sandra erzählt derweil alles, alles haarklein bis ins Detail, und ich bin froh, dass ich nicht reden muss. 250 € sind zwar nicht nichts. Aber schnell verplant – für einen mitwachsenden Schlafsack für meinen Zipfel, den wunderschönen Still-BH, der statt Körbchen für jeden Busen eine Klappe hat, und ein paar Windeln und so Zeugs. In der Mitte der Erzählung bimmelt Sandras Handy. Betty. Sie wird per Lautsprecher zugeschaltet, und auch ihr nimmt meine Freundin den Schwur ab, niemals niemandem vor der Ausstrahlung etwas von unserem Auftritt zu verraten. Betty klingt ehrlich geknickt, als sie von unserem Scheitern hört, freut sich dann aber wie ein kleines Mädchen, als Sandra erzählt, dass Earl nach der Aufzeichnung für das Zuschauermagazin des Senders mehrfach fotografiert wurde. Wir auch, aber nicht so oft wie der Hund und schon gar nicht mit einer so übergroßen Kamera und auf einem so blauen Teppich samt blauem Hintergrund. Ich bin gespannt, was aus dem Foto gemacht wird, genug Blau ist jedenfalls da, damit per PC alles Mögliche hinter den Lederhosenmops drapiert werden kann.

Als Sandra bei der 100.000 €-Frage angekommen ist, muss ich gähnen. Und zwar so sehr, dass ich mir beinahe den Kiefer ausrenke.

»Leg dich doch hin, ich wecke dich zum Essen«, schlägt Chris vor.

»Genau, ruh dich ein bisschen aus.« Rolf zwinkert mir zu. Pascal fügt ein »Ja, cool, mach mal« hinzu.

»Wollt ihr mich loswerden?«, scherze ich.

»Nein!«, rufen alle drei. Trotzdem habe ich das Gefühl, ich sollte schleunigst in mein Zimmer gehen. So wie die Jungs gucken, ist da was im Busch. Und richtig: Auf meinem frisch gemachten Bett (Chris ist ein Schatz!) liegt ein Umschlag. Ein dicker Umschlag. Mit meinem Namen darauf. Es ist Rolfs Handschrift, aber als ich den Inhalt sehe, macht mein Herz einen so großen Hopser, dass der Zipfel Schluckauf bekommt: Es sind ein gutes Dutzend Mails, die die Jungs für mich ausgedruckt haben. Vom anderen Ende der Welt. Von Arne.

Rolf macht die Tür einen Spalt auf. »Die kamen heute alle auf einmal. Wahrscheinlich hat er auf Vorrat geschrieben und konnte sie erst jetzt irgendwo abschicken.«

Ich nicke stumm und verdrücke ein Tränchen.

»Alles gut?«, will Rolf wissen. Ich nicke und er lässt mich allein. Ich weiß, dass es blöd ist, aber ich drücke den Papierstapel an meine Brust und schnuppere. Es riecht … nach Papier. Dennoch kann ich mir einbilden, dass es nach Arne riecht. Ein kleiner Teil meines Hirns nimmt sich vor, doch mal einen Laptop zu kaufen und die Weiten des Internets zu erkundigen. Ich weiß, dass ich zu den Nullkommawas Prozent der jüngeren Bevölkerung gehöre, die keinen PC und schon gar kein Internet haben. Aber wenn ich das mal brauche, kann ich den Zugang bei meinen Jungs benutzen, und außerdem finde ich es viel schöner, mit echten Menschen im echten Leben zu sprechen.

Leider ist Arne in meinen Armen nicht echt, aber auch nicht so virtuell, dass ich nicht selig grinse, als ich mich an das Lesen seiner Mails mache. Die erste schrieb er am zweiten Tag der Expedition. Da klingt er noch ganz munter und beschreibt den Dschungel, den Flug, das Essen in den schillerndsten Farben. Von der Schweizer Ornithologin lese ich kein Wort, was ich als gutes Zeichen werte. Dafür jede Menge schöner Worte wie mein Schatz, meine Kleine, du fehlst mir, ich freue mich auf dich. Er schickt mir tausend Küsschen einmal rund um den Erdball. Ich streichle meinen Bauch. Den Zipfel scheint es zu beruhigen, dass es seinem Vater gutgeht. Mich beruhigt es auch und ich schlafe bei der drittletzten Mail ein.

Mit einem breiten Grinsen auf dem Gesicht und einem Baby im Bauch, das ausnahmsweise nicht mit Mamas Blase Baseball spielt.

»Tanja? Schläfst du?«

»Jetzt nicht mehr.« Ich mag Pascal. Ehrlich. Aber nicht jetzt. Ich war gerade mitten in Bolivien, mitten in Arnes Armen. Und da würde ich gerne noch ein Weilchen bleiben.

»Cool.« Unser Nachbar setzt sich wie selbstverständlich neben mich auf mein Bett. Ich mag es, dass wir alle eine große Familie sind. Ganz, ganz ehrlich. Aber nicht jetzt. Das will ich ihm auch sagen, aber ich traue mich nicht, weil er mich mit großen, treuherzigen Dackelaugen anschaut. Ich seufze, reibe mir den Schlaf aus den Augen und damit das perfekte Fernseh-Make-up quer über mein Gesicht, wie ich an meinen schwarzen Fingern erkennen kann. Auch egal. Mein Liebster kann mich nicht sehen, und es warten noch einige Mails darauf, endlich gelesen zu werden. Ich beschließe, gute Miene zu Pascal zu machen, um so schnell als möglich zu meiner Lektüre zurückkehren zu können.

»Was gibt's denn?«, frage ich ihn, als er mich beharrlich anschweigt.

»Naja, ich ... also ... es ist so ...« Er wird rot. Sehr rot.

»Ein Mädchen?«, rate ich. Und habe mehr Glück, als vorhin im Sender. Pascal nickt.

»Immer noch diese Isabelle?«

Wieder nickt er. Und ich rate weiter. So richtig mitteilsam ist der Knabe ja nicht.

»Sie will nichts von dir wissen?« Pascal schüttelt den Kopf. Aha, dann anders: »Sie weiß gar nicht, dass es dich gibt?« Er nickt. So nach und nach ziehe ich ihm sein Elend aus der Nase. Polenta hätte mir für diese Leistung den Jackpot geschuldet, sage ich mir selbst. Nützt aber mir nichts und dem armen Kerl auf meiner Bettkante schon gar nichts. Dieses Mädchen, das in der Verwaltung der Schwabengarage arbeitet, hat Pascals Herz im Sturm erobert. Sie muss das wundervollste Wesen auf Gottes Erdboden sein, und Klaus Hünkens Neffe wird nicht überleben, wenn sie nicht wenigstens einmal mit ihm ausgeht. Leider hat sein Onkel keine Beziehungen, die das möglich machen würden – aber Pascal hat ja uns. Und damit, dass er jeden Tag vor dem Fenster des Büros eine Kippe nach der anderen qualmt und darauf wartet, dass Isabelle sich mal umdreht und aus dem Fenster schaut, soll bald Schluss sein. Denn, so hat er rausgefunden, mit ihrem bisherigen Typen ist Schluss. Das jedenfalls hat er sich aus den Gesprächen zusammengereimt, die er – Kippfenster sei Dank – zwischen ihr und ihrer Kollegin Saskia belauscht hat. Die beiden scheinen auch nach Feierabend ein Herz und eine Seele zu sein, wenn Saskia nicht gerade mit ihrem Freund umherzieht. Der praktischerweise auch in der Schwabengarage arbeitet, im Verkauf. Im Geiste scheint unser Pascal schon eine neue Dynastie von Autogiganten zu planen. Ich muss ihn bremsen. Erst einmal müssen wir ein erstes Date mit Isabelle hinbekommen. Dafür habe ich keinen Plan, wohl aber für das, was ich vor mir sehe.

»Bring mir mal den Handspiegel«, befehle ich Pascal und deute zum kleinen Schminktisch. Er steht auf, schnappt sich das silberne Teil, das ich auf dem Flohmarkt ergattert habe, und bringt mir den Spiegel, der an den Rändern altershalber angelaufen ist.

»Was siehst du?«, frage ich und halte ihm den Spiegel vor die Nase.

»Mich.«

»Richtig. Und?«

»Wie? Was?«

»Schau mal, ohne dir nahetreten zu wollen, aber würdest du den Kerl, den du siehst, als cool bezeichnen?« Pascal nimmt mir den Spiegel aus der Hand und starrt eine Weile wortlos hinein. Dabei verzieht er den Mund, kneift die Augen zusammen, reißt sie wieder auf.

»Nö«, seufzt er schließlich. Mir fällt ein Stein vom Herzen, dass er ganz offensichtlich nicht beleidigt ist. Ich verkneife mir, ihm zu sagen, dass er mit seinem Style vor fünf oder sechs Jahren so was ähnliches wie in gewesen wäre in Stuttgart. Aber eben vor fünf oder sechs Jahren und nicht heute.

»Weißt du was, mich haben die Jungs schon oft genug umgestylt«, tröste ich ihn. »Das sollen sie mit dir auch mal machen.«

»Cool!« Pascal strahlt. »Hab auch ein bisschen Kohle für neue Klamotten.« Na, das ist doch mal eine gute Nachricht. Ich schwinge mich aus dem Bett. Es ist noch nicht mal halb drei. Ich wette, spätestens um acht Uhr haben wir einen neuen Pascal im Haus.

Leider sind die Jungs nicht im Haus. Sie sind mit den Hunden losgezogen. Auf dem Küchentisch liegt ein Zettel: ›Kommen spät, gehen nach Heilbronn.‹

Okay. Plan B. Tanja muss ran. Ich wohne lange genug mit meinen Jungs zusammen, dass ich das eine oder andere von ihnen gelernt habe. Nachdem ich eine halbe Packung Kekse gefuttert habe und drei Mal pinkeln war, machen Pascal und ich uns auf den Weg in die City. Das heißt – nicht in die Königstraße. Das echte Stuttgart findet sich abseits der Hauptstraße. Und in der Augustenstraße (fast, also eigentlich in einer Nebenstraße einer Nebenstraße, wo genau werde ich nicht verraten, Geheimtipp bleibt Geheimtipp!) findet sich mit Ali der beste und billigste Herrenfriseur der Stadt, sagt jedenfalls Rolf, der ihn regelmäßig besucht. Und seine Frisur, nach alter Facon mit dem Messer geschnitten, sieht immer picobello aus. Dass der ›salon‹ weniger picobello aussieht, macht da eigentlich nichts. Die drei Frisiersessel sind schon deutlich in die Jahre gekommen. Ich nehme an, Ali hat sie gekauft, nachdem er aus der Türkei eingereist ist. Er dürfte mittlerweile um die 80 sein, die Sessel nicht sehr viel jünger. Aber so ein paar Risse im Kunstleder sind ja irgendwie retro, erkläre ich Pascal, der das Gesicht verzieht, als ich ihn in den Laden bugsiere.

Wie immer sitzen auf den fünf Wartestühlen fünf alte Männer. Die warten allerdings nicht auf einen Termin. Ich denke, die gehören zum Inventar.

»Merhaba, Tanja!«, begrüßt mich der Chef, wie immer im weißen Kittel. »Wo sind deine beiden Männer?«

»Heute habe ich nur einen dabei«, lache ich und schiebe Pascal zum nächstbesten Platz. »Einmal komplett neu, bitte!«

Die fünf Statisten nicken stumm und verfolgen das Geschehen, als wären wir Schauspieler auf einer Bühne. Pascal versucht, sich in dem ausgeleierten Stuhl so klein wie möglich zu machen. Aber Ali kennt kein Pardon und packt ihn in einen Frisierumhang, der erstaunlich neu aussieht. Dem neonfarbenen Design nach dürfte er aus den späten 1980ern stammen. Pascal schließt die Augen. Und er macht sie erst wieder auf, als der Meister »Fertig!« ruft. Die fünf Herren nicken zustimmend mit den Köpfen, und ich muss mich bremsen, um nicht zu applaudieren: Die viel zu blond gefärbte Strähne über Pascals Augen ist verschwunden, ebenso der Wisch in seinem Nacken. Ali hat seine Ohren mit dem Messer freigelegt, den Hinterkopf genau so kurz geschoren, dass es wie ein sieben Tage alter Schnitt aussieht, und am Oberkopf stehen noch exakt so viele Haare, dass sie Pascals schöne Stirn betonen.

»Cool!« Der Junge nickt anerkennend, als er sich selbst im Spiegel betrachtet. Dann fährt er sich mit der Hand über die Wangen, die Ali frisch rasiert hat. Pascal konnte zum Glück nicht sehen, wie der Barbier das Rasiermesser an einem alten Lederlappen geschärft hat – ich wette, sonst wäre er aufgesprungen und davongelaufen. So aber hat er das Einseifen und anschließende Rasieren sichtlich genossen, und ich habe ehrlich gesagt nur darauf gewartet, dass er selig brummt.

»George Clooney!«, freut sich Ali. Von meinen Jungs weiß ich, dass für ihn alle frisch frisierten Kunden wie George Clooney aussehen. Pascal weiß das aber nicht und freut sich ein Loch in den Bauch. Er wächst quasi um fünf Zentimeter und gibt dem Meister begeistert ein dickes Trinkgeld.

»So, schöner Mann, und jetzt gehen wir shoppen!«, befehle ich, hake mich bei Pascal unter und beglückwünsche mich zu meiner Entscheidung, die Toilette bei Ali benutzt zu haben. Denn bis wir in der City ankommen, hat der Zipfel schon wieder dermaßen viele Turnübungen gemacht, dass ich nur noch drei Buchstaben denken kann: K.L.O.

»Magst du einen Kaffee?«, fragt mich Pascal, als wir an einer Tchibo-Filiale vorbeikommen. Es gibt zwar weitaus hippere Locations, aber erstens werde ich nicht jeden Tag von einem nicht mal 20-Jährigen eingeladen, der mich glücklich anlächelt. Und zweitens brauche ich jetzt auf der Stelle sofort und unverzüglich ein K.L.O.

»Du bist ein Schatz!«, sage ich ganz ehrlich, als ich erleichtert wiederkomme: Pascal hat zwei Milchkaffee zum Mitnehmen erstanden und eine Tafel Schokolade, die wir brüderlich wie Schwestern teilen. Und so gestärkt fallen wir in den schrägsten, hippsten, coolsten Laden der Stadt ein. Jedenfalls gehe ich davon aus, dass er das ist: Direkt hinter dem Eingang steht eine Nebelmaschine und pustet ohne Unterlass weißen Nebel in die Luft. Pascal und ich schweben durch die Wolke, was er mega findet. Statt weißer Neonbeleuchtung haben die Inhaber (ein schwules Pärchen, das zu den Stammgästen im

Laubenpieper gehört) quietschbunte Glühbirnen angebracht, die den Laden in ein diffuses Licht tauchen. Die Kunden in dieser Altersklasse brauchen mit Sicherheit noch keine figurumschmeichelnde Beleuchtung, die Cellulitis wegzaubert, aber ich nehme mir vor, den Läden, in denen ich sonst einkaufe, mal den Tipp mit dem roten Licht in den Umkleidekabinen zu stecken.

Regale oder Kleiderständer sucht man hier vergeblich. Die Waren werden auf ausrangierten Ölfässern präsentiert. Liegen in alten Obstkisten. Oder hängen auf Bügeln an einem der unzähligen Hirschgeweihe an der Wand. Das Angenehmste aber ist die Verkäuferin, die sich komplett zurückhält: Während wir uns durch die Kollektion wühlen, bleibt sie brav hinter dem Tresen stehen, der aus einer ehemaligen Krankenhausliege besteht. Und: Die Preise sind human. Sehr human sogar. So human, dass Pascal schließlich drei Hosen (zwei eng geschnittene Jeans und eine Chino in Sandfarbe), drei Polos, zwei auf Figur geschnittene Hemden und fünf T-Shirts mit coolen Megaaufdrucken zur Kasse schleppen kann. Plus einem Satz Boxershorts (mein Vorschlag) und einem Pack neuer Socken (sein Vorschlag, obwohl ich die Kringel auf den Strümpfen ja ein bisschen albern finde). Seine übergroße Hose, die ihm automatisch immer über den Hintern rutscht, das ausgewaschene Kapuzenshirt und die ausgelatschten weißen Turnschuhe lassen wir gleich im Laden – die neuen Sneaker mit Hologramm auf den Fersen (ein Cadillac!) passen ihm wie angegossen, und er will sie auch gar nicht mehr ausziehen.

»Wow. Stark.« Pascal grinst begeistert, als er mit drei Tüten beladen wieder durch die Wolke ins Freie tritt.

»Ja. So ist das klasse«, stimme ich zu. Ein Trio Mädels, jede mit einem Eis in der Hand und pubertären Pickeln auf den Stupsnasen, kichert kokett, als sie Pascal entdecken. Ich kann die Hormone förmlich greifen, die da durch die Luft fliegen.

»Siehst du, wirkt schon«, lache ich, als die Mädels sich beinahe den Hals ausrenken, als Pascal und ich an ihnen vorbeigehen.

»Wow. Cool.« Pascal wächst um weitere fünf Zentimeter, und ich befürchte, er wird über drei Meter groß sein, bis wir zu Hause ankommen.

»Schnitzel?«, frage ich ihn. Er nickt, und wir schnappen uns am Bahnhof die nächste S-Bahn Richtung Laubenkolonie. Ich brauche Fett. Kalorien. Fleisch. Und Pascal sicher auch, er sieht ein bisschen müde aus. Kein Wunder, schließlich war er heute, wie er mir gestanden hat, zum ersten Mal im Leben alleine shoppen. Also ohne seine Mutter. Ich finde, so ein Meilenstein in der Entwicklung muss gefeiert werden – und wo ginge das besser als bei meinen Jungs?

Die staunen nicht schlecht, als das Shoppingteam das Lokal betritt.

»Ich dachte, du schläfst?«, empfängt mich Chris und drückt mir ein Küsschen auf die Wange, wobei das Tablett mit vollen Biergläsern bedenklich ins Schwanken gerät.

»Nur weil ich ein Vermögen verzockt habe, heißt das nicht, dass ich mich verkrieche«, gebe ich lachend zurück. Das Fiasko bei Polenta ärgert mich zwar noch immer, aber es nützt ja nichts. Mein Zipfel braucht Nahrung. Und ich erst mal ein Klo.

»Jetzt schlägt's 13!« Klaus Hünken springt von seinem Stammplatz am hintersten Fenster auf, als er seinen Neffen entdeckt. Die Leute im Lokal verstummen alle wie auf Kommando und starren erst unseren Vorsitzenden, dann seinen Neffen an. Letzterer wechselt die Gesichtsfarbe von leicht gebräunt auf Tomatenrot.

»Junge, was ist denn mit dir passiert?«, brüllt Klaus quer durchs Lokal. Ich schäme mich solidarisch mit Pascal mit, denn nun heftet auch der allerletzte Blick auf ihm. Ich kann förmlich greifen, wie sehr er sich nach einem Mauseloch sehnt.

»Er sieht geil aus!« Rolf rettet die Situation, als er aus der Küche kommt, in jeder Hand einen Teller mit dampfendem Essen darauf. »Wer kriegt die Currywurst?«, ruft er quer durchs Lokal. Zwei Damen mittleren Alters, beide in Wanderkluft, heben die Hände. Die Leute nehmen ihre Gespräche wieder auf, während Pascal den Tisch seines Onkels ansteuert. Ich stürze an Rolf vorbei, rase durch die Küche, wo Mops (noch immer in der Lederhose) und Mudel in ihrem Körbchen unter dem Schreibtisch selig vor sich hin schnarchen, und benutze ausgiebig die Toilette für die Belegschaft.

Als ich wiederkomme, stehen Chris und Rolf am Herd und knutschen sehr, sehr intensiv. Ich seufze unwillkürlich und verscheuche das Bild von Arne, das vor meinem inneren Auge auftaucht. Und den Gedanken an die immer noch nicht gelesenen Mails vom anderen Ende der Welt, die ich mir für heute Abend und Nacht aufgehoben habe.

»Ey!«, rufe ich. »Die Pommes brennen an!« Die Jungs fahren auseinander. Chris bekommt rote Öhrchen, Rolf kichert.

»Du hast ganze Arbeit geleistet, alle Achtung!«, lobt mich Rolf mit einem Kopfnicken Richtung Gaststube.

»Sie ist ja auch bei mir in die Lehre gegangen«, scherzt Chris und boxt seinen Schatz in die Seite, ehe er sich mit drei Beilagensalaten auf den Weg zu den Gästen macht.

»Jetzt brauchen wir nur noch das Mädel«, sage ich und mopse mir eine Tomate aus der Schüssel.

»Da fällt uns auch noch was ein«, sagt Rolf, wendet die Schnitzel in der Pfanne und verschränkt dann die Arme vor der Brust.

»Ich habe ein Problem«, sagt er.

»Oh.« Oh nein. Nicht heute, denke ich. Zu viel passiert auf einmal. »Ja?«, frage ich trotzdem. Schließlich ist Rolf mein bester Freund. Und Chris ist mein bester Freund. Und überhaupt, ich spüre eine Hormonwelle über mich hereinschwappen und kann gar nichts dafür, dass ich mit einem Mal Tränen in den Augen habe. Im Bruchteil von Sekunden geht mein schwangeres Hirn alle möglichen Szenarien durch: Rolf hat Krebs und nur noch zwei Wochen zu leben. Rolf muss den Laubenpieper schließen, weil die Pacht erhöht wird. Rolf hat sich in einen anderen Mann verliebt (unwahrscheinlich). Chris hat sich in einen anderen Kerl verknallt (unwahrscheinlich).

Rolf nimmt die Schnitzel aus der Pfanne, wendet mir den Rücken zu und dekoriert die Teller mit Zitronenscheiben, Tomaten und grünem Salat.

»Naja, es ist mehr eine Frage«, sagt er so leise, dass ich ihn gegen den Dunstabzug kaum hören kann.

»Dann frag«, sage ich lahm. Der Zipfel streckt und reckt sich in meinem Bauch und drückt auf einen Nerv am Rücken, den ich bis gerade eben nicht kannte.

»Also, ich meine – wer darf mit?«

»Das wüsste ich auch gerne«, ruft Chris, der einen ganzen Stapel leer gegessener Teller in die Küche balanciert und dann im Spülbecken parkt. Rolf dreht sich um. Meine Jungs stehen beide mit verschränkten Armen vor mir und sehen mich mit großen Augen und zusammengekniffenen Mündern an.

»Wer darf wohin mit?« Bahnhof. Kopfbahnhof. Stuttgart 25. Mindestens.

»Na zum Babyballett!«, sagt Chris.

»Wohin?« Ich gehe nicht so gerne in die Oper und schon gar nicht ins Ballett.

»Zur Geburtsvorbereitung«, kommt mir Rolf zu Hilfe.

»Wieso?« Ich will das nicht. Ich habe keine Lust auf einen Hechelkurs. Natürlich erinnere ich mich an die Broschüren, die Theos Barbara mir gegeben hat. Aber eigentlich bin ich der Ansicht, dass der Zipfel schon irgendwie rauskommen wird. Reingekommen ist er ja auch. Und ehrlich gesagt habe ich bis gerade eben noch keinen Gedanken an die Geburt verschwendet. Das ist irgendwie noch ... so weit weg.

»Das fängt nächste Woche an«, erklärt mir Chris, ehe

er sich die beiden Teller schnappt und zu Klaus und Pascal an den Tisch bringt. »Rolf und ich haben dich angemeldet. Und es ist mit Begleitung.«

»Ihr habt was?«, kreische ich. Rolf grinst.

»Hör mal, bei dir muss man alles selbst machen, Prinzessin ...« Er versucht, schuldbewusst zu gucken. Gelingt ihm aber nicht.

»Schwanger geworden bin ich auch ohne euch«, murre ich und schnappe mir eine Handvoll einzeln verschweißter Kekse aus einem Karton auf dem Regal. »Außerdem habe ich unseren Pascal umgestylt. Ganz alleine.« Ich reiße die erste Folie ab und stopfe mir den Kaffeekeks quer in den Mund. Und den nächsten gleich hinterher.

»Das hast du auch ganz toll gemacht«, sagt Rolf mit einer Stimme wie ein Lehrer, der einen Erstklässler für ein besonders gelungenes Bild lobt. Keks drei muss dran glauben.

»Wir wollen nur dein Bestes«, mischt sich Chris ein, als er wieder in die Küche kommt. Das wollen der Mops und sein Sohn auch. Aufgeschreckt vom Rascheln der Keksverpackung sind sie aus dem Körbchen gesprungen und hecheln jetzt um meine Beine herum. Sehen kann ich die beiden allerdings nur, wenn sie nicht zu nah an mir dran sind, denn mein Bauch verdeckt mittlerweile die Sicht auf meine Füße. Noch eine interessante Erfahrung, die ich bislang nicht kannte. Ich werfe zwei Kekshälften ins Unsichtbare und höre die Hunde schmatzen.

»Beide. Kommt einfach beide mit«, sage ich dann. Ich habe einfach keine Lust, Auslöser für einen Ehekrach bei meinen liebsten Lieblingsmännern zu sein.

»Au ja!« Chris strahlt und drückt mir ein Küsschen auf die rechte Wange. Rolf benutzt meine Linke.
»Ich bin draußen am Stammtisch«, gebe ich bekannt.
»Und ich verlange Kässpätzle. Doppelte Portion mit Röstzwiebeln. Auf Kosten des Hauses.«
»Jawohl, Hoheit, was immer Sie wünschen!« Rolf salutiert, Chris grinst.

Ich frage mich, ob jemand Chris' Grinsen festgetackert hat, denn als wir am nächsten Morgen am Frühstückstisch sitzen, strahlt er noch immer wie ein Primelpott. Da Rolf ähnlich debil aus der Wäsche schaut und außerdem einen Knutschfleck am Hals hat, gehe ich davon aus, dass die beiden eine schöne Nacht hatten. Miteinander. Meine war auch schön, wenn auch weniger bemannt als die meiner Jungs. Statt Arne hatte ich nur seine Mails. Und Earl, der sich partout nicht ans Fußende meines Bettes verfrachten lassen wollte und deswegen Kopf an Schnauze mit mir geschlafen hat. Das Ergebnis ist ein vollgesabbertes Kopfkissen und eine nicht ganz ausgeschlafene Tanja. Schnarchende Männer kann man hauen. Schnarchende Möpse … schnarchen eben.
Mein Bauch scheint über Nacht rapide an Umfang zugenommen zu haben. Seit ich gestern festgestellt habe, dass meine Zehen nicht mehr zu sehen sind, fühle ich mich noch runder. Ich beschließe, dass jetzt irgendwie alles egal ist, und verzichte darauf, Toast zu meiner Nutella zu essen. Direkt aus dem Glas gelöffelt schmeckt die Nougatcreme noch viel besser. Ich spüle

die klebrige Masse mit einem halben Liter Kaba runter. Und damit das alles nicht zu schokoladenlastig wird, knabbere ich hinterher an einer einen Meter langen Lakritzstange, die ich im Naturkostladen gekauft habe. Für den Preis dort muss das Ding gesund sein.

»Mahlzeit«, lacht Rolf und schüttelt den Kopf.

»Vitamine?«, fragt Chris vorsichtig und deutet auf den Obstkorb.

»Blossnichbidde«, nuschele ich und rolle die Lakritze in meinem Mund herum. Ich bin mir nicht sicher, ob ich Süßholz in der Schwangerschaft überhaupt essen darf, aber wenn um mich herum dermaßen viel Süßholz geraspelt wird, muss ich mich ja irgendwie trösten. Mein Handy piepst. Zwei neue SMS. Eine ist von Sandra.

›Schock von gestern verdaut? Werde meinen Hauptgewinn in einer neuen Handtasche anlegen :)‹ Na, immerhin hat sie ihre gute Laune behalten.

Die zweite Nachricht ist von Betty: ›Kann ich die Fotos von Earl haben?‹, will sie wissen. Weiß ich nicht, ich habe sie ja nicht gemacht. Ich antworte ihr, dass sie deswegen beim Sender nachfragen soll, nenne ihr den Namen des Fotografen und tippe dann an Sandra zurück: ›Wickeltasche für mich! Heul.‹

»Oha!« Chris springt auf. »Schon zehn!«

»Ja und?« Der Laubenpieper macht erst heute Abend auf, und gestern waren der Kühlschrank und die Vorratsregale noch so prall gefüllt, dass die Jungs bestimmt nicht zum Großmarkt müssen.

»So spät schon?« Rolf springt auf. »Tanja, beeil dich, wir müssen in zehn Minuten los!«

»Moment mal, das Hecheltraining ist erst nächste Woche, Jungs.«

»Ja, aber wir haben eine Mission zu erfüllen«, erklärt Chris und beginnt damit, den Frühstückstisch abzuräumen. Zur großen Freude der Hunde fallen ihm heute mächtig viele Schinkenstückchen aus der Hand.

Mission. Oh nein. Was auch immer die Jungs vorhaben ... Missionen mit ihnen gehen selten ohne Kollateralschaden aus. Jedenfalls für die Lachmuskeln.

»Braucht ihr mich da wirklich?«, frage ich lahm. Eigentlich hatte ich vor, den Vormittag auf dem Sofa zu verbringen und ein bisschen im Babytagebuch zu schreiben.

»Du bist sozusagen die Hauptperson«, sagt Rolf in einem Ton, der unmissverständlich klarmacht, dass die Welt untergeht, wenn ich nicht mitspiele. Wobei, das erfahre ich, als wir zu unserem Zielort fahren.

»Ihr spinnt schon ein bisschen«, kann ich mir nicht verkneifen, als meine Jungs mich in den Plan eingeweiht haben.

»Egal. Normal kann jeder!« Chris grinst und kneift seinen Mann spielerisch in die Wange, als der den Bully auf den Parkplatz der Schwabengarage lenkt. Earl springt aufgeregt von meinem Schoß (wo er wegen des Zipfelbauchs kaum mehr Platz hat) und landet halb auf seinem Sohn, der neben mir auf der Rückbank sitzt. Das heißt: Ich sitze, Mudel thront. Manchmal merkt man ihm schon an, dass er der – wenn auch uneheliche – Spross eines reinrassigen Earls und einer Zuchtpudelin ist.

Zwischen all den noblen Nobelkarossen auf dem rückwärtigen Parkplatz des Autohauses wirkt unser Bully noch rostiger, verbeulter und schäbiger als sonst. Aber irgendwie auch sympathischer.

»Ganz ehrlich, ich will keins von diesen seelenlosen Autos«, sagt Chris und spricht mir aus der Seele.

»Ich auch nicht«, gibt sein Mann zu. »Mal davon abgesehen, dass wir uns so was gar nicht leisten könnten.«

Ich seufze theatralisch. Vorgestern hätte ich noch gedacht, dass ich den Jackpot knacke und entweder einen neuen Bus für den Laubenpieper oder wenigstens eine Schönheitskur für unseren Bully aus der Portokasse bezahlen kann. Was soll's, das würde uns jetzt auch nicht helfen.

Die Hunde stürmen aus dem Wagen, kaum dass Chris die Schiebetür geöffnet hat. Rolf pfeift sie zurück und packt Mudel in den Kofferraum, der mit einem Gepäcknetz vom Rest des Wagens abgetrennt ist. »Tut mir leid, Junge, Du kannst nicht mit«, sagt er entschuldigend und zaubert ein Leckerli aus der Tasche. Nachdem er sich überzeugt hat, dass der Wagen auch in der kommenden Stunde nicht in der Sonne stehen wird, machen wir uns auf den Weg in die heiligen Hallen der heiligen Blechle. Ich hake mich bei Rolf unter, Chris folgt uns in einigem Abstand und tut so, als ob er uns nicht kennt. Zum Glück ist Earl abgelenkt von einem offensichtlich betörenden Duft an einem Laternenpfosten. Der Mops schnuppert begeistert und hebt das Beinchen. Würde ich auch gerne machen, also pinkeln. Meine Blase meldet Alarm.

Auf dem Weg zum Eingang müssen wir an den berühmt-berüchtigten Fenstern vorbei, hinter denen die Verwaltung untergebracht ist. Wir verlangsamen unseren Schritt und zählen das siebte Fenster ab. Und tatsächlich: Mit dem Rücken zu uns sitzt ein blondes Mädchen mit Pferdeschwanz. Ihr gegenüber sitzt ebenfalls eine Blondine mit schwarzer Brille auf der Stupsnase. Beide tippen wie wild, wobei Isabelle im Rhythmus von Musik, die wir hier draußen nicht hören können, mit dem Kopf wackelt. Sie hat schöne Schultern und einen fein geschwungenen Hals, den Rest kann ich leider nicht sehen.

Rolf hält mir die Glastür auf, die in den Ausstellungsraum führt. Chris biegt unauffällig Richtung Werkstatt und Hebebühnen ab. Wir haben kaum den hellblauen Teppich im Eingangsbereich passiert, als ein junger Herr im schwarzen Anzug mit perfekt gebundener Krawatte auf uns zukommt. Ich kneife die Augen zusammen und versuche, sein Namensschild zu entziffern. Martin Irgendwas.

»Guten Tag«, begrüßt er uns. »Kann ich Ihnen helfen?«

Ich brauche ein Klo, will ich rufen. Verkneife mir das aber, da dies nicht in unserem Plan vorgesehen ist.

»Aber gerne«, sagt Rolf und nickt ihm zu. »Meine Frau und ich sind auf der Suche nach einem Familienwagen.«

»Herzlichen Glückwunsch«, sagt Martin und zeigt auf meinen Bauch. »Wievielter Monat?«

»Achter. Also höchste Zeit für einen Kinderwagen, nicht wahr, Schatz?«, scherzt Rolf.

»Ja, Hase«, stimme ich ihm zu. Dem Zipfel gefällt es offensichtlich nicht, dass ich fremdflirte, auch wenn es für einen guten Zweck ist. Er quittiert meine Worte mit einem heftigen Tritt gegen ein Organ, das ich irgendwo zwischen Leber und Milz einordnen würde. So ganz sicher bin ich mir da nicht. Ich japse nach Luft. Martin sieht mich besorgt an.

»Alles gut«, sage ich. Rolf nickt mir unmerklich anerkennend zu. Er ahnt ja nicht, dass das eben echt war und nicht zu unserem Plan gehört.

»Die Kombis sind dort hinten«, erklärt Martin und winkt uns in den hinteren Teil des Ausstellungsraums. Wir gehen an Cabrios, chromglänzenden Schlitten und Limousinen vorbei. Ich grinse in mich hinein, als ich Rolfs sehnsuchtsvollen Blick bemerke. Mann ist eben Mann und Auto ist eben Auto. Nur – was da auf den Preisschildern steht, kann nicht ernst gemeint sein: Für den Betrag bekommt man eine Eigentumswohnung! Mal ganz im Ernst, selbst wenn ich wollte und könnte, hätte ich keine Lust, das ganze Autohaus zu kaufen, nur um einen fahrbaren Untersatz zu haben. Da lobe ich mir doch unseren Bully, den man zur Not mit einem handelsüblichen Schraubendreher oder einem kräftigen Tritt reparieren kann.

Zu meiner Verzückung entdecke ich eine schwarzlederne Sitzgruppe in der Nähe der Familienkutschen.

»Hasibär, ich muss mich setzen«, gebe ich bekannt.

»Aber ja, Schnecke«, antwortet Rolf.

»Möchten Sie ein Glas Wasser? Kaffee?«, fragt Martin.

»Wasser wäre fein«, sage ich. Nicht, dass ich Durst hätte. Im Gegenteil, ich würde sehr gerne Flüssigkeit loswerden. Aber Plan ist Plan und offensichtlich scheint er tatsächlich zu funktionieren. Martin fummelt ein schnurloses Telefon aus seiner Tasche und bestellt ein Glas Wasser und einen Latte macchiato für Rolf. Das ist zwar ein bisschen schwul, aber fällt offenbar nicht auf. Wie auch, wenn er den Begatter spielt!

Ich fläze mich im weichen Leder und sehe meinem ‹Mann› und Martin dabei zu, wie sie einen nachtblauen Kombi umrunden. Ich muss zugeben, dass die weißen Ledersitze schick aussehen, und der Kofferraum ist so groß, dass ganz bestimmt ohne Mühe ein Kinderwagen plus Marschgepäck plus Wocheneinkauf hineinpasst. Rolf lässt sich den Motor zeigen, staunt über Fachbegriffe, die mir so gar nichts sagen und nickt zu Dingen, von denen ich noch nie gehört habe. Aus dem Augenwinkel sehe ich Chris, der auffällig unauffällig das knallrote Cabriolet bestaunt und auffällig unauffällig den Daumen nach oben reckt. Aha. Er hat seine Mission bereits erfüllt – Pascal müsste auf dem Weg sein. Rolf nimmt auf dem Fahrersitz Platz.

»Klimaelektronik. Selbstparksystem. Navi. Der Wagen hat eigentlich nichts, was er nicht hat.« Auch Martin scheint mehr als begeistert von dem Fahrzeug zu sein.

»Was mich interessiert ist ein Locksystem für den Kindersitz«, sagt Rolf und drückt auf einen Knopf. Sein Sitz fährt ein Stück nach hinten.

»Aber selbstverständlich können Sie das in der Fullversion bekommen.«

Rolf drückt einen weiteren Knopf und sagt »Huch!«.

»Genau. Das ist die Massagefunktion. Auf längeren Strecken ein Traum.«

»Schnucki, das möchte ich haben«, flöte ich Rolf zu. Der hört aber nicht zu, sondern geht komplett in seiner Rolle als Autokäufer auf. Und er macht seine Sache sehr, sehr gut. Noch in der Nacht hat er sich auf der Internetseite des Herstellers über alle möglichen Modelle informiert. Wie er da so in der Küche saß, das Laptop vor der Nase, und ein ums andere Mal sehnsuchtsvoll geseufzt hat, war er mehr Kerl, als so mancher Heteromann, beschwerte sich sein Liebster vorhin bei mir. Doch auch Chris hat den einen oder anderen Blick riskiert, allerdings fand er die Farbpalette der Wagen etwas zu muffig und undercoloured. Mit seinem ergoogelten Wissen verwickelt Rolf Martin in ein Fachgespräch. Chris schnappt sich ein Hochglanzprospekt aus einem der Aufsteller und blättert auffällig unauffällig darin. Earl setzt sich und schaut ziemlich pikiert. Unter Gassigehen versteht er etwas anderes, als zwischen Autos auf einem Teppich rumzutapern. Und davon abgesehen hat Chris einige Probleme damit, den Mops in Schach zu halten: Earl dürfte unter keinen, absolut gar keinen Umständen auf Rolf oder mich zustürmen. Denn schließlich gehört zu unserem Plan, dass wir Fremde spielen.

Während Rolf also den bestens informierten und etwas schwierigen werdenden Vater spielt und den armen Martin mit allen möglichen und unmöglichen Fragen zum fraglichen Modell löchert, fläze ich auf der Couch. Mit ziemlich gequältem Gesichtsausdruck, wie ich annehme. Denn meine Blase meldet Alarm, Füllstand beinahe erreicht. Scheinbar passt mein Gesicht aber zum Plan, denn Chris reckt ganz heimlich den Daumen nach oben und signalisiert mir, dass ich alles richtig mache. Hinter ihm huscht ein Schatten vorbei, der dieselbe Frisur hat wie unser Pascal. Der Schatten verschwindet hinter einem chromglänzenden Transporter. Zwischen den Reifen hindurch kann ich seine schwarzen Werkstattschuhe sehen. Das Blau der Arbeitshose steht ihm übrigens formidabel, und ich nehme mir vor, demnächst noch ein paar blaue Shirts mit ihm zu shoppen. Und dann – tadaaaa! – kommt SIE. Isabelle. Herself. In voller Größe (wobei das übertrieben ist, sie ist eine dieser zierlichen kleinen Frauen, die allein wegen ihres schnuckeligen Körpers die Männer in den Wahnsinn und die Frauen in akute Neidattacken treibt). Vor ihrem perfekten (was sonst ... seufz) Busen balanciert sie ein Tablett mit den Getränken.

»War das für Sie?«, fragt sie.

»Ja«, hauche ich. Wahnsinn. Diese Augen. Groß. Kullerrund. Sexy. An Pascals Stelle wäre ich genauso verknallt. Sie stellt das Tablett vor mir auf den Glastisch. Neben dem Kaffee parken darauf eine stylishe Zuckerdose und ein Teller mit einzeln verpackten Keksen. Auf der chromglänzenden Verpackung ist das Logo des Autohauses aufgedruckt.

»Dankeschön«, sage ich und schiele zu Rolf. Der fällt aus seiner abgemachten Rolle: Eigentlich sollte er jetzt, in diesem Moment, langsam auf mich zukommen. Tut er aber nicht, denn er steckt mit dem Oberkörper unter der Motorhaube und macht begeistert »Ah« und »Oh«. Es sind beinahe dieselben Geräusche, die er in besonders schönen Momenten mit seinem Mann macht. Unsere

Wohnung ist ein bisschen hellhörig, was aber sowohl den Jungs, als auch mir a) nichts ausmacht und b) in den entscheidenden Momenten völlig wurschtpiep ist. Isabelle wendet sich zum Gehen. Pascal schielt hinter dem Transporter vor. Das eine Ohr, das ich sehen kann, ist knallrot. Nervös rot. Rolf steckt leider noch immer unter der Motorhaube fest und wird von Martin mit Fachbegriffen zum Weiterstaunen animiert. Chris reißt die Augen auf. Der Mops springt auf.

Also gut.

Dann tue ich es jetzt.

»Mir ist so … komisch«, presse ich hervor und hechele ein bisschen. Dann fasse ich mir an den Bauch, was der Zipfel mit einem munteren Fußtritt quittiert. Natürlich in Richtung Blase. Jetzt muss ich den gequälten Gesichtsausdruck nicht mehr spielen.

»Oh«, sagt Isabelle und sieht ein bisschen ratlos aus.

»Uah«, mache ich.

Rolf macht gar nichts. Pascal schießt hinter dem Transporter vor, und im Bruchteil einer Sekunde gehe ich nochmal den Plan durch. Ich muss jetzt aufstehen, schwanken und warten, dass Pascal mich erreicht hat. Dann – erst dann! – darf ich in Ohnmacht fallen und mich dekorativ in seine Arme sinken lassen. Isabelle soll davon dermaßen beeindruckt sein, dass sie sich auf der Stelle Hals über Kopf in meinen Retter verknallt.

Ich stehe auf.

Pascal nähert sich mit großen Schritten.

Earl gibt ein Fiepen von sich.

Schwankt.

Kippt wie ein gefällter Bonsai auf die Seite.
Streckt alle vier Pfoten von sich.
Krampft. Jault.
Ich schwanke zwischen Sorge um den epileptischen Mops und meiner eigenen Rolle.

Pascal ist mit zwei Schritten bei Earl, geht vor dem Hund in die Knie und tut, was man eigentlich unter keinen Umständen machen darf: Er nimmt den Kopf des Hundes zwischen die Hände und spricht beruhigend auf Earl ein. Chris geht neben den beiden in die Knie. Rolf krabbelt endlich unter der Motorhaube hervor, erfasst die Situation mit einem Blick und schaltet den Turbo ein, um zu seinem Hund zu kommen.

»Oh«, sagt Isabelle in einer Mischung aus Mitleid (für Earl) und Bewunderung (offensichtlich für Pascal). Ich merke, dass ich nicht gebraucht werde und bin ein bisschen sauer. Aber nur ein kleines bisschen. Erstens tut der Mops mir leid, wie er mit Schaum vor der Plattnase und weit aufgerissenen Augen auf dem blauen Teppich liegt. Und zweitens meldet meine Blase ein definitives »KLO! JETZT!«. Ich folge dem Ruf meiner inneren Organe und bin heilfroh, dass die Kundentoilette nur zwei Biegungen weiter installiert ist. Als ich nach einer gefühlten Ewigkeit, in der erstaunlich wenig Flüssigkeit im Klo gelandet ist, wieder in den Verkaufsraum komme, knien meine Jungs neben Earl. Der Mops wirkt ziemlich apathisch, aber die Krämpfe sind vorüber. Isabell reicht Pascal einen Stapel Servietten und geht dann neben ihm in die Knie, um die Pfütze auf dem Teppich notdürftig aufzuwischen. Martin steht etwas ratlos neben dem Kombi.

»Ich glaube, wir kommen ein andermal wieder«, sage ich und nicke ihm aufmunternd zu. Und dann, an Rolf gewandt: »Hasi, ich muss mich hinlegen.«

»Ich komme, Schatzi«, sagt er, nimmt Earl auf den Arm und steuert auf den Ausgang zu.

»Schnucki, warte doch«, ruft Chris. Das gehört nicht zum Plan. Ist jetzt aber auch egal. Martin sieht uns fragend hinterher, und er tut mir ein bisschen leid, wie er da steht und sich fragt, warum auf einmal alles Schnucki, Schatzi und Hasi ist und warum keiner ein Auto kaufen will. Denn: Isabelle sieht Pascal mit diesem Blick an, den ich von mir selbst nur zu gut kenne. Wären wir in einem Comic, würde über ihrem Kopf eine Denkblase erscheinen, in der steht: ›Wow, was für ein Typ, wo kommt der auf einmal her und wie lieb er mit Tieren umgeht und Wahnsinn, der hat aber schöne Augen, ob er gut küssen kann?‹

Und über Pascals hochrotem Kopf würde stehen: ›Wie krieg ich sie jetzt dazu, sich mit mir zu verabreden?‹

MINUS ZWEI

Der Zipfel und ich haben ein Date. Mit Rolf und Chris. An einem ganz besonderen Ort: in der Frauenklinik. Ich mache wirklich gerne Ausflüge mit meinen Jungs und wir haben schon viele Stunden am Bodensee, in diversen Burgen und Schlössern der Region oder ganz einfach am Baggersee verbracht. Oder ganz einfach und immer noch am allerschönsten in der Gartenlaube. Dort würde ich viel, viel lieber abhängen als in dieser Konstruktion aus Stoffbahnen, dicken Seilen und Haken, in die Chris sich begeistert geworfen hat und das Becken kreisen lässt.

»Sie machen das genau richtig«, sagt die Hebamme lachend. »So funktioniert also eine Geburtsschaukel. Aber dazu kommen wir später. Erst einmal möchte ich Sie alle bitten, sich auf die Matten zu setzen.«

Chris kichert und klettert ziemlich unbeholfen aus dem Schaukelmonster in der einen Ecke des großen Saales, der mich an die Turnhallen meiner Kindheit erinnert. Der Geruch nach Schweiß und alter Luft ist jedenfalls derselbe, nur dass statt Schwebebalken und Barren hier alle möglichen Betten, Schaukeln, Hocker und sogar eine Badewanne stehen.

Die neun anderen Frauen, alle mit unterschiedlich dicken Bäuchen, verteilen sich auf den dicken Kissen, die im Kreis auf dem Boden liegen. Die dazugehörenden Männer stehen ein bisschen unbeholfen herum, sortieren sich dann aber hinter dem jeweiligen Frauchen ein. Neben mir sitzt eine unbemannte Mittvierzigerin in Latzhose, die am Ansatz angegrauten Haare zu zwei Kleinmädchenzöpfen geflochten. Vielleicht ist sie auch jünger, Schwangerschaften können alles Mögliche mit dem Körper der Frau anrichten. Und Frauen alles Mögliche mit ihrem Körper. Gut möglich also, dass sie viel älter ist, als sie aussieht.

Das, was meine Nebensitzerin (sie stellt sich mit bassiger Stimme als Juliane vor) zu wenig an Mann hat, habe ich zu viel. Die Hebamme schaut ein bisschen irritiert, als gleich zwei Papis hinter mir in die Knie gehen.

»Öh. Also. Ja. Dann herzlich willkommen in der Frauenklinik bei der Geburtsvorbereitung«, sagt sie schließlich und geht sehr elegant in den Schneidersitz. Kunststück, sie ist die einzig dünne Frau hier! »Mein Name ist Petra. Ich fände es schön, wenn ihr euch der Reihe nach vorstellen würdet.« Sie nickt dem Mutterschiff neben sich zu.

»Ja, also, hallo, ich bin die Anja, sechster Monat, zweites Kind. Und das ist mein Mann Alex.« Alex nickt. Nach Anja kommen Celina (fünfter Monat, erstes Kind), Charlotte (sechster Monat, viertes Kind – Respekt!) und so weiter. Ich kann mir weder die Namen, noch die aktuellen Schwangerschaftsmonate merken. Juliane ist im achten Monat, erstes Kind. Und dann bin ich dran.

»Tanja. Achter Monat. Erstes Baby«, sage ich.

»Chris, erstes Kind«, sagt Chris.

»Rolf, erstes Kind«, sagt Rolf. Juliane schickt mir einen respektvollen Blick – welche Mutter kann schon zwei Väter aufweisen? Die anderen schauen irritiert bis pikiert. Einzig Petra wagt zu fragen, warum ich denn gleich zwei Väter mitgebracht habe. Ihrem Blick kann ich entnehmen, dass ihre Vermutung irgendwo zwischen Leihmutter für ein schwules Paar bis hin zu Schlampe, die nicht weiß, wer sie begattet hat, gehen. Ehe ich antworten kann, platzt Chris raus: »Der dritte Vater ist in Bolivien.« Juliane nickt anerkennend. Ich grinse. Petra schweigt, schüttelt aber unmerklich den Kopf.

»Vielleicht kannst du einen Vater an Juliane ausleihen?«, fragt sie. »Für die meisten Übungen brauchen wir einen Partner.«

»Ja klar«, sage ich generös. »Such dir einen aus.« Ich hab ja reichlich. Und ganz ehrlich ist es mir auch zu blöd hier. Der Hechelkurs war schließlich die Idee der Jungs. Ich habe ehrlich gesagt noch keinen Gedanken an die Geburt verschwendet. Und außerdem sollte bis dahin der echte Vater wieder zurück sein aus dem Dschungel. Die Leihvaterschaft für die bassige Juliane fällt an Rolf, der näher bei ihr sitzt. Er schaut ein bisschen unglücklich aus der Wäsche. Sein Mann zwinkert ihm zu und geht dann in Position hinter mir. Chris legt mir besitzergreifend die Hände auf die Schultern.

Petra greift hinter sich und zieht einen lebensgroßen Plastiktorso in die Mitte der Mattenrunde. Die Frau ohne Kopf, Arme und Beine ist sichtbar schwanger. Petra betätigt einen kleinen Hebel an der linken Taille und klappt den Bauch auf. Ein »Ah« und »Oh« geht durch die Runde, als sie die Bauchdecke abnimmt: So sieht also eine Schwangerschaft in 3D aus! Petra dreht den Torso ein Stück. Es macht klack und das Plastikbaby fällt kopfüber heraus. Chris kichert.

»Hoppla!« Die Hebamme stopft das Kind zurück in die Plastikgebärmutter. Dann beginnt sie zu erklären, welchen Weg das Kind durch den Geburtskanal nimmt. Sie macht das beinahe in Echtzeit, ich werde dösig und meine Gedanken driften ab. Richtung Bolivien. Zum Vater meines Zipfels, der ganz und gar nicht aus Plastik ist. Ich hätte ja gedacht, dass ich mich an die Trennung gewöhne. Dass es leichter wird. Aber je größer mein Bauch wird, desto größer wird meine Sehnsucht. Da hilft es wenig, dass ich Abend für Abend Babytagebuch schreibe. Und dass vorgestern ein Brief ankam, vom anderen Ende der Welt, macht es auch nicht besser. Beklebt mit quietschbunten Marken, die Rolf sich sofort gekrallt hat für seine Sammlung. Und mit eng beschriebenen Blättern in luftiger Luftpostqualität. Handgeschrieben. Von Arne. Und ganz, ganz schwach nach meinem Schatz duftend. Die ersten Seiten waren für mich allein bestimmt, mit ganz viel Sehnsucht, Liebe und Küssen gefüllt. Und zum Glück nur mit einem Halbsatz über die Schweizer Ornithologin. ›Sie ist eine Nervensäge.‹ Bingo! Dann folgten mir und den Jungs nicht verständliche Ausführungen über die Flora und Fauna rund um das stromlose Camp. Plus eine Aufzählung über die Nistsituation der Bulldoggfledermäuse, etwaige Krankheiten der Tiere und anderes Gefachsimpele. Und dann die ersten Seiten eines Reiseführers, den Arne nach seiner Rückkehr schreiben will. Dann aber mit dem Computer, denn in Stuttgart ist es weit weniger feucht und es besteht kaum Gefahr, dass technische Geräte angesichts der Luftfeuchtigkeit reihum den Geist aufgeben. Arne jedenfalls erlebt gerade ein Forschungsabenteuer, das technisch gute hundert Jahre zurückzuliegen scheint.

Dafür ist Petra auf dem technisch neuesten Stand. Ich frage mich, wie Frauen vor hundert Jahren Kinder bekommen konnten ohne all die Medikamente, Geburtshocker, Atemtechniken und medizinische Hilfen, über die sie uns einen Kurzvortrag hält.

»Letztendlich müsst ihr selbst entscheiden, wie ihr eurem Kind auf die Welt helft«, beendet sie ihren Vortrag. »Eine Geburt ist ein einmaliges Erlebnis, etwas sehr archaisches. Macht es euch so schön wie möglich.« Diejenigen unter uns, die bereits geworfen haben, nicken wissend. Wir Erstgebärenden schauen fragend in die Runde. Und ich frage mich, ob ich das wirklich alles wissen will. Meine Jungs jedenfalls wollen ganz offensichtlich, und auch die anderen Väter sind begeistert von all dem technischen Kram, den es rund um eine Geburt gibt. Mich interessiert vor allem die Betäubung. Beim Zahnarzt lasse ich mir schließlich auch eine Spritze verpassen, und ich kann mir leider nur zu gut vorstellen, dass eine Wurzelbehandlung im Vergleich zum Ausscheiden einer Wassermelone ein Sonntagsspaziergang ist.

»Die halbe Miete beim Gebärvorgang ist das Atmen«, doziert Petra weiter. Rolf nickt wissend. Er hat bereits sämtliche Internetseiten zum Thema gelesen und weiß, wovon die Hebamme spricht. Die macht auch gleich vor, wie richtiges Atmen geht. Luft einsaugen und sehr geräuschvoll durch den Mund auspusten. ›Gegen die Wehen atmen‹ nennt sie das. Ich finde, es sieht total bescheuert aus, mache aber trotzdem mit, als wir alle –

einschließlich der Herren – gemeinsam zu hecheln und zu pusten beginnen, als wären wir Koikarpfen auf dem Trockenen. Wenn's hilft ... Ich fürchte aber, es wird nicht helfen, denn die Schonmütter hecheln nur halb so begeistert mit wie die Frischlinge. Rolf macht seine Sache erstaunlich professionell und feuert Juliane sogar ein bisschen an. Ich hoffe nur, sie nimmt das nicht zu ernst und schiebt an Ort und Stelle ihr Baby auf die Welt! Chris hinter mir klingt ein bisschen hyperventilierend, und ich bin froh, als Petra uns eine Pause gönnt. Das heißt: Wir Mamis bekommen eine Pause. Jetzt sind die Herren der Schöpfung an der Reihe.

»Ihr könnt eure Frauen aktiv beim Geburtsvorgang unterstützen«, erklärt Petra. Und dann zeigt sie am Torso, dessen Bauchdecke sie wieder angeklickt hat, wie und wo die Jungs den unteren Rücken massieren können, um die Wehen zu lindern und das Becken zu lockern. Das dürfen sie gleich ausprobieren, und wir Ladies schnurren im Chor. Chris' warme Hände auf meiner Nierengegend fühlen sich wirklich angenehm an, und ich nehme mir vor, ihn zu Hause des Öfteren zum Üben zu vergattern. Wahlweise auch Rolf, der Juliane nicht nur im Beckenbereich massiert. Der Zipfel mag das alles auch, er reckt und streckt sich und trifft, oh Wunder, dieses Mal nicht meine Blase, so dass ich die Berührungen ausgiebig genießen kann.

»Toll«, flüstere ich.

»Leider bin ich nicht Arne«, flüstert Chris zurück. Ich nicke stumm und schlucke schnell den Sehnsuchtskloß runter. Zum Glück beginnt Petra nun mit einem Vortrag über Akupunktur vor und während der Geburt, verliert ein paar Worte über das Stillen und eröffnet dann die Fragerunde. Erst will keiner was sagen. Ich lehne mich gegen Chris, der noch immer meine Schultern knetet. Juliane findet als Erste den Mut.

»Kann ich die Plazenta mitnehmen?«

»Was?«, rutscht mir raus. Petra bleibt ganz cool, wahrscheinlich kennt sie solche Fragen schon.

»Selbstverständlich«, nickt sie. »Es gibt viele Frauen, die die Plazenta im eigenen Garten vergraben. Sozusagen als Glücksbringer für das Kind.«

»Äh, wird die dann zum Mitnehmen eingetuppert?« Das war Chris. Die Männer kichern. Die Frauen schauen ihn irritiert an.

»Also ich bin dafür, das Nabelschnurblut einfrieren zu lassen«, sagt eine Mama, die sich als Eleonore vorgestellt hatte. Ende sechster Monat, zweites Kind. Ihr Mann Elmar nickt dazu. »Das haben wir bei unserer Ebony schon machen lassen. Und für den Emil haben wir schon den Vertrag abgeschlossen. Da gibt's ja große Preisunterschiede bei den Anbietern.« Jetzt horchen einige Papis auf.

»Also, ich kann euch gerne die Adresse geben«, erklärt Elmar freimütig. Rolf winkt ihm zu. War ja klar.

»Ich habe gehört, dass … also … ist ein bisschen peinlich, aber … dass beim Pressen auch … äh … also … andere Dinge rausrutschen als nur ein Baby.« Die das sagt heißt Annemie, ist nicht mal 1,60 groß, schiebt dafür aber eine beträchtliche Wampe vor sich her. Erstes Kind, Ende achter Monat. Der Papa heißt Jürgen, ist doppelt so schwer, doppelt so alt und fast doppelt so groß wie sein Frauchen. Ich nehme an, die Arme muss eine Wuchtbrumme gebären, die ganz nach dem voluminösen Papa kommt.

»Ja genau, bekommt man vorher einen Einlauf?« Das war Juliane. »Bei meiner Mutter war das so.« Sie nickt wissend in die Runde. Petra lächelt beruhigend.

»Keine Sorge. Es kann schon mal vorkommen, dass etwas rauskommt, was nicht raus soll. Das geschieht aber sehr, sehr selten und eigentlich nur dann, wenn die Frau presst, obwohl sie noch keine Presswehen hat.«

Aha.

»Und wie erkenne ich eine Presswehe?« Das war Tanja. Ich. Nicht auszudenken, wenn ich statt Zipfel die Mahlzeit vom Vortag gebäre!

»Das hab ich mich vor meinem Ersten auch gefragt. Übrigens eine Horrorgeburt. 22 Stunden. Und am Ende doch ein Kaiserschnitt.« Danke, Anja, genau das wollte ich nicht wissen. »Naja, du merkst das einfach.«

»Aha.« Ich bin wenig überzeugt. Chris drückt beruhigend meine Schultern. »Wir werden das Kind schon schaukeln«, flüstert er mir ins Ohr. Rolf schickt mir einen beruhigenden Blick, und den kann ich jetzt echt gebrauchen. Nacheinander fallen den Mamis und Papis alle Horrorgeburten ein, die sie a) selbst erlebt haben oder von denen sie b) gehört haben oder die sie c) wenn's dumm läuft vor sich haben. Ich versuche wirklich und ehrlich, meine Trommelfelle zu verschließen, aber auch ich kann mich einer gewissen Faszination nicht entziehen. Da ist zum Beispiel die Freundin von Anja, die tagelang am

Wehentropf hing. Sie war schon zwei Wochen drüber. Nichts ging. Bis sie verbotenerweise ohne Begleitschwester aufs Klo ging. Das Kind, ein gesunder Junge, kam in der Krankenhaustoilette zur Welt, innerhalb weniger Sekunden. Oder Eleonore, die ihre Ebony in einem Geburtshaus entbinden wollte. Wo sie auch war. Aber Ebony wollte nicht raus kommen. So was von gar nicht. Da halfen weder gute Worte, noch Bäder, noch Kräutertinkturen. Am Ende wurde es ein Notkaiserschnitt nach abenteuerlicher Fahrt durch die City, mit Blaulicht und allem. Elmar hebt das Shirt seiner Frau und zeigt uns die Narbe.

»Boah!«, rutscht es Chris raus, und ich weiß, dass er dasselbe meint wie ich: selten so viele Schwangerschaftsstreifen gesehen. Allerdings sind die so heftig, dass man die Narbe nicht erkennen kann. Nachdem wir alle ausgiebig die Narbe bestaunt haben und Petra ein paar wichtige technische Details zum Thema Kaiserschnitt erläutert hat, hören wir noch die Geschichte von einer Steißgeburt. »Scheißgeburt«, stöhnt Chris hinter mir. Ich muss ihm recht geben. Dann kommt die Story von der Freundin einer Kollegin, deren Kind mit der Nabelschnur um den Hals zur Welt kam. Der Junge war ziemlich blau im Gesicht und besucht heute eine Sonderschule. Ich schlucke trocken. Und noch trockener, als die erfahrenen Mamis sehr, sehr plastisch die Schmerzen schildern. Das will ich gar nicht wissen, und ehrlich gesagt glaube ich keiner ein Wort, als sie unisono betonen, dass das alles sofort vergessen sei, wenn das Kind einem in den Arm gelegt werde. Es ist einer der

Momente, in denen ich mich frage, warum die Evolution ausgerechnet uns Frauen als Gebärmaschinen ausgesucht hat. Warum nicht mal einen Kerl? Wir müssen uns doch ohnehin schon jeden Monat mit Schmerzen plagen. Und wenn die Wehen hundert Mal so schlimm sein sollen – also ich wünsche mir eine Vollnarkose. Petra schaut auf die Uhr und klatscht in die Hände.

»Meine Lieben, so spät schon!« Sie springt auf, wobei sie mit dem Knie gegen den schwangeren Torso stößt. Der Plastikbauch springt auf und das Baby kullert klappernd heraus. »Ich wollte euch doch noch die Gebärpositionen zeigen! Ihr dürft das dann auch alles in Ruhe ausprobieren.«

Wir rappeln uns hoch. Das heißt: Die Männer ziehen die Mütter in die Senkrechte. Dann gehen wir in den anderen Teil der Halle, wo ein Schau-Kreißsaal aufgebaut ist. Chris schielt schon wieder Richtung Schaukel.

»Da kann man auch ganz andere Sachen drin machen«, flüstert Rolf ihm überlaut ins Ohr. Chris wird rot und kichert. Petra hängt sich an ein Seil, das von der Decke baumelt. Sie lässt das Becken kreisen und erklärt uns, dass damit das Kind in die optimale Gebärposition geschaukelt werden kann. Dann geht sie zu einem Hocker, der in der Mitte ein Loch hat. Sieht ein bisschen aus wie ein Klo ohne Schüssel drunter. Ich beobachte, wie sie eine Presswehe simuliert und unter sich greift, um das imaginäre Baby aufzufangen.

»Jessas, und wenn das mit dem Kopf auf den Boden knallt?« Rolf wirkt ehrlich entsetzt. Ich habe das Bild eines winzigen Bungeespringers vor Augen.

»Ist noch nie passiert«, beruhigt ihn Petra und schwingt sich in die Badewanne. Das kann ich mir gut vorstellen: Ein nettes Aromabad und schwupps flutscht das Kind raus. Dass man den Zipfel dann nicht binnen Sekunden aus dem Wasser ziehen muss, erstaunt mich dann aber doch. Der Atemreflex, sagt die Hebamme, setze erst später ein. Überhaupt könne man das später fürs Babyschwimmen nutzen. Das habe ich schon mal im Fernsehen gesehen: quasi neugeborene Kinder werden von den Müttern ins Schwimmbad gebracht und paddeln wie ein kleiner Delfin durch die Chlorbrühe.

»Oh, das ist eine gute Idee!« Chris strahlt Rolf an. Der nickt begeistert. Ich verdrehe innerlich die Augen, aber nur ein bisschen. Schließlich kann ich, wenn meine Männer beim Babyschwimmen sind, schlafen. Denn das weiß sogar ich: Baby heißt Schlafmangel. Und zwar enorm. Augenblicklich muss ich gähnen. Und meine Blase meldet auch schon wieder ein Bedürfnis an. Petra nickt in die Runde, wir verabschieden uns bis zur kommenden Woche (wobei ich genau weiß, dass ich nicht mehr erscheinen werde) und machen uns auf den Weg nach Hause.

Zum Glück ist heute Ruhetag im Laubenpieper. Sonst hätte Rolf eine Sonderschließung machen müssen. Denn: Heute ist Quiztag. Die Folge mit Sandra und mir wird ausgestrahlt. Ich bin heilfroh, dass das nach dem Hechelkurs ist. Wer weiß, wer mich erkannt und mit Fragen gelöchert hätte. Ich hoffe, dass ich auf dem Bildschirm so verzerrt rüberkomme, dass ich nicht auf der Straße erkannt werde. Als wir zu Hause ankommen, verschwindet Rolf in der Küche und Chris schnappt sich Mudel und Earl zum Gassigehen. Ich steuere zuerst das Klo an. Dann werde ich von Rolf aus der Küche verbannt, in der es bereits lecker riecht. Keine Ahnung, was er da zaubert, aber es wird bestimmt zauberhaft. Mangels Alternative fläze ich mich in mein Bett und nehme mir erneut den Brief von Arne vor. Ja, er liebt mich. Und ja, er vermisst mich. Das schreibt er. Und ich weiß, dass er es auch so meint. Aber meint er das auch noch, wenn er wiederkommt und ich mich verdoppelt habe? Wenn er statt einer Freundin eine Mama samt seinem Sprössling vorfindet? Ich versuche, diese Gedanken zu vertreiben. Was mir sonst mit einem Eintrag ins Babytagebuch ganz gut gelingt. Aber jetzt bin ich zu müde dafür. Vielleicht liegt's am Hecheln. Vielleicht einfach am Wetter. Jedenfalls klappen meine Lider runter und ich poofe ein.

Ich wache auf, als ich einen Luftzug spüre. Meine Lider sind schwer wie Blei, als hätte jemand winzige Gewichte an jede einzelne meiner Wimpern gehängt. Trotzdem schaffe ich es, meine Augen einen winzigen Schlitz zu öffnen. Gegen das Licht, das vom Flur her durch die Tür ins dunkle Zimmer fällt, sehe ich einen Schatten. Einen großen Schatten, der mir sehr bekannt vorkommt.

»Arne!« Mit einem Schlag bin ich hellwach. Mein Tierarzt schließt die Tür hinter sich und kommt langsam, wie in Zeitlupe, auf mich zu. Ich setze mich auf und streichele über meinen Bauch, der den Umfang eines ganzen Melonenmarktstandes hat.

»Dein Papa ist da!«, flüstere ich dem Zipfel zu. Und spüre, wie das Baby in meinem Bauch die Augen vor Erstaunen weit aufreißt. Genau wie sein Vater das jetzt macht.

»Hallo Tanja.« Arne bleibt vor dem Bett stehen und mustert mich von oben bis unten und wieder zurück. Schließlich bleibt sein Blick auf meinem Bauch hängen.

»Was? Wie?«, stammelt er.

»Du wirst Papa.«

»Aber. Nein. Wieso?« Arne lässt sich auf den Bettrand plumpsen. Er ist ein bisschen blass um die Nase. Komisch, ich dachte, im Urwald scheint die Sonne. Ich hatte jedenfalls mit einem braun gebrannten Arne gerechnet.

»Ich wollte dir das nicht sagen, bevor du abfliegst«, erkläre ich hastig. Mein Tierarzt nickt stumm.

»Wir haben eben beide unsere Geheimnisse«, sagt er.

»Willst du mich nicht küssen?« Die Sehnsucht nach seinem Körper erfasst mich wie ein Tsunami, und ich muss mich beherrschen, damit ich mich ihm nicht auf der Stelle an den Hals werfe.

»Doch.« Arne beugt sich vor und gibt mir ein Küsschen – auf die Stirn.

»Ist das alles?«, necke ich ihn.

»Nein. Ja. Doch. Ich muss dann mal wieder.« Er steht auf. Ja klar, Jetlag und so. Er muss irre müde sein.

»Ich wollte nur meine Sachen holen. Mein Flieger geht in zwei Stunden. La Paz.«

»La was?« Das hat er jetzt nicht wirklich gesagt!

»La Paz. Frieden. Ruhe. Kein Kindergeschrei.« Er macht auf der Hacke kehrt. Seine Umrisse zerfasern, dann bleibt nur noch eine Nebelwolke im Zimmer hängen. Schließlich ist auch die verschwunden.

»Tanja? Aufwachen, Prinzessin!« Chris!

»Oh mein Gott«, stöhne ich und atme erleichtert auf. Ich habe geträumt.

»Geht's dir nicht gut?« Mein Mitbewohner streicht mir die Haare aus der schweißnassen Stirn.

»Ich habe geträumt«, sage ich sehr, sehr erleichtert.

»Schlimm?« Chris wirkt ehrlich besorgt.

»Halb so schlimm. Eigentlich ganz friedlich.« Ich lächele ihn schief an, was sowohl ihn, als auch mich beruhigt.

»Magst du einen Tee?«

»Das wäre fantastisch.« Während Chris sich in der Küche zu schaffen macht, vertreibe ich die letzten Traum- und Schlafreste aus meinem Hirn. Der kräftige Pfefferminztee tut sein Übriges, und als wir eine knappe Stunde später in der Laubenkolonie eintreffen, habe ich das Stadium der Wachheit endgültig erreicht. Ich bin so wach, dass ich Rolfs Befehl, mich in die Liege zu installieren, ignoriere und meinen Jungs dabei helfe, das Büffet auf der Terrasse aufzubauen. Binnen Minuten hat sich der Bierzelttisch mit Leckereien gefüllt: Tomaten-Mozzarella-Spießchen, mit Speck ummantelte Feigen, gebratener grüner Spargel. Vier verschiedene Sorten Brot. Meeresfrüchtesalat. Der obligatorische Nudelsalat. Gebratene Hähnchenschlegel. Ein halbes Dutzend verschiedener Dips. Mit einer undefinierbaren, aber ultraleckeren Creme gefüllte würzige Crêpes. Eine riesige Schüssel Mousse au Chocolat. Frisches Obst und ein Käsebrett, das keine Wünsche offen lässt. In einem schwarzen Baueimer lagert Weißwein auf Eis, dazwischen eine herrliche Sammlung von Bio-Limos für mich. Und am Ende des Büffets parkt ein kleines Bierfässchen. Pünktlich zum Anstich schneit der erste Gast in die Laube, begleitet vom freudigen Bellen der Hunde: Klaus Hünken. Er schleppt eine Satellitenschüssel unter dem rechten Arm und einen kleinen Fernseher unter dem linken.

»Tagchen!«, schnauft er und lässt sich die Technik von den Jungs abnehmen. Dann zapft er sich ein Bier und erzählt nebenbei von diesem Fernsehtechniker, zu dem er Beziehungen hat. Seine ‹Beziehung› hat ihm auch genau erklärt, wie er die Schüssel installieren soll. »Ich hab das alles mitgeschrieben«, verkündet Klaus und nimmt einen kräftigen Schluck Bier. »Bloß hab ich leider den Zettel zu Hause vergessen.«

»Oh«, sagt Chris ein bisschen ängstlich.

»Oh«, sagt Rolf, weniger ängstlich. »Na, das werden wir schon hinbekommen.« Das klingt zwar nicht ganz zuversichtlich, aber den Jungs bleibt nichts anderes übrig. Quiztag ist Quiztag, und es ist schon anderen in der Kolonie gelungen, Fernsehempfang zu haben.

»Also dann, ran an den Speck!«, ruft Chris und steuert mit der Sat-Schüssel das Beet an. Dort stecken mannshohe Holzpfähle, an denen sich Glyzinien hochhangeln sollen. Die Hälfte der Pfosten ist schon mit Blattwerk bedeckt.

»Den nehmen wir«, beschließt Rolf, als sein Mann neben dem dritten Pfosten von rechts steht. Warum es dieser sein soll, ist mir unersichtlich.

»Kommt, Jungs«, sage ich zu den Hunden, schnappe mir eine Kräuterlimo und mache es mir im Liegestuhl unter dem Apfelbaum bequem. Von hier aus habe ich einen direkten Blick auf das Geschehen, Logenplatz, sozusagen. Earl quetscht sich an meine rechte Seite, Mudel nimmt zu meinen Füßen Platz. Ich kraule abwechselnd den Mops (mit der Hand) und den Mudel (mit den Füßen) und staune, wie so ein bisschen Technik drei Mann quasi Vollzeit beschäftigen kann. Klaus übernimmt die Rolle des Anweisers, Rolf gibt dann und wann einen technisch versierten Kommentar ab und Chris spielt den Handlanger. Soweit ich von meinem Platz aus erkennen kann, ist es ein Leichtes, die Schüssel am Holzpfahl zu befestigen. Irgend ein metallisches Klammerdings scheint beste Dienste zu leisten.

»Bingo, das hätten wir!«, ruft Klaus nach ein paar Minuten. »Und jetzt schauen wir mal, wo wir den Fernseher hinstellen.« Die Jungs entscheiden sich für einen kleinen Klapptisch, den wir vom Vormieter übernommen haben. Das Ding ist sehr alt. Sehr rostig. Und ein wenig wackelig. Klaus berechnet den Stand der Sonne, den Schattenverlauf und die Position von Mond und Mars, oder so ähnlich. Dann deutet er auf einen Platz schräg vor der Laube. Rolf rammt die Tischbeine in den Rasen (was Chris einen kleinen Schmerzensschrei entlockt) und deckt die unhübsche Platte mit einem rotweißkarierten Tuch ab. Zwischen TV-Gerät und SAT-Schüssel gilt es nun, gute acht Meter zu überbrücken. Und zwar mit einem der Kabel, die Klaus aus seinem Rucksack zaubert. Einem der vielen Kabel. Der vielen schwarzen Kabel.

»Und was ist jetzt welches?«, fragt Chris und starrt hilflos auf den Kabelsalat. »Die sehen ja alle gleich aus!«

»Mittig schon«, erklärt Klaus fachmännisch. »Man muss die Anschlüsse beachten.«

»Ja klar«, knurrt Chris. Ich muss grinsen. Er hat wirklich und absolut keine Ahnung von Technik. Aber er ist ein Mann. Und ergo würde er das niemals zugeben.

Rolf wickelt die Kabel auseinander und begibt sich auf die Suche nach Anschlüssen. Scheinbar findet er den, der für die Sat-Schüssel gedacht ist, denn eines der schwarzen Würstel stöpselt er am Pfosten ein. »Das ist viel zu kurz«, rufe ich und grinse.

»Tanja, raushalten!« Rolf droht mir gespielt mit der Faust.

»Ich mein ja nur«, nöle ich. »Sieht man ja von hier aus!«

»Verlängerung, Tanja, Verlängerung!«, ruft Klaus.

»Ja, ja", lächle ich und grinse in mich hinein, als die Jungs wie aufgeregte Hühnchen umherlaufen und Kabel probieren, stöpseln, ausstöpseln, umstöpseln. Irgendwann haben sie eine Leine gezaubert, die bis zum Fernseher reicht – und die straff gespannt über den Rasen läuft. Der wird mit zwei Doppelsteckern an die Steckdose in der Laube angeschlossen.

»Tadaaa!« Chris sieht mächtig stolz aus. Sein Mann drückt den Einschaltknopf und tatsächlich – der Bildschirm flackert. Gegen die Sonne kann ich nicht viel erkennen, aber Klaus hat ja den Schattenverlauf berechnet und schwört, dass bis zum Beginn der Sendung perfekte Lichtverhältnisse herrschen. Im Moment ist das auch noch egal, denn außer Schneegriesel kommt sowieso nichts in der Glotze.

»Erstes Programm!«, rufe ich der Techniktruppe zu.

»Ist drin, Prinzessin«, sagt Rolf ein bisschen genervt.

»Aber die Schüssel ist noch nicht ausgerichtet.«

»Ah so. Klar.« Ich nuckele an meiner Limo. Earl pupst und ich wedele seine Ausdünstung weg. Hundepupse sind an sich schon schlimm. Aber ich habe den Eindruck, dass meine Schwangerschaftshormone die teuflische Duftmarke für meine Nase noch verstärken.

»Klaus, gib mir mal den Signalfinder«, sagt Rolf. Klaus sagt nichts.

»Klaus? Signalfinder!«

»Äh. Ich glaube … also … ich wusste doch, dass ich was vergessen habe.« Unser Vorsitzender sieht ein bisschen bedröppelt aus.

»Och nöööö.« Rolf seufzt.

»Tut mir echt leid, aber das kriegen wir auch so hin.« Klaus geht vor dem Fernseher in Position. Rolf macht sich an der Sat-Schüssel zu schaffen. Dreht sie einen Millimeter nach oben, einen halben Millimeter nach rechts. Nach geschätzten fünf Minuten kommt ein erstes Tonsignal aus dem Fernseher. Das allerdings eher arabisch klingt. Chris feuert seinen Mann an, dem der Schweiß auf der Stirn steht. Ich bekomme allein vom Zuschauen Muskelkater in den Oberarmen und einen steifen Nacken. Klaus starrt auf den Bildschirm. Sagt dann und wann »Ja, fast!« und »Nein, gar nicht.« Wie im Schnelldurchlauf erscheinen nacheinander in Rauschequalität Sponge Bob, eine Kartenlegerin, Whitney

Houston und völlig verzerrte Tennisspieler auf der Mattscheibe.

»Wir können auch einen schönen Film schauen«, schlage ich vor.

»Klappe halten!«, kontert Rolf. Ich grinse. Meine Limo ist leer, meine Blase dafür voll. Zeit für einen Gang zum Campingklo. Ich rappele mich hoch, was die Hunde mit einem unwilligen Brummen quittieren.

»Dranbleiben, Jungs!«, rufe ich und verschwinde hinter der Laube. Im vergangenen Herbst haben meine Jungs hier das ‹Projekt Toilette› umgesetzt. Will heißen: Die blaue Chemieschüssel steht jetzt in einem Bretterverschlag, den Chris mit einer Tapete im Prilblumendesign verschönert hat. Es gibt sogar einen Klorollenhalter in Rosa und einen Spiegel mit üppigem Goldrand. Das Campingklo selbst steht auf einem kleinen Podest, das er knallrot lackiert hat. Abgesehen vom unverkennbaren Chemiegeruch sieht es beinahe aus wie in einem Fünf-Sterne-Klo. Ich bemühe mich, das Toilettenpapier nach Erledigung meines Geschäfts am vordersten Blatt wieder so hübsch zu falten, wie Chris es immer macht. Gelingt mir fast.

Während meiner Sitzung scheinen die Planeten, Sterne und Satelliten die optimale Position gefunden zu haben, denn als ich wiederkomme, quietscht gerade ein Spot mit Äffle und Pferdle über die Mattscheibe. Die Jungs und Klaus haben es sich, jeder mit einem frisch gezapften Bier in der Hand auf Klappstühlen vor dem Fernseher bequem gemacht und sehen sehr, sehr stolz aus.

»Wow!«, sage ich anerkennend. Die drei nicken synchron mit den Köpfen und schweigen den Fernseher an. Mein Magen schweigt nicht und ich gebe dem Brummen nach. Unter Protest der Jungs (»Hey, warten bis alle da sind!«) fülle ich einen Teller mit Knoblauchpaste, gegrillten Tomaten und Zucchini.

»Nur eine kleine Vorspeise«, beruhige ich die Jungs und setze mich neben Chris in einen der Klappstühle, die wie in einem Kino aufgebaut sind. In der zweiten Reihe sind noch jede Menge freie Stühle.

»Die sollten sich langsam mal beeilen«, sagt Klaus mit einem Blick auf seine digitale Armbanduhr, die gut und gerne 25 Jahre auf dem Buckel hat.

»Cool!« Pascal steht am Gartentor unserer Parzelle Nummer 42 und grinst so breit, dass ich befürchte, er passt nicht durch. Kein Wunder: Er hat Kollegin Isabelle im Schlepptau.

»Mega«, meint die und lässt den Blick schweifen. Unser Garten ist auch toll, nicht so platt und gerade und unkrautbefreit wie alle anderen ringsum. Und trotz der Wildblumen herrscht dank Chris' Sinn fürs Schöne die Ästhetik vor.

»Kommt rein!«, ruft Rolf den beiden zu. Mops und Mudel sausen zum Gartentor, bellen und springen im Kreis.

»Ah, dir geht's besser«, begrüßt Isabelle den Mops. Earl suhlt sich in ein paar Streicheleinheiten, und ich freue mich, dass das Mädel ehrlich froh zu sein scheint, dass es dem Hund wieder gut geht. Nach unserem etwas verpatzten Auftritt im Autohaus blieb uns nichts anderes übrig, als ihr die Wahrheit ins hübsche Gesicht zu sagen. Das heißt: Das Sprechen mussten ich und meine Jungs übernehmen, Pascal war vollauf damit beschäftigt, knallrot zu sein und zu Boden zu gucken. Jedenfalls fand Isabelle unseren Auftritt ›süß‹. Und wie sie das sagte und dabei Pascal unter ihren schwungvollen Wimpern hervor anschmachtete, meinte sie nicht nur den Auftritt süß. Es kommt ja auch nicht alle Tage vor, dass sich jemand so für ein Mädel ins Zeug legt, und mal ehrlich – hätte sie das Date heute Abend ablehnen können?

Die Jungs und Klaus stellen sich der Reihe nach vor. Wobei Rolf und Chris nochmals betonen, dass sie ein Ehepaar sind und Klaus mit den Fähigkeiten seines Neffen als Autoschrauber prahlt. Ich grinse und kümmere mich um die Knoblauchcreme auf meinem Teller. Ich liebe dieses Zeugs!

Isabelle und Pascal machen es sich am Rand der zweiten Reihe bequem. Ich nicke dem Jungen über die Schulter zu, zwinkere, schnalze leise mit der Zunge. Endlich kapiert er, springt auf und fragt seine Angebetete: »Auch 'n Bier?« Fast optimal. Daran müssen wir noch arbeiten. Isabelle schüttelt verneinend den Kopf, und ich sage überlaut, quasi mit dem Scheunentor winkend: »Der Prosecco ist ganz kühl!«

»Cool«, meint Isabelle.

»Ah. Prosecco. Ja. Cool.« Na geht doch! Pascal macht sich bei den Getränken zu schaffen, als die Hunde erneut zum Gartentor flitzen und bellen, was das Zeug hält.

»Juhuuuu!«, flötet Betty. »Wir sind da-haaaa!« Wir – das sind die Hundedesignerin in pinkfarbenem Shirt und passendem Hütchen auf dem Kopf. Gigi, mit rosa

Schleifchen am Halsband, von Frauchens Arm aus ganz unfraulich bellend und eine große pinkfarbene Tasche, die Betty wie eine Flagge schwenkt.

»Ich mache Ihnen auf!«, ruft Klaus und springt auf.

»Die tun nichts«, sagen Rolf und Chris unisono und deuten mit den Köpfen auf die Hunde. »Die freuen sich nur!«

»Hach«, lacht Betty verzückt und tritt in den Garten, als Klaus ihr mit großer Geste das Törchen aufmacht. »Habt ihr es aber schön hier. Und ich bin sooo neugierig auf die Sendung!« Mops und Mudel sind offensichtlich auch neugierig auf die Hündin, die immer noch auf Bettys Arm sitzt. Die Möpsin schnuppert mit ihrer Plattnase und mustert Earl und seinen Sohn von oben herab.

»Ja schau mal, Gigilein, Spielkameraden!« Betty drückt Klaus die Tasche in die Hand und setzt Gigi auf den Boden. Sofort beschnuppern sich die Hunde vorn und vor allem hinten, wedeln mit den Schwänzen und bilden ein Fellknäuel, das ganz offensichtlich Freude aneinander hat. Earl löst sich als Erster aus dem Kuddelmuddel und rennt Richtung Rabatte. Gigi folgt ihm auf den kurzen Mopsbeinchen, verfolgt von Mudel. Die drei beginnen eine wilde Hetzjagd durch den Garten, und ich sehe Chris an, dass er aufrichtig besorgt ist um seine Beete. Aber Earl und Mudel kennen ihr Revier und locken die Besucherin in den ganz hinteren Teil des Gartens, wo hinter zwei Rosenbüschen der Hundegarten ist. Dort dürfen die Tiere nach Herzenslust graben und buddeln. Und tun, was Hunde so tun. Den Geräuschen nach haben sie Spaß. Nachsehen kann keiner, denn Klaus ist damit beschäftigt, Betty mit Prosecco und Häppchen zu versorgen. Meine Jungs halten Händchen, und Pascal würde gern Händchen halten, weiß aber wohl nicht, wie er das anstellen soll. Ich schicke ihm einen aufmunternden Blick zu, aber ich bezweifle, dass er meine Message versteht: ›Warte bis zur Dämmerung. Dann schlag zu.‹

Ich lasse mich von der Werbung berieseln, die durch die Parzelle schallt. Autos, die so wenig Benzin verbrauchen, dass es schon unanständig ist. Parfums, die das pure Pheromon sind. Fertigpizzen, ohne die es keinen Familienfrieden gibt. Es gibt schon einen guten Grund dafür, warum wir keinen Fernseher im Garten haben. Das heimelige Vogelgezwitscher – ausgeblendet. Das Rauschen der Blätter, wenn der Wind durch die Bäume fährt – nicht zu hören. Das Brummen der Hummeln, die wie immer gegen Abend eine Mahlzeit an den prächtig blühenden Rabatten einnehmen – weg. Ich hoffe, dass das hier eine einmalige Sache bleibt. Wer unbedingt Garten und Fernseher braucht, der kann in den Laubenpieper gehen. Dort hängt ein sündhaft teurer Flachbildschirm. Ohne Bundesliga geht bei den meisten Laubenpiepern nix. Und ohne Tatort werden meine Jungs ranzig. Da die Krimireihe aber während der Öffnungszeiten läuft, hat Rolf aus der großen Not eine sonntägliche Tatort-Party gemacht. Die Gäste gucken gemeinsam, auf der Karte stehen ›Schimmis Steak‹, ›Prof. Boernes Rotweingulasch‹ oder ›Tatort-Toast‹. Und wer mag, kann bis zur 45. Sendeminute seinen Tipp abgeben, wer der Mörder war. Dem Gewinner winkt neben der Ehre, seinen Namen in der hausinternen Liste wiederzufinden, eine Flasche ›Tatort Trollinger‹. Der Jahressieger erhält ein Essen für vier Personen. Natürlich sonntags, 20.15 Uhr.

»Gigi? Komm zu Frauchen!« Betty steht, einer rosa Puppe gleich, auf der Terrasse. In der einen Hand hält sie das Proseccoglas, in der anderen schwenkt sie die rosa Tüte. »Du musst dein Geschenk abgeben!« Gigi schießt hinter der Laube vor. Und sieht gar nicht mehr damenhaft aus: die rosa Schleife baumelt lose am Halsband und ihr Fell ist mit Dreckspritzern verziert.

»Gigi!« Betty schüttelt missbilligend den Kopf. »Das macht ein braves Mädchen aber nicht.«

»Da kann sie nichts dafür«, rufe ich Betty zu. »Das waren die Jungs.« Die sehen nämlich auch nicht besser aus: Earl trabt hocherhobenen Ringelschwänzchens und dreckverschmiert hinter seiner neuen Freundin drein. Mudel hat es schlimmer erwischt, seine Locken kleben am Körper, und ich schätze, Rolf und Chris müssen die beiden Kameraden mindestens zwei Mal shampoonieren, ehe sie die Schweinerei beseitigt haben. Mit der Bürste allein ist es jedenfalls nicht getan.

»Wo waren die denn?«, will Rolf von seinem Mann wissen.

»Äh. Ich habe vorhin die Regentonne ausgeleert. Das Wasser da drin war so brackig.«

»Kann man riechen«, gebe ich zu Protokoll. Die Hunde bringen ein Odeur mit, das irgendwo zwischen Kuhstall und altem Putzlappen riecht.

»Oh.« Betty lässt enttäuscht die Tasche sinken. »Dann kann Earl seinen neuen Smoking gar nicht anprobieren.«

Ich tarne mein Grinsen hinter vorgehaltener Hand. Der Mops im edlen Schwarzen? Bitte nicht!

»Tadaaaa!«, ruft es vom Gartentor her.

»Sandra!« Endlich Verstärkung – ich brauche eine Lästertante und eine gute Freundin, die mir das Händchen hält. Denn je näher der Sendetermin rückt, desto nervöser werde ich. Was ja Quatsch ist, schließlich weiß ich, wie die ganze Chose ausgegangen ist. Aber ich weiß nicht, wie dämlich ich auf dem Bildschirm rüberkomme und vor allem … wie fett ich im Fernsehen wirke. Ich habe mal gelesen, dass die Kamera mindestens fünf Kilo dazumogelt. Alle drehen sich um und machen unisono: »Oh!« Was aber nicht meiner Freundin gilt, sondern dem Mann, der hinter Sandra den Garten betritt und von den versauten Hunden begeistert empfangen wird: Polenta. Ohne Fliege. Aber mit ganz, ganz breitem Grinsen im Gesicht.

»Ich habe Jochen mitgebracht«, gibt Sandra bekannt.

»Ach neee«, grinse ich, als ich sehe, wie breit Sandra grinst. Ohne Make-up und seine dämliche Fliege am Hals sieht der Moderator aus wie ein ganz normaler Mensch. Naja, besser, als die meisten Menschen, wie ich zugeben muss. Ich kenne ihn ja schon und versuche, so lässig wie möglich zu winken. Mein ›Hi‹ klingt auch sehr entspannt, wie ich finde.

»Huch!« Betty wird so pink um die Bäckchen wie ihr Shirt. »Das ist ja …«

»Heimadsogga!« Klaus springt auf, rast auf Polenta zu und schüttelt dem armen Kerl so schwungvoll die Hand, dass ich befürchte, er reißt sie ihm ab. Jochen verzieht auch ein bisschen gequält das Gesicht. Was unser Vorsitzender aber nicht bemerkt. Schließlich knüpft er gerade neue Beziehungen. Zum Fernsehen. Was einen lang geträumten Traum von Klaus in greifbare Nähe rücken lässt: einmal im dritten Programm auftauchen, mit Schlagersängern, die unsere Laubenkolonie als Kulisse nehmen, um Schlager zu schmachten. Oder etwas in der Art.

»Ich hoffe, ich störe nicht?« Polenta schwenkt eine Flasche Scotch.

»Mega, der kostet mindestens 50 Euro«, flüstert Pascal seiner Angebeteten überlaut zu. Isabelle starrt den Fernsehmann mit offenem Mund an und fängt sich erst wieder, als Pascal sie in die Seite boxt. Meine Jungs sind da entspannter. Ihnen ist es wurschtegal, was jemand beruflich macht. Da könnte der Papst auftauchen, Chris und Rolf würden ihn mit derselben Liebenswürdigkeit und Gastfreundschaft empfangen wie einen S-Bahn-Schaffner oder einen Straßenkehrer. Weil sie nämlich beide mal in jungen Jahren in jenen Metiers gearbeitet haben und wissen, dass es im Leben auf viel ankommt, aber ganz bestimmt nicht auf den Titel.

»Noch zehn Minuten!« Klaus klatscht in die Hände. »Hoffen wir, dass die Schüssel hält!«

»Ja, sieht abenteuerlich aus.« Jochen lacht. Und zwar ganz anders als im Fernsehen. Echter, irgendwie. Sandra wird ein bisschen rot. Oh, oh, sie hat Herzklopfen!

»Ich halte jetzt mal eine ganz andere Schüssel«, gebe ich bekannt und fülle meinen Teller zum zweiten Mal. Mit Miniwürstchen, Tomatenspießchen, Oliven und allerlei anderen Leckereien nebst ordentlich Knoblauchpaste. Irgendeinen Vorteil muss es ja haben, dass ich alleine schlafe. In Bolivien kann Arne meinen Mundgeruch nicht riechen. Die anderen reihen sich hinter mir am Buffet ein. Betty greift beherzt zu und lässt sich von Klaus den Teller zu ihrem Platz tragen. Für den Überraschungsgast schleppt Chris schnell den Schaukelstuhl heran, Klaus erweitert die erste Reihe um einen Klappstuhl für Betty. Die Hunde wuseln zwischen uns herum und warten darauf, dass jemandem eine Minibulette oder ein Stückchen kalter Braten runterfällt. Dann klatscht Rolf, der als Einziger noch auf der Terrasse steht, in die Hände. »Fehlt noch was? Habt ihr alles?«

»Ja!«, rufen wir vielstimmig. Und dann ertönt auch schon die Intromusik der Quizsendung. Sandra, die zwischen mir und Jochen sitzt, klammert sich so fest an ihren nur mit Salaten gefüllten Teller, dass ihre Fingerknöchel weiß hervortreten. Mein Herz schlägt wie wild und mir ist ein bisschen schlecht. Und dann sehe ich mich. Vollbild. Der ganze Bildschirm voll mit Tanja.

»Bombe, Prinzessin, du siehst fantastisch aus!«, ruft Chris. Finde ich ehrlich gesagt auch – der Anzug, die Fliege und vor allem das geniale Make-up. Ich bin ein bisschen stolz auf mich, aber noch viel, viel stolzer auf Sandra, die sich merklich entspannt, als ihr Konterfei erscheint und Polenta leise pfeift. Rolf pfeift laut. Zu recht: Sandra hat ein Fernsehgesicht. Sie sieht total, total entspannt aus, lächelt in die Kamera und wirkt, als würde sie so was täglich machen.

»Ich hasse mich im Fernsehen«, gesteht Polenta leise. Alle widersprechen vehement. Wobei ich ihm zustimmen muss: In echt ist er viel hübscher. Weniger glatt. Wie ein Mensch eben und nicht wie eine Moderationsmaschine.

Zeitgleich mit der ersten Frage und unserer richtigen Antwort (die von den Livezuschauern im Garten heftig beklatscht wird), verschwindet die Sonne hinter dem Apfelbaum und taucht die Szenerie in ein warmes, orangefarbenes Licht. Ich seufze wohlig und stelle den Teller auf meinem Bauch ab. Das ist eine der feinen Sachen an der Schwangerschaft. Dass ich quasi mein eigener Tisch bin. Klaus flüstert Betty was ins Ohr. Die kichert leise. Meine Jungs halten Händchen. Pascal legt seiner Isabelle verstohlen eine halbe Hand auf die halbe Schulter. Sie lässt es geschehen. Polenta und Sandra tuscheln miteinander, die drei Hunde liegen unsortiert unter dem Büffet, und ich fühle mich mit einem Mal sauwohl. Am Gartentor bleiben immer mal wieder Spaziergänger oder Laubennachbarn stehen und versuchen, einen Blick auf den Fernseher zu erhaschen. Hat man ja auch nicht alle Tage, dass in der Laubenkolonie die Glotze läuft, wenn gerade keine Fußballübertragung ist. Zum Glück sitzt Polenta mit dem Rücken zu den Zaungästen. Ich gönne es ihm, dass er nicht erkannt wird. Mir geht es da weniger gut: »Hey, das ist ja die Tanja!« rufen die Leute immer wieder. »Und, haste gewonnen?« Ich drehe mich halb um, grinse schief und winke. Die Prinzessin schweigt. Hat sie ja schließlich beim Sender unterschrieben.

Die Show fliegt wie im Zeitraffer vorbei. Als die letzte Frage dran ist, nimmt Sandra meine Hand und drückt sie ganz fest. »Noch einmal genießen, dass wir für zwei

Minuten reich waren«, flüstert sie. Ich grinse. Und dann ist es vorbei. Unter großem »Och nöö« und »Schaaaade« verlassen die Zaungäste die Szenerie. Mittlerweile ist es dunkel geworden. Über die Mattscheibe flimmert die Vorschau für das Spätprogramm. Pascals Arm ist ganz auf Isabelles Schulter gelandet und wird dort offensichtlich gern geduldet. Betty und Klaus stehen beim Büffet und füttern abwechselnd sich und die Hunde. Sandra und Jochen tuscheln miteinander. Meine Freundin sieht sehr glücklich aus, und ich wünsche ihr, dass sie einen Hauptgewinn gelandet hat.

»Ich mach mal Licht«, ruft Rolf und geht in die Laube. Kurz darauf flammen die Lichterketten auf, die Chris in den Bäumen installiert hat. Das heißt: Sie flackern. Dann macht es Puff. Der Fernseher geht aus. Es ist stockdunkel.

»Sicherung raus!«, ruft Klaus.

»Huch!«, kreischt Betty.

»Mist«, denke ich. Wie soll ich jetzt den Weg zum Klo finden? Meine Blase schrie schon vor der drittletzten Frage ‹Alaaaarm›.

»Das haben wir gleich«, kommt Rolfs Stimme irgendwo aus dem Nichts. Ich blinzele. Dank Mond und Straßenlampen ganz am Ende des Weges kann ich wenigstens Umrisse erkennen. Das werde ich schon schaffen, sage ich zu mir selbst und schlage die Richtung ein, in der das Campingklo steht. Vor meinen Füßen hasten drei Fellknäuel vorbei. Eins davon bellt begeistert. Ich taste mich vorsichtig über den Rasen. Ein Schritt. Noch einer. Prima, geht doch.

Geht nicht.

Ich verheddere mich im straff gespannten Satellitenkabel. Rudere mit den Armen. Da ist – nichts. Ich taumele und dann liege ich auch schon auf dem Boden.

»Autsch!«

»Tanja? Alles okay?« Das war Chris. Sehen kann ich ihn nicht.

»Bin hingefallen«, jammere ich. Mein Hintern brennt und ich weiß jetzt ganz genau, wo sich mein Steißbein befindet. In dem Moment scheint Rolf die Sicherung gefunden zu haben. Die Lichterketten flammen auf.

»Hier bin ich«, stöhne ich. Der Schmerz kriecht von meinem Hintern in den Bauch. Ins Kreuz. Überall hin. Mir wird schlecht.

»Ist dem Baby was passiert?« Sandra kniet neben mir und hält meine Hand.

»Keine Ahnung«, stöhne ich. »Ich hab so … uah … boah …« Bohrt da jemand mit einem glühenden Beil in meinen Eingeweiden?

»Krankenwagen! Sofort!« Chris kreischt hysterisch.

»Mal langsam«, beruhigt ihn sein Mann. Plötzlich bin ich umringt von allen Gästen. Auch die Hunde flitzen um mich herum. Earl leckt meine Hand und Mudel sieht mich sehr besorgt an.

»Kannst du aufstehen?«, will Polenta wissen.

»Keine Ahnung«, japse ich.

»Ach Gottchen. Das verdammte Kabel.« Klaus sieht sehr betreten drein. »Das ist meine Schuld.«

»Blödsinn«, quetsche ich mit zusammengebissenen Zähnen vor.

»Bringt sie in den Liegestuhl«, schlägt Isabelle vor.

Pascal packt sofort meine Füße, Rolf greift mir unter die Schultern und Chris stützt meine Mitte ab. Ich finde es ein bisschen peinlich, dass ich so fett bin, dass es drei Mann braucht, um mich zu transportieren. Aber der Schmerz in meinem Bauch ist dermaßen heftig, dass ich nicht viel denken kann.

»Oh Gottchen, oh Gottchen, Kindchen, du bekommst doch das Baby nicht jetzt?« Betty ist blass geworden.

Ich kann nur mit einem Stöhnen antworten. Wenn ich könnte, würde ich mich zusammenkrümmen. Da ist aber der Zipfel im Weg. Earl fiept besorgt. Springt auf die Klappliege. Es macht krack, die Füße geben nach. Dann Wumms. Die Liege kracht zusammen. Gleichzeitig spüre ich ein Knacken im Kreuz. Und dann lösen sich zwei Dinge auf einmal. Der verklemmte Wirbel. Und ein sehr lauter, sehr langer Pups.

Ich weiß nicht, welches Gefühl stärker ist – die Erleichterung darüber, dass der Schmerz nachlässt oder die Scham über einen öffentlichen Furz. Meine Freunde sehen mich mit großen Augen an. Earl bellt begeistert und saust mit Gigi und Mudel im Schlepptau davon.

»Oh«, macht Betty.

»Oha«, macht Sandra. Und dann bricht der Damm. Erst ist es nur ein leises Kichern von Chris. Rolf schlägt sich die Hand vor den Mund und gluckst. Klaus wendet sich ab, aber ich sehe, wie seine Schultern zucken.

»Cool«, grinst Pascal. Und dann brüllen alle los vor Lachen.

»Das ist nicht witzig«, stammele ich. Tränen treten mir in die Augen. Lachtränen. Sandra hält sich an Jochen fest und giggelt wie ein kleines Mädchen. Rolf schlägt sich mit der flachen Hand auf die Knie.

»Respekt, Prinzessin«, kreischt Chris und wischt sich die Lachtränen von den Wangen.

»Gratuliere, Sie haben einen Pups bekommen«, hechelt Polenta. Ich halte meinen dicken Bauch und lache wie seit Monaten nicht mehr.

»Das muss ich Arne erzählen«, presse ich zwischen zwei Lachsalven hervor.

»Was musst du mir erzählen?«

»Dass ich einen Pups ... Arne?«

Alle verstummen und drehen sich um.

»Was geht hier ab?«, sagt er sehr, sehr leise und fixiert meinen dicken Bauch.

»Das ist alles ganz anders«, haspelt Chris. Rolf boxt ihn in die Seite.

»Megascheiße«, flüstert Pascal seiner Isabelle zu und zieht sie Richtung Rosenbeet. Betty drückt Gigi an sich und sieht Klaus sehr ratlos an.

»Hi!« Sandra winkt Arne zu.

»Guten Abend«, sagt Polenta.

»Ich muss mal nach dem Bier sehen«, sagt Rolf und zieht seinen Mann in die Laube. Und mit einem Mal sind da nur noch Arne und ich.

»Hallo«, flüstere ich tonlos. Arne starrt mich mit offenem Mund an. Geht einen Schritt auf mich zu. Bleibt stehen. Starrt weiter.

»Kannst du mir helfen? Ich komme nicht hoch«, presse ich hervor. Meine Stimme klingt rau.

»Ja, klar.« Arne reicht mir die Hände. Ich schlage ein.

Die Berührung durchzuckt mich wie ein Stromschlag. Hunderttausend Volt. Mindestens. Ich lasse mich von ihm hochziehen und da stehen wir. Hand in Hand. Auge in Auge. Ich kann seinen warmen Atem auf meinem Gesicht spüren. Atme seinen Geruch ein, diesen unverwechselbaren Arneduft aus Seife, Mann und ... Arne eben.

»Wieso bist du schon da?«, flüstere ich.

»Überraschung«, sagt er tonlos.

»Schön.«

»Und ... das?« Er lässt meine linke Hand los und piekst mit dem Zeigefinger auf meinen dicken Bauch.

»Darf ich vorstellen? Der Zipfel.«

»Hä?«

»Dein Baby.«

»Mein ... was? Aber ...« Arne taumelt einen Schritt zurück. Verdammt, er sieht so gut aus! Braun gebrannt. Die Haare ausgebleicht. Dreitagebart.

»Wann wolltest du mir das sagen?«, quetscht er hervor. »Wenn es eingeschult wird?« Er ballt die Hände zu Fäusten.

»Arne, nein, ich wollte ... ich dachte ... die Forschungsreise ...«

»Ich hätte ein bisschen mehr Vertrauen erwartet«, knurrt Arne.

»Aber ... das ist ... Scheiße.«

»Ja richtig, Tanja, das ist scheiße.« In seinen Augen blitzen Tränen, die er mit dem Handrücken abwischt.

»Bierchen gefällig?«, ruft Klaus. Arne schluckt trocken. Dann macht er auf der Hacke kehrt.

»Wo willst du denn hin?«, rufe ich und renne ihm hinterher.

»Nach Hause!«

»Das kannst du nicht, da wohnt Pascal!«

»Wie bitte? Seid ihr alle bekloppt geworden?« Arne schnaubt. Knallt das Gartentor hinter sich zu und stapft über den Kiesweg davon.

»Ich gehe auf gar keinen Fall zurück in dieses Kaff!« Pascal schlägt mit der Faust auf den Tisch, dass die Tassen klappern.

»Musst du ja auch nicht«, beruhigt Klaus ihn. »Ich rede mit meiner Schwester.«

»Wann fängt denn das neue Lehrjahr an?« Rolf beißt in ein Croissant. Sonntags frühstücken wir immer gemeinsam, ehe die Jungs sich in den Laubenpieper aufmachen. Heute sitzen ein paar Leute mehr als üblich am Tisch. Neben Pascal und seinem Onkel auch Arne. Der schweigt allerdings. Keine Ahnung, wo er die gestrige Nacht verbracht hat. In seiner Wohnung jedenfalls nicht. Als er heute gemeinsam mit Klaus und Pascal zum Frühstück erschien, habe ich es nicht gewagt, ihn zu fragen. Er sieht völlig übernächtigt aus und starrt mich immer wieder fragend über den Rand seiner Kaffeetasse an.

»Zwei Monate.« Pascal schmiert sich doppeldick Butter auf das Toastbrot und krönt das Ganze mit fünf Scheiben Schinken.

»Na, die Zeit kriegen wir auch rum.« Klaus nickt ihm aufmunternd zu. »Ich meine, wenn du Autoschrauber werden willst, das ist ein guter Beruf. Und die Schwabengarage eine prima Adresse.«

»Sag das mal meiner Mutter.« Der Junge verdreht die Augen. »Kein Abi, kein Studium.«

»Hab ich auch nicht«, nuschelt Chris mit vollen Wangen. »Und? Ich lebe!«

»Und zwar gar nicht schlecht«, stimmt sein Mann ihm zu. »Wichtig ist doch, dass du das machst, was du im Leben tun willst. Es kann ja nicht jeder Arzt oder Lehrer sein.«

»Oder plötzlich Vater«, brummt Arne. Ich starre auf meinen Teller.

»Arne, das tut mir leid.«

»So. Jetzt mal Klartext.« Rolf klatscht in die Hände. »Pascal wird Mechaniker. Basta. Und Arne wird Vater. So. Ist so. Und damit eins klar ist, Tanja hat sich sehr genau überlegt, warum sie dir vorher nichts gesagt hat.«

»Ach ja?« Arnes Augenbrauen schnellen nach oben.

»In der Tat«, bekräftigt Chris. »Sie wollte nicht, dass du wegen des Babys zu Hause bleibst.«

»Kann sie mir das nicht selbst sagen?«

»Doch, kann ich«, sage ich kleinlaut.

»Sollen wir gehen?«, fragt Klaus.

»Nein, nein. Das ist etwas, das auch Pascal lernen kann«, sage ich. Atme ganz tief ein. Lege beide Hände auf den Bauch. Spüre, wie der Zipfel sich leise regt. Sammele Kraft. Und halte dann die wahrscheinlich längste und wichtigste Rede meines Lebens. Keine Ahnung, wo die Worte auf einmal herkommen. Aber sie sind da.

»Also«, beginne ich. »Ich weiß, dass wir nie über das Kinderthema gesprochen haben.« Arne nickt heftig. Er will etwas sagen, aber Rolf boxt ihn in die Seite.

»Das hatte ich auch noch nicht auf dem Schirm«, fahre ich fort. »Ich meine, eigentlich wollte ich gar kein Kind. Ich hatte das nicht geplant. So was von gar nicht.«

»Ich auch nicht«, platzt Arne raus. »Wie konnte das ...?«

»Ist doch egal«, fährt Chris dazwischen. »Jetzt ist der Zipfel unterwegs. Basta.«

»Basta, ja und nein.« Ich nehme einen Schluck Orangensaft, um meine Kehle zu ölen. »Weißt du, Arne, du warst so happy über den Forschungsauftrag. Blöderweise habe ich genau an dem Tag erfahren, dass ich schwanger bin. Und ehe du jetzt wieder schimpfst – ich wollte es dir sagen. Aber dann dachte ich, nein, falsch, ich dachte nicht, ich wusste, dass du nicht gegangen wärst.« Wie recht ich habe, zeigt mir Arnes sanftes Nicken.

»Wahrscheinlich hast du recht«, murmelt er.

»Ich glaube, es war der Traum deines Lebens, einmal im Dschungel zu sein. Oder Regenwald oder was auch immer. Und dann komme ich und sage, dass du hier bleiben, mein Händchen halten und mich zu irgendwelchen Untersuchungen begleiten musst? Nein, das Kind wächst in meinem Bauch und da wächst es auch, wenn du nicht da bist.« Earl schmiegt sich an mein Schienbein. »Mag sein, dass du einiges verpasst hast. Moderne Väter und so. Aber was soll's? Hey, der Bauch ist noch da, und du kannst deinem Kind vom großen Abenteuer erzählen. Ich glaube, der Zipfel wird verdammt stolz auf seinen Vater sein, der den Mut hatte, das durchzuziehen.«

Ich hole Luft. Arne sieht mich direkt an. In seinen Augen glitzern Tränen. Er schnieft. Chris und Rolf halten sich an den Händen. Klaus fixiert einen Punkt an der Decke. Pascal hört mit offenem Mund zu.

»Ich hatte auch einmal einen Traum. So wie du, Arne. Oder du, Pascal. Aber ich hatte nie den Mut, das durchzuziehen. Mein Traum ist ein Traum geblieben. Ein Luftschloss. Eine Idee. Aber ihr habt die Chance, das zu leben. Pascal, und wenn deine Mutter Kopfstand macht, es ist dein Leben. Du willst dich an Motoren dreckig machen? Dann mach es! Und Arne, auch wenn keine Sau weiß, was Bulldoggfledermäuse sind, wurstegal, du hast sie gesehen. Das wirst du nie, nie vergessen.« Jetzt muss ich schlucken.

»Was war denn dein Traum, Prinzessin?«, fragt Chris sanft. »Es ist doch nie zu spät.«

»Doch, in dem Fall schon«, sage ich. »Und dabei hatte ich alles dafür getan. Ich hatte trainiert, bis ich beinahe umgekippt bin. Ich hatte einen perfekt durchdachten Plan. Aber es sollte nicht sein. Weil ich auf die falschen Leute gehört habe. Oder mich nicht durchgesetzt habe, ich weiß nicht so genau. Damals wollte ich diese eine Sache auf Teufel komm raus. Und dann kam meine Mutter und sagte Nein. Ganz einfach Nein. Natürlich habe ich diskutiert. Geheult. Getobt, Geschrien. Aber ich habe nachgegeben. Und es eben nicht gemacht.«

»Hä?« Pascal sieht mich an, als ob ich statt Augen Scheinwerfer hätte. »Was wolltest du denn machen?«

»Mein ganz großer Traum war, einmal bei der Mini-Playback-Show aufzutreten.«

Jetzt ist es raus.

Arne reißt die Augen auf. Chris starrt mich mit offenem Mund an.

»Was ist das?«, fragt Pascal. Klar, er ist zu jung, um die Show zu kennen.

»Eine Fernsehsendung für Kinder«, erklärt Rolf mit breitem Grinsen. »Die sind da als ganz normale Gören aufgetaucht, haben kurz mit einer holländischen Schreckschraube gesprochen und sind dann – zack! – durch ein Wundertor verschwunden und auf der anderen Seite komplett neu gestylt wieder rausgekommen.«

»Eben. Und genau das wollte ich auch. Ich wollte einmal Madonna sein.« Ich balle die Hände zu Fäusten. »Und glaubt mir, ich habe jahrelang gelitten.«

»Och.« Chris schnappt sich seine Serviette und hält sie vor das Gesicht. Seine Schultern zucken. Rolf täuscht einen Hustenanfall vor. Klaus springt auf und verschwindet auf dem Klo. Ich höre ihn kichern. Und dann können meine Jungs sich nicht mehr halten: Sie lachen, bis ihnen die Tränen über das Gesicht laufen. Chris kreischt irgendwas von »Tanja und singen? Hahahaha!« und Rolf verschluckt sich so heftig, dass er Schluckauf bekommt. Rolf klatscht sich vor Vergnügen auf die Schenkel, sein Mann rutscht beinahe vom Stuhl. Pascal grinst unbeholfen und polkt Krümel aus seinem Croissant. Nur Arne schweigt und sieht mich mit versteinerter Miene an. Dann nickt er mir zu und steht auf. Ich folge ihm in mein Zimmer. Er tigert zwischen Bett und Schreibtisch auf und ab. Ich bleibe an der Tür stehen und lege die Hände auf meinen dicken, dicken Bauch.

»Rede mit mir«, flehe ich ihn nach einer gefühlten Ewigkeit an. Er bleibt abrupt stehen und stemmt die Hände in die Hüften.

»So. Madonna also.« Er lächelt. Gutes Zeichen? Ich nicke stumm.

»Ach Tanja. Ach Tanja, Tanja, Tanja.« Arne schüttelt den Kopf. Dann kommt er auf mich zu und nimmt mich in die Arme. Ganz lange. Ganz fest. Und so gut es eben geht, wenn ein dicker, dicker Bauch im Weg ist. Und dann küsst er mich. Endlich, endlich. Ganz lange. Ganz zärtlich. Ich will, dass das nie aufhört. Tut es aber. Schließlich sitzen wir nebeneinander auf meinem Bett.

»Ich weiß noch nicht, ob ich mich freuen soll oder ob ich sauer sein müsste«, gibt Arne zu und nimmt meine Hand. »Ich glaube, ich freue mich.«

»Puh!« Ich bin ehrlich erleichtert.

»Aber ein bisschen was will ich auch dazu sagen.«

»Ja?«

»Tanja, ich bin kein Egoist. Natürlich war der Forschungsauftrag eine Chance. Ein Bonbon. Einmalig. Aber das ist das erste Kind doch auch?" Mein Herz macht einen kleinen Hüpfer. Und der Zipfel in meinem Bauch auch, als Arne ganz sachte die Hand darauf legt.

»Wahrscheinlich hätte ich mich geärgert, wenn ich die ganze Pracht des Urwalds nicht mit eigenen Augen gesehen hätte. Und es ist der schiere Wahnsinn, wenn du mitten in der Nacht in einem Bretterverhau liegst, und dann tauchen die Fledermäuse wie aus dem Nichts auf. Erst eine. Dann ein Dutzend, Hunderte. Wahnsinn. Der pure, schiere Wahnsinn.« Seine Augen leuchten. »Das kannst du im Fernsehen nicht nachempfinden. Der Geruch des Waldes. Die unzähligen Geräusche. Die klebrige Hitze. Das einmalige Licht, wenn die Sonne durch das Blätterdach fällt.«

»Ja. Glaube ich.«

»Das alles hätte ich verpasst, keine Frage. Aber jetzt habe ich alles verpasst, was mit dem Baby war.«

»Zipfel«, korrigiere ich ihn. »Der Arbeitstitel lautet Zipfel.«

»Okay.« Er grinst schief. »Aber beim eigentlichen Namen darf ich schon noch mitreden?« Er sieht mich trotzig an.

»Na klar!«, versichere ich ihm.

»Was wird es denn eigentlich?«

»Ein Zipfel. Also. Es hat einen Zipfel.«

»Ein Junge? Wow!« Ein paar Minuten schweigen wir. Arne streichelt meinen Bauch, küsst mich, streichelt meinen Bauch, küsst mich wieder.

»Ehrlich gesagt bin ich schon ein bisschen sauer. Hast du wirklich gedacht, es würde mich nicht die Bohne interessieren, was in deinem Bauch passiert?«

»Nein, das habe ich nicht«, gebe ich zu. »Warte mal!« Ich stehe auf, hole das Babytagebuch aus der Schreibtischschublade. »Der Zipfel hat alles für dich aufgeschrieben.« Ich überreiche Arne das Buch, das mittlerweile bis auf zehn Seiten vollgeschrieben ist. Er nimmt es, schlägt es auf. Liest ein paar Sätze, blättert weiter. Sieht sich die eingeklebten Ultraschallfotos an. Fährt mit dem Finger darüber.

»Danke«, sagt er schließlich und schluckt trocken. Dann fummelt er etwas aus seiner Hosentasche und gibt es mir.

»Das bringt absolut und immer Glück, sagen die Bolivianer!«, erklärt Arne, als ich etwas ratlos auf die Miniaturflasche in meiner Hand starre. Sie ist gefüllt mit winzigen Münzen, Steinchen, grünen und roten Schnüren und Dingen, die ich ohne Lupe nicht erkennen kann. Das alles schwimmt in einer trüben Flüssigkeit.

»Danke, Arne, das ist ... sehr schön.«

»Ist es nicht, es ist kitschig.« Er lacht.

»Stimmt, es ist hässlich. Aber wenn es hilft?« Ich setze mich neben ihn. Er nimmt mich in die Arme.

»Ich habe noch nie mit einer schwangeren Frau geschlafen«, flüstert er mir mit rauer Stimme ins Ohr.

»Das soll funktionieren«, flüstere ich zurück. Und später, viel später, wissen wir beide: Ja, es funktioniert. Und wie!

Sex ist toll. Sex macht Spaß. Löst aber keine Probleme. Nicht zum ersten Mal wünsche ich mir, ein Mops zu sein. Für Earl ist das Leben einfach. Fressen, schlafen, Blödsinn machen, Streicheleinheiten abholen. Okay, dann und wann muss er sich neuerdings in bekloppte Klamotten quetschen lassen, die Betty designt hat. Sandra schießt die Fotos – mit einer Eselsgeduld, die ich meiner Freundin niemals zugetraut hätte, denn so ein Mops hält nur dann still, wenn er stillhalten will, und schon gar nicht, wenn eine attraktive Mopsdame wie Gigi im selben Zimmer ist. Doch trotz Earls Allüren gelingen meiner

Freundin tolle Fotos, die sie in den neu eingerichteten Webshop von Betty stellt. ›Bettys Bridal – Hochzeitsmode für Hunde‹. Ich fand das albern, aber scheinbar ist es genau das, worauf die Internetkundschaft gewartet hat. Der Laden läuft und Betty hat mittlerweile eine Schneiderin eingestellt. Zwar nur an zwei Nachmittagen in der Woche, aber immerhin. Die Sache mit Polenta läuft nach Sandras Geschmack etwas zu schleppend. Sie sieht ihn zwar jeden Abend, aber meistens nur auf dem Bildschirm. Seit er das Angebot vom Konkurrenzsender bekommen hat, eine große Samstag-Abend-Show zu moderieren, ist er die meiste Zeit in Köln.

Ich weiß, dass ich meiner Freundin beistehen müsste auf dieser Gefühlsachterbahn zwischen absoluter Verliebtheit und absoluten Zweifeln. Kann ich aber nicht. Nicht wirklich. Arnes verfrühte Rückkehr hat einiges durcheinandergewirbelt. Und dass er seinen ersten Einsatz bei der Tierrettung erst in drei Wochen wieder fahren wird, macht es auch nicht leichter. Er scharwenzelt den ganzen Tag um mich herum wie ein Tiger im Käfig. Klar, er muss sechs Monate nachholen. Aber ich war nie allein, ich hatte meine Jungs. Ich hatte Sandra. Und ich hatte Earl. Der Mops war wie kein anderer bei mir. Jede Nacht. Sein Fell musste mehr Tränen aufsaugen als eine ganze Palette Zewa. Ich versuche, mir nichts anmerken zu lassen, aber es nervt schon ein bisschen, wenn sich plötzlich der Vater einmischt. Wobei er es ja lieb meint, wenn er mich alle fünf Minuten fragt, ob ich Hunger oder Durst habe, ob mir warm oder kalt ist, ob ich bequem sitze oder liege.

MINUS EINS

Ich liege auf der Liege im Schrebergarten und versuche, ein Buch zu lesen. Das mit der Konzentration ist im Moment so eine Sache. Nach zwei Absätzen habe ich vergessen, was da stand. Da hilft es auch nichts, dass ich meinen Bauch ganz prima als Buchstütze nutzen kann. Romane lese ich längst nicht mehr. Ich habe mir aus Rolfs Fundus ein Kochbuch ausgeliehen. Provencalische Küche. Serviert er im fröhlichen Laubenpieper eher selten, aber die Fotos neben den Rezepten sind sehr, sehr schön. Neben den fertigen Gerichten sind Landschaften abgebildet, die so wunderschön sind, dass ich am liebsten sofort meinen Koffer packen und hinfahren würde. Wenn ich nicht so unglaublich träge wäre. Und so ... fett.

Arne und Klaus liegen auch. Nämlich sich in den Haaren. Mein Tierarzt ist nicht wirklich begeistert davon, dass der liebste Lieblingsneffe sein Appartement blockiert. Nach Monaten im Dschungel will Arne zurück in die Zivilisation. Und zwar in seine. Er hat Nachholbedarf. Fernsehen und dabei die Füße auf den Couchtisch legen. Musik aufdrehen. Und zwar ganz laut. Oder den Wasserhahn im Bad. Stundenlang. Aufs Klo gehen. Auf ein richtiges Klo aus Keramik. Mit Tür davor und ausreichend Lesestoff in Form von YPS-Heften oder Tarzan-Comics. Im Moment allerdings spielt mein Tierarzt seinen ganz eigenen Comic mit Klaus. Im Gegenlicht kann ich mir sogar ganz gut vorstellen, dass die beiden gezeichnet sind und immer wieder Blitze, geballte Fäuste oder explodierende Bomben in Knallfarben durch die Luft fliegen.

Arne (wutschnaubend, Blitze um den Kopf wabernd): »Ist ja okay, was du gemacht hast, aber es ist meine Wohnung!«

Klaus (mit schwurbeligen Kringeln um den Kopf): »Arne, komm schon, es war die vernünftigste Lösung, und du bekommst doch Miete!«

Bombe in Pink. Geballte Fäuste in Knallgrün.

Arne: »Jetzt bin ich aber wieder da, und ich hätte meine Wohnung ganz gerne für mich.«

Klaus (geknickt, mit Gänseblümchen in der Denkblase): »Das kann ich ja verstehen, aber wo soll der Junge denn hin?«

Arne (große Explosion): »Das ist mir auf gut Deutsch gesagt scheißegal.«

Tanja: »Arne!«

Arne: »Ja nix Arne. Du hast das doch auch gewusst. Aber ist ja klar, dass ich das als Letzter erfahre. Mir sagt sowieso keiner was. Wohnung besetzt, Kind unterwegs. Was kommt noch?«

Klaus und Tanja: »Nichts!«

»Doch, ich komme.« Das war Pascal. Wenn man vom Teufel und so. Earl springt begeistert auf, ist aber trotzdem erst nach Mudel bei Pascal, der langsam den Weg zwischen den üppig blühenden Beeten langschlendert. Er hat seine Mütze tief ins Gesicht gezogen, die Fäuste in den Taschen seiner Arbeitshose vergraben und kaut hingebungsvoll auf einem Kaugummi.

»Hi«, sagt er, als er zwei Meter vor der Terrasse stehen bleibt. »Tut mir echt leid, Arne, ich finde das auch scheiße für dich.«

»Ach.« Mein Tierarzt schnaubt.

»Jetzt lass ihn doch mal reden«, sage ich und rappele mich von der Liege hoch, was nicht ganz einfach ist mit meinen Ausmaßen. So muss sich ein Sumoringer fühlen, wenn er rücklings auf der Matte liegt.

»Ich habe mit meiner Mum telefoniert.«

»Ach.« Jetzt schnaubt Klaus. »Und was sagt meine Frau Schwester?«

»Naja, die tobt.« Pascal grinst. »Ich glaub, die hatte schon das Schild für meine künftige Arztpraxis bestellt.« Er tippt sich an die Stirn.

»Cool.« Ich muss grinsen. Ich werde zwar bald selbst Mutter, erinnere mich aber noch haargenau an das Gefühl, wenn man einem Erziehungsberechtigten dessen Grenzen aufzeigt.

Earl macht ein Geräusch, das wie ›cool‹ klingt. Da es aber aus der Rückseite des Mopses kommt, kann es auch ›Shit‹ bedeuten. Man weiß ja nie, was so ein Hund denkt.

»Sie kommt übrigens in zwei Wochen«, teilt Pascal seinem Onkel mit.

»Oh nö.« Klaus lässt die Schultern hängen.

»Krieg dich ein, nicht zu dir.« Pascal grinst. »Sie muss den Lehrvertrag unterschreiben. Ich darf ja nicht. Noch nicht.«

Stimmt. Der Jungspund wird erst in knapp sechs Wochen 18. Bis dahin kann seine Frau Mutter noch bestimmen, was er tut und was er besser lässt. Klaus jedenfalls atmet auf.

»Dann ist sie also einverstanden mit der Lehrstelle?«

»Einverstanden geht anders.« Pascal vergräbt die Hände in den Hosentaschen. »Aber was will sie machen?«

»Was deine Mutter macht, ist mir ziemlich egal«, mischt Arne sich ein. Er ist schlechter gelaunt als eine … ja, als eine schwangere Frau, die mitten in der Nacht Lust auf essigsauren Fisch hat. »Mich interessiert, wie das mit deinem Wohnverhältnis weitergeht.«

»Arne, komm schon, sei nicht so schwurbelig«, versuche ich, meinen Schatz zu necken.

»Was heißt da schwurbelig? Ich will ganz einfach und klar eine Ansage, wann ich wieder in meine Wohnung kann.«

»Bist du doch schon«, wirft Pascal ein.

»Alleine. Geht echt nicht gegen dich, Passi, bist schon ein angenehmer Mitbewohner, aber ich bin nicht so der WG-Typ.« Arne atmet ganz tief ein. Na bitte, geht doch!

»Also, ich hab mir da was überlegt«, schaltet Klaus sich ein.

»Ich ziehe aus!« Wir alle fahren herum. Chris stürmt durch das Törchen. Seine kinnlangen Haare, um die ich ihn glühend beneide, stehen in alle Richtungen ab. Er stolpert beinahe über den Mops, als er im Stechschritt auf uns zu kommt.

»Was ist los?« Jessas. Noch ein Drama. Kann ich nicht gebrauchen. Nicht in meinem Zustand.

»Der kann mich mal. Ich lass mich scheiden.« Chris schnieft und ballt die Hände zu Fäusten.

»Gar nichts lässt du!« Rolf macht einen Satz über den sichtlich verdatterten Mops, als er – die Kochschürze noch umgebunden – in den Garten rennt. »Ich hab das nicht so gemeint!«

»Hast du wohl.« Chris funkelt seinen Mann an.

Mudel flüchtet an die Seite seines Vaters. Und dann verschwinden beide hinter der Laube. Am liebsten würde ich das auch machen. Stattdessen frage ich ein bisschen zu laut: »Spinnt ihr eigentlich alle?«

Alle Köpfe fliegen herum. Und alle fünf Männer sehen mich mit einer Mischung aus Erstaunen (Ach, Tanja ist auch da?) und Schuldbewusstsein (Huch, die ist schwanger, die verträgt so was nicht) an. Ich stemme die Hände in meine nicht mehr vorhandenen Hüften und starre sie der Reihe nach an. Pascal, der auf seiner Unterlippe nagt und die Hände in den Hosentaschen vergraben hat. Klaus, der genau wie sein Neffe nagt und vergräbt. Chris, der den Kopf schief hält und mich verzeihend anschaut. Rolf, der mit offenem Mund zwischen mir und seinem Mann hin und her schaut. Und Arne. Er hält als Einziger meinem Blick stand. Und kommt dann auf mich zu, legt mir den Arm um die Schulter und haucht mir ein Küsschen auf die Wange.

»Wie wäre es mit einem Sektchen?«, schlägt Chris vor und ergänzt, mit Blick auf mich »oder einem Säftchen?« Alle nicken. Mops Earl und sein Sohn wagen sich wieder hinter der Laube vor. Earls beiges Fell ist an den Pfoten dreckbraun, sein Sohn transportiert einen angegammelten dreckstrotzenden Knochen im Maul. Als wir wenig später um den Tisch auf der Terrasse herum sitzen, schweigen die Jungs in trauter Zwietracht. Der Zipfel boxt gegen meinen Magen.

»Also, meine Herren, es kann doch alles nicht so schwer sein«, beginne ich und nehme einen großen Schluck Bananensaft. Die einhellige Antwort ist betretenes Schweigen. Ich seufze. Also gut, Tanja muss moderieren. Ich stelle mir vor, dass ich eine der smarten Psychologinnen bin, die nachmittags mit unglaublich schlechten Schauspielern unglaublich schlechte Probleme lösen. »Pascal, du bist der Jüngste. Magst du anfangen?«

»Hä?« Der Junge sieht mich aus großen Augen an.

Ich verkneife mir ein ›Du kannst über alles reden‹ und nicke ihm zu.

»Naja, also ... das ist so«, beginnt er. Zunächst ziemlich leise, dann wird seine Stimme fester. »Also, weil doch der Arne und du das Baby ... und dein Zimmer in der WG, also, zieh du doch zu ihm und ich nehm dein Zimmer!«

»Hä?« Das ist Arne.

»Aber ich gebe meine Tanja nicht her!«, ruft Chris. Und ergänzt, an Pascal gerichtet: »Geht nicht gegen dich.«

Rolf wiegt den Kopf hin und her. »Ist eigentlich vernünftig«, meint er. »Wobei ich ehrlich gesagt ohne unsere Prinzessin, andererseits, es ist ja gleich gegenüber.«

Arne nimmt meine Hand und drückt sie ganz fest. »Willst du das?«, flüstert er. Will ich? Irgendwie schon und irgendwie nicht. Ich liebe mein Zimmer. Ich liebe die Wohnung mit dem Badezimmer in der Küche. Ich liebe meine Jungs. Ich liebe den Mops und den Mudel. Und ich liebe Arne. Und bislang war ich auch ganz zufrieden mit der Situation. Ich kann meinen Schatz sehen, wann immer ich will (wenn er nicht gerade irgendwelchen Fledermäusen hinterher pirscht). Und wenn ich nicht will, was ja auch gelegentlich vorkommt, kann ich in mein Zimmer zu meinen Jungs. Andererseits kommt ja nun der Zipfel. Und zwar bald. Am liebsten hätte ich beides gerne.

»Du kannst auch beides haben«, sagt Klaus und nimmt meine andere Hand. Unter dem Tisch stupst der Mops seine Schnauze gegen mein Schienbein. Ich würde ihn gerne hochheben, aber ich schaffe es mit meinem ausladenden Babybauch nicht, mich vorzubeugen. Ich habe sowieso das Gefühl, meine Füße seit Jahren nicht mehr gesehen zu haben.

»Wie, beides?« Ich gebe zu, dass ich sicher nicht den intelligentesten Psychologinnenblick aufsetze, als ich Klaus fragend anschaue.

Der Vorsitzende der fröhlichen Laubenpieper räuspert sich. »Ich habe da Beziehungen zu einem Makler.«

»Klaus, du hast zu allem und jedem Beziehungen«, stöhnt Rolf.

»Apropos Beziehung«, zischt Chris. »Wer ist Frank?«

»Jetzt nicht, bitte, Chris«, sage ich betont ruhig.

»Doch, jetzt!« Er presst die Zähne so fest aufeinander, dass jeder Zahnarzt kreischen würde. »Ich will wissen, wer Frank ist, den mein Mann dauernd anruft.«

»Was hast du an meinem Handy auch zu suchen?«, meckert Rolf zurück.

»Mein Akku war leer und ich musste den Metzger anrufen«, pampt Chris.

»Dann frag mich doch.« Rolf legt Chris die Hand auf die Schulter, aber der schüttelt sie ab. »Frank ist ein alter Freund.«

»So, so.« Chris wird knallrot.

»Leute, doch nicht jetzt«, rufe ich.

»Doch!«, blöken meine Jungs mich wie aus einem Mund an. Und dann sagt Rolf: »Er ist ungefähr 70 und malt. Verdammt noch eins, ich wollte dich zum Hochzeitstag mit einem Porträt von uns beiden überraschen.«

Schweigen am Tisch.

Chris macht runde Augen. Einen runden Mund. Dann fällt er Rolf um den Hals. »Ach bist du süüüüüß!«, quietscht er.

»Können wir dann wieder?« Arne klingt eine Spur genervt.

»Wir müssen leider wieder in die Küche. Chris knutscht seinen Mann. Klaus ignoriert die beiden und sagt bestimmend: »Acht Uhr. Heute Abend. In der Küche der WG.« Dann macht er auf der Hacke kehrt und verschwindet. Ich nehme an, er bearbeitet das Farnkraut, das sich wie eine Invasion in seinem Rosenbeet ausgebreitet hat.

»Lass uns einfach nichts reden«, flüstere ich Arne zu. Der nickt, nimmt mich in den Arm, so gut es eben mit meinem Umfang geht, und dann schweigen wir, während die Hunde durch den Garten tollen.

Ich starre wie gebannt auf den Rohmilchkäse auf dem Tisch. Darf ich nicht essen. Ist aber das Einzige, was mich wirklich anmachen würde. Stattdessen greife ich brav zu Kochschinken, Baguette und eingelegten Toma-

ten. Wir essen ziemlich schweigend, von ein paarmal
»Wuff« und »Wau« unter dem Tisch abgesehen, wenn
nicht genügend magere Wurst bei den Hunden landet.
Und so richtig Appetit scheint niemand zu haben. Spannung liegt in der Luft. Plötzlich, nach der Hälfte seiner Portion Fleischsalat, steht Klaus auf und geht zum
Kühlschrank an der linken Küchenwand. Dann klopft
er auf die Wand dahinter, wobei er mit dem Ärmel seines karierten Hemdes beinahe die geschnitzten Blumen
abräumt, die Chris dort dekoriert hat. Die Tulpe kippt
gegen die Rose. Klaus hält sie mit der anderen Hand fest.

»Die Wand ist nicht tragend.«

Pascal lacht. »Aber Tanja ist tragend!«

»Hahaha.« Ich knurre ihn an.

»Also, mein Bekannter kennt einen Statiker und in
dessen Büro sind die uralten Umbaupläne vom Haus.
Also von diesem Haus. Die Wand wurde nachträglich
eingezogen und könnte wieder raus.«

Wir machen ›Aha‹ und ›Hä?‹ und ›Ähäm?‹. Klaus
kommt in Fahrt.

»Dahinter ist Arnes Küche. Also, wenn man hier einen
Durchgang schafft oder die Wand ganz rausklopft, dann
hättet ihr eine riesengroße Küche und quasi eine ganz
große Wohnung.«

Stille.

21.

22.

»Mega!«, ruft Pascal.

Mudel hopst zu Klaus. Wahrscheinlich will der Hund
was aus dem Kühlschrank.

»Wie? Also ... aber ... darf man das?« Rolf kneift die Augen zusammen. Sein Mann kneift mich in den Arm. Chris ist aufgeregt und hampelt auf seinem Stuhl herum.

»Was man darf und was man nicht darf, spielt hier keine Rolle, weil manchmal muss, was eben muss«, schwalbadert Klaus.

»Na, ich denke kaum, dass der Besitzer sich freut, wenn wir das halbe Haus abreißen.« Arne tippt sich an die Stirn.

»Aber schön wäre das schon«, sage ich. Und meine das auch so. Ich liebe meine Jungs. Natürlich liebe ich Arne noch viel mehr, aber ehrlich gesagt kann und will ich mir ein Leben ohne Rolf und Chris und die Hunde nicht mehr vorstellen. Wenn dann noch Nachwuchs dazu kommt – also der Zipfel und Pascal –, umso besser. Auf trautes Heim im Reihenhaus habe ich keine Lust. Ich bin nicht so der Spießertyp.

Rolf grummelt. »Das ist ehrlich gesagt eine Schnapsidee, Klaus. Entschuldige, das geht nicht gegen dich.« Rolf weiß, dass er ein bisschen aufpassen muss, was er zu Klaus sagt. Schließlich ist der der große Vorsitzende der Laubenkolonie und in dieser Eigenschaft quasi hauptverantwortlich für den Pachtvertrag, den die Jungs mit ihm über den fröhlichen Laubenpieper geschlossen haben.

»Ich kenne den Besitzer«, ruft Klaus. Und fügt dann, ganz leise, hinzu: »Sehr gut sogar.«

»Cool.« Pascal schnappt sich eine Tüte Chips vom Sideboard, reißt sie auf und langt hinein. Sofort sausen Mudel und Earl zu ihm. Aber Chips sind ihnen leider verboten.

»Ja, dann rede doch mal mit dem Mann«, sage ich. Ich kenne nur den Makler, der mir vor gefühlten 200 Jahren die Wohnung vermietet hat. Die monatlichen Zahlungen gehen an das Konto einer Hausverwaltung. Und in den drei Jahren, seit die Jungs und ich uns Küche, Bad und Sofa teilen, hat sich nie ein Besitzer zur Besichtigung angemeldet. Zum Glück, denn ich denke nicht, dass die Dekorationsorgien mit bemalten Fensterscheiben (abwaschbar zwar, weil Fingerfarbe, aber enorm bunt), mit nachtleuchtenden Sternen verzierten Decken oder tausend neuen Reißnägeln in der Wand für all die lustigen Postkarten ihm gefallen würden.

»Muss ich nicht mehr. Es war seine Idee.« Klaus reckt das Kinn nach vorn. »Das Haus gehört mir.«

»Wie bitte?« Pascal verschluckt sich an seinem Junkfood und hustet eine Ladung halb gekauter Chips über den Tisch.

»Pass doch auf!«, ruft Chris. Ich klopfe Passi auf die Schulter, Rolf reicht ihm ein Wasserglas. Der Junge keucht, rülpst, dann atmet er wieder normal.

»Dir gehört die Hütte hier?« Er starrt seinen Onkel an.

»Naja, nicht ganz. Diese beiden Wohnungen und die unten drunter.«

»Von der ollen Stiller?« Arne legt den Kopf schief. »Seit wann?«

»Seit ich meine Abfindung bekommen habe, damals vom Betrieb. Das Haus war in einem miesen Zustand, die Gegend ist nicht die beste, und da habe ich mich überreden lassen. Wie man sich von Bankern eben so überreden lässt.«

»Und wieso wohnst du nicht selbst hier?«, will ich wissen. Klaus haust seit Jahr und Tag in seinem Ein-Zimmer-Appartement in Heslach.

»Ist mir zu laut hier.«

»Mega.« Pascal grinst. »Weiß meine Mutter das?«

»Quatsch! Und sag ja nichts. Die kommt sonst sofort und macht einen auf Erbschleicherei. Die überlebt uns eines Tages alle!«

»So alt ist sie ja gar nicht«, wirft Rolf ein. Und dann, an uns alle gewandt: »Also, ich halte es zwar nach wie vor für eine Schnapsidee. Aber für eine gute, eigentlich. Eine Cognac-Idee sozusagen. Ich würde Tanja ungern ganz hergeben, Arne.«

Huch! Das war ja eine richtige Liebeserklärung!

»Ich will Tanja auch behalten«, sagt Chris und zwinkert ein Tränchen weg.

»Hach, ihr wieder«, sage ich und streichle über meinen dicken Bauch.

»Mannomann, gleich kommt RTL zwei und filmt euch für die nächste Kitschdoku.« Pascal steht auf und fummelt sein Smartphone aus der Tasche. »Ich muss los.« Zack, weg ist er. Wahrscheinlich auf dem Weg zu seiner Isabelle.

»Ich muss auch los.« Meine Blase meldet schon wieder Alarm. Ich habe zwar erstaunlich lange durchgehalten, aber das stundenlange Sitzen und Quatschen ist mit dem Zipfel im Bauch nicht mehr möglich. Zwei, drei Wochen noch, meint Theo Roller. So genau kann er das nicht berechnen, weil die Plazenta beim Ultraschall im Weg liegt. Oder so. Verstanden habe ich das nicht so genau.

Während die Männer sofort losreden und sich gegenseitig Wörter wie Schlagbohrer, Kreissäge und neue Tapeten um die Ohren hauen, nehme ich eine Auszeit auf der Toilette. Nicht alleine, wie meistens in den letzten Wochen begleitet Earl mich. Schwangerschaftshormone sind entweder ein Aphrodisiakum für den Mops oder er meint, mich bewachen zu müssen. So ganz steigen wir nicht dahinter. Während ich auf der Schüssel sitze und den Blick über die liebevoll mit Stoffrosen dekorierte Wand schweifen lasse, fällt mir mein allererster Besuch in dieser Wohnung wieder ein. Die Wände waren blank. So blank wie ich. Aber ich musste einfach aus dem Loch raus, in dem ich seit der Trennung von Exfreund Marc gewohnt hatte. Der ist übrigens viele Schritte weiter als ich und lebt gerade in Scheidung von seiner Flamme. Ich schätze, die Unterhaltszahlungen für das gemeinsame Kind werden ihn mehr ärgern als sein verletzter Stolz, weil seine Traumfrau ihn hat sitzen lassen. Wegen eines Lehrers, ausgerechnet. Ich muss grinsen, als ich daran denke, wie sehr mich meine Jungs damals getröstet hatten, als die beiden geheiratet haben. Wie lieb schon damals der Mops zu mir war. Wie wir unsere erste gemeinsame Mahlzeit in der Wohnung eingenommen hatten – auf dem nackten Boden sitzend, jeder eine Pappschale mit Pommes (auch der Mops). Und wie die Jungs hinter mir standen, als ich meinen Job im Tabakladen verloren hatte.

Nein, die beiden gebe ich nicht auf. Dafür würde ich mehr einreißen als eine poplige Wand. Gut, Klaus muss mal mit einer Ansage rechnen, ob er die Miete nicht ein bisschen drosseln kann. Immerhin haben Arne und ich demnächst für ein Kind zu sorgen, und als Notdoktor bei der Tierrettung verdient er nun nicht gerade ein Vermögen. Ich hole tief Luft, greife nach dem – natürlich! – rosafarbenen Toilettenpapier und ziehe dann die Spülung. Die ist schwungvoll wie immer, und als ich mir die Hände wasche, werden meine Füße nass.

»Das ist schon wieder kaputt!«, brülle ich. Earl bellt und weicht zur Tür zurück. Die Spülung hört auf zu rauschen. Meine Füße werden noch nasser. Meine Hose wird nass. Der Teppich auch.

»Scheiße! Ich laufe aus!« Jetzt klinge ich leicht panisch. Ich war doch eben Pipi machen ... das kann nicht ... das darf aber noch nicht ...

»Hilfeeeeee!«, brülle ich und lasse mich an der Wand hinunter sinken, wobei ich zwei liebevoll drapierte Rosen abreiße. Der Mops schnüffelt an der Pfütze und bellt noch lauter. Einen Moment später reißt Arne die Tür auf. Zum ersten Mal bin ich heilfroh, dass man sie nicht abschließen kann, weil seit dem Einzug der Riegel defekt ist. Aber ehe ich Stopp rufen kann, wird der Mops von der Tür getroffen und knallt mit dem Kopf gegen die Wand. Er jault erstaunt, dann knicken ihm die Beine weg. Mit herausgestreckter Zunge bleibt er auf der Seite liegen, die Augen grotesk verdreht.

»Du hast Earl k.o. geschlagen!«, rufe ich.

»Was? Was ist los?« Hinter Arne tauchen erst Chris, dann Rolf und schließlich Klaus auf.

»Der Hund!«, sage ich mit zitternder Stimme.

»Die Fruchtblase!«, kreischt Chris und wird blass. Er klammert sich an Rolf fest.

»Ja, das auch, aber der Mops ...« Weiter komme ich nicht. Rolf schubst seinen Mann ein wenig unsanft auf das Sofa im Flur. Arne tätschelt erst mir, dann dem Mops den Bauch. Klaus murmelt leise: »Ich geh dann mal.«

»Kümmere dich um den Hund!«, belle ich Arne an. Aus Earls linkem Ohr, mit dem er gegen die Wand geknallt ist, fließt hellrotes Blut auf den rosafarbenen Vorleger.

»Kein Platz!«, herrscht mein Schatz mich an. Rolf drängt sich zu uns ins Klo. Irgendwie schafft er es, mich in die Senkrechte zu bugsieren. Kaum stehe ich, schießt ein weiterer Schwall Wasser zwischen meinen Beinen heraus.

»Wie peinlich!« Ich schäme mich.

»Quatsch, völlig normal«, entgegnet Rolf erstaunlich ruhig.

»Atmet er noch?«, rufe ich über die Schulter.

»Ja, ich brauche meinen Koffer«, kommandiert Arne.

»Chris, los!« Rolf schnauzt seinen Mann an, der mit offenem Mund und zitternd auf dem Sofa hockt und gar nicht mehr aufhören kann, »Ach Gottchen, ach Gottchen« zu murmeln. »Aber zackig!« Endlich kommt Chris zu sich und schwankt Richtung Arnes Wohnung, um das Notfallset zu holen.

»Und wir beide, Prinzessin, machen uns mal auf den Weg in die Klinik.« Rolf lehnt mich gegen die Wand, wo ich eine Pfütze hinterlasse. Ich kann das alles beim besten Willen nicht stoppen.

»Krankenwagen?«, frage ich leise.

»Dauert zu lange.«

»Ich meine für den Hund ...«

»Ja, aber hopp, Tierrettung!«, brüllt Arne.

Rolf schnappt sich die seit Wochen von ihm und Chris für mich gepackte Kliniktasche neben der Tür, wirft mir einen Mantel von sich über (der später mit Sicherheit ein halbes Vermögen in der Reinigung kosten wird) und hakt mich unter. Irgendwie schafft er es, nebenbei noch die Nummer der Tierrettung zu wählen und den Kollegen die Sachlage zu erklären.

»Die sind gleich da«, teilt er Arne mit, der mittlerweile samt Chris im Klo kniet. Von Earl ist nichts zu hören. Sein Sohn rennt wie von der berühmten Tarantel gestochen auf und ab und sieht sehr besorgt aus. Am liebsten würde ich Mudel trösten, aber Rolf übernimmt das Kommando über mich. Im Herausgehen krallt er sich noch eine Plastiktüte vom Haken neben der Tür. Ich höre, wie Arne ziemlich hektisch nach seinem Telefon brüllt. Wie Mudel verzweifelt jault und wie Chris stöhnt. Dann sind wir irgendwie durch das Treppenhaus und beim Auto. Rolf legt die Tüte auf den Sitz (was ein bisschen demütigend ist), hilft mir einsteigen, schnallt mich und meinen immensen Bauch an, wirft die Tasche auf den Rücksitz und sich hinters Lenkrad.

Und der Zipfel wirft auch. Sich. Oder die Plazenta. Oder was weiß ich. Gegen meine Eingeweide. Und zwar gegen alle auf einmal. Naja, nicht ganz. Die Ohrläppchen und meine Augenbrauen werden von der Schmerzwelle verschont, die mit einem Mal wie ein Intercity durch meinen Körper rast. Ich mache ein Geräusch, das irgendwo zwischen eingeklemmter Operndiva und platzendem Buckelwal liegt.

»Wehe?«, will Rolf wissen. Meine Antwort ist ein Stöhnen. Rolf schaut auf die Uhr. Dann wieder auf den Verkehr. Ich schaue auf meinen Bauch. Und kann es noch immer nicht glauben: Da drinnen wohnt ein kleiner Mensch. Mein kleiner Mensch. Und der will ans Licht.

»Ich habe Angst«, presse ich hervor, als der Schmerz nachlässt.

»Musst du nicht, alles wird gut«, sagt Rolf gespielt leicht und biegt ins Parkhaus der Frauenklinik ein. Ich bin ihm dankbar, dass er nicht die Abzweigung für ›Notfälle‹ gewählt hat.

»Ob es Earl gut geht?«, überlege ich laut, während mein Fahrer mich aus dem Wagen wuchtet.

»Bestimmt. Alles wird gut«, murmelt Rolf. Aber ich kann ihm ansehen, dass auch er sich Sorgen um den Mops macht. Earl ist irgendwie sein Kind.

»Ja, alles wird … uahahaaaaa …« Wir müssen anhalten. Ich tropfe eine kleine Pfütze vor die gläserne Ausgangstür und schnappe nach Luft.

»Acht Minuten Abstand. Alles gut.« Rolf wartet, bis ich wieder atmen kann, dann gehen wir weiter.

»Wieso hat mir keiner gesagt, wie scheiße weh das tut?«, jammere ich. Rolf schnappt sich einen der Rollstühle, die man wie einen Einkaufswagen gegen 1 € Pfand am Eingang losketten kann, und ich lasse mich hinein plumpsen. Er schiebt mich zum Infoschalter.

»Fruchtblase geplatzt«, hechelt er.

»Guhtehn Ahbehnd«, sagt die Dame hinter der Glasscheibe schleppend langsam.

»Die Fruchtblase ist geplatzt.« Rolf klingt etwas hektisch. Ich versuche, aus meiner Position mehr zu erkennen, sehe aber nur den blonden Pony der Frau.

»Das Kind kommt«, setzt Rolf nach.

»Haben Sie die Krankenkassenkarte dabei?«

»Bitte?« Das bin ich. Ich stemme mich aus dem Rollstuhl hoch. Die Frau sieht so langweilig aus, wie sie klingt.

»Das Kärtle. AOK. Debeka, so was.«

»Hallo? Ich kriege ein Kind!«

»Ist nicht zu übersehen.« Sie mustert mich von oben bis unten. »Aber so schnell wird es nicht gehen. Sie müssten erst den Aufnahmebogen ausfüllen.«

»Was? Ich will keinen Papierkram, ich will …«

»Geben Sie her.« Rolf schnappt sich den Wisch, während ich in meiner Tasche nach Mutterpass und Kärtle krame. Ruckzuck ist der Zettel ausgefüllt.

»Na bitte«, will ich sagen, kann aber nicht, weil mich eine Wehe in den Sitz zwingt. Ich bekomme nicht mit, was die Frau zu Rolf sagt. Als ich wieder atmen kann, fahren wir schon im Lift nach oben.

»Ich will, dass das sofort aufhört«, jammere ich.

»Alles wird gut«, sagt Rolf hinter mir und schiebt mich einen gelb gestrichenen Flur entlang. Über der geschlossenen Schiebetür prangt in quietschbunten Buchstaben ein Schild mit der Aufschrift ›Entbindung‹. Rolf drückt auf die Klingel. Eine Ewigkeit lang passiert gar nichts, dann endlich, endlich gleiten die Türhälften auseinander. Hinter der Tür steht – Petra!

»Ach, heute nur mit einem Vater!« Sie lacht und gibt erst mir, dann Rolf die Hand. »Na, dann kommt mal rein.« Das klingt wie die Einladung zum gemütlichen Kaffeeplausch. Und tatsächlich liegt der Duft von frisch gemahlenen Bohnen in der Luft. So doof ich sie in der Geburtsvorbereitung fand, jetzt bin ich froh über ein bekanntes Gesicht. Sie geht uns voraus und verschwindet hinter der zweiten Tür. Rolf schiebt mich hinterher. Ich staune – wie ein Kreißsaal sieht das hier nicht aus. Mehr wie ein Wohnzimmer, vom gynäkologischen Folterstuhl in der Ecke und einigen medizinischen Geräten mal abgesehen. Vor den Fenstern hängen gelbe Vorhänge, von der Decke baumelt ein Mobile und der Rattantisch mit Rattansesseln sieht sehr gemütlich aus. Noch gemütlicher wirkt allerdings das Bett. Oder das Sofa. Oder wie man das riesige Liegemöbel in der Mitte des Raumes nennen mag. Petra hilft mir aus dem Rollstuhl und ich lasse mich dankbar in ihre Arme sinken. Sie muss sich ja mit tropfenden Frauen auskennen, und es ist mir ab sofort nicht mehr peinlich, dass ich nicht dicht bin.

Als ich auf der Liege liege (»Keine Sorge, ist eine Gummimatte drunter«) und Petra die Personalien in den PC getippt hat, erscheint Theo. Mein Dr. Roller!

»Na, da hat es aber jemand eilig«, sagt er, und ich staune, wie sehr seine Glatze im eigentlich schummerigen Deckenlicht glänzt.

»Roller«, stellt er sich Rolf vor. »Sie sind der Vater.« Das war eine Feststellung, keine Frage. Rolf nickt stumm und setzt sich in einen der Sessel. Theo macht sich über mich und meinen Bauch her. Untersucht hier, drückt da. Ultraschall auf dem Bauch. Von Innen.

»Ja, die Fruchtblase ist geplatzt«, stellt er schließlich fest.

»Muttermund?«

»Ein Zentimeter.«

»Was heißt das?« Während ich die Untersuchung unterbreche, weil eine Wehe kommt, behält Rolf den Überblick.

»Das heißt, dass es dauern kann. Ich schau dann später wieder rein«, sagt Roller und verschwindet. Ich nehme an, zu seinen Belegbetten-Patientinnen. Am liebsten würde ich mit ihm gehen, aber das geht nicht. Petra macht Elektroden auf meinem Bauch fest, und wenig später höre ich die Herztöne des Zipfels. Rolf wischt sich ein Tränchen weg.

»Gleich kommt noch eine Schwester und legt Ihnen einen Zugang«, erklärt Petra. »Wir geben Ihnen ein Antibiotikum, zur Vorsicht, damit keine Keime aufsteigen.«

»Aha«, mache ich. Und dann »Wuaaaaah.« Rolf springt auf und nimmt meine Hand. Petra scheint von meinen Schmerzen völlig unbeeindruckt zu sein und fragt, ob ich Hunger habe.

»Neihein!«, quetsche ich vor. Dann geht auch sie, und ich bin mit Rolf allein.

»Lass mich nicht allein!«, flehe ich ihn an. Er streicht das Laken, das über meinem Bauch liegt, glatt. Er ist der erste und hoffentlich der letzte Mann, der mich in einem Krankenhausschlüpfer aus Papier mit Inkontinenzeinlage zu sehen bekommt.

Eine Weile lauschen wir den Tönen aus meinem Bauch. Aber so richtig bei der Sache sind wir beide nicht.

Die Besorgnis um den Mops sprudelt Rolf förmlich aus allen Poren.

»Rufst du mal zu Hause an?«, bitte ich ihn deshalb.

»Handy ist hier aber nicht erlaubt«, entgegnet Rolf und knetet nervös seine Hände.

»Ist mir doch piepegal«, knurre ich. »Wie sagte die Petra so nett – gestalten Sie das Geburtserlebnis so, wie Sie es wollen. Und ich will das jetzt. Basta.«

»Na dann.« Rolf zieht das Telefon aus seiner Hemdtasche und wählt. Kurzwahl drei. Arne.

»The person you have called ...« Mist.

Kurzwahl eins. Chris.

»The person you have called ...« Rolf kaut auf seiner Unterlippe.

»Es ist bestimmt alles in Oooaaauaaaaaaa!« Wehe. Mistmist. Mein Leihvater springt auf und nimmt meine Hand. Ich weiß, dass ich seine quetsche. Ich kann aber nicht anders. Die Schiebetür gleitet auf.

»Ach ja, man hält Händchen!«

Chris!

»Wie geht's Earl?«, rufen Rolf und ich gleichzeitig. Chris zuckt mit den Schultern.

»Weiß nicht. Arne ist mit ihm im Rettungswagen in die Klinik. Ich hab eeeewig gebraucht, bis ich ein Taxi gefunden habe. Hach.« Er seufzt theatralisch, dann beugt er sich über mich. »Ist das alles aufregend!«

»Klappe halten, Händchen halten«, befiehlt Rolf. Chris nimmt meine andere Hand.

»Ihr könnt loslassen, die Wehe ist vorbei.« Ich gebe zu, dass ich ein bisschen genervt klinge. Aber die Vorstellung, dass das jetzt so noch Stunden oder gar Tage weitergeht, heitert mich nicht gerade auf.

»So, da ist dann auch Vater zwei eingetroffen!« Die Hebamme balanciert ein Tablett herein. Der Teller ist mit einer orangefarbenen Plastikhaube zugedeckt. Daneben steht eine weiße Krankenhauskanne, in der ein Teebeutel baumelt. »Also mehr als ein Essen kann ich nicht lockermachen, meine Herren, das müssten Sie sich dann teilen.« Sie grinst.

»Ich kann nichts essen.« Chris schüttelt vehement den Kopf. Sein Mann auch.

»Frau Böhme, wenn Sie etwas brauchen, sagen Sie es bitte. Für Sie gibt es selbstverständlich ein Vesper. Oder mögen Sie etwas trinken?«

»Cola.« Ich brauche Zucker. Koffein. Ungesunde Brause.

»Kein Problem, kommt sofort.« Petra wirft einen Blick auf den Monitor, tätschelt meine Wange und verschwindet. Das nenne ich mal Service! Leider kann ich mich nicht lange freuen, denn schon wieder ziehen sich alle meine Eingeweide – und gefühlt auch die Knochen – zusammen. Chris wird blass, hält sich aber tapfer neben mir, bis ich seine Hand wieder aus dem Klammergriff lasse.

»Ruf noch mal bei Arne an«, hechele ich, als ich wieder hecheln kann.

Wieder nur die Mailbox. Und das bleibt auch während der kommenden Stunde so. Im Zehn-Minuten-Takt wählt Rolf Arnes Nummer. Ich bekomme meine Cola serviert, Dose mit Strohhalm. Dr. Roller schaut vorbei und geht wieder. Petra kommt und geht. Irgendwo schreit eine Frau. Kurz danach ein Baby. Die Glückliche. Sie hat es hinter sich. Ich muss abwechselnd Pipi (was ich nur in die Windel erledigen darf) und hecheln. Und, ich gebe es zu, jammern. Mittlerweile läuft zwar über die Infusion Schmerzmittel in meine Blutbahn, aber ich habe das Gefühl, dass es nicht ankommt. Wahrscheinlich bleibt es im Mutterkuchen hängen.

»Wenn Sie mögen, Frau Böhme, können Sie sich auch mal ein bisschen hängen.« Petra hilft mir, mich aufzusetzen. »Dann hilft die Schwerkraft ein bisschen mit.«

»Ja genau, hängt mich auf, erschießt mich, macht was, damit das aufhört«, schimpfe ich und lasse mich wie ein Schaf zu der dicken blauen Kordel führen, die von der Decke baumelt.

»Festhalten und bei der nächsten Wehe gegen den Schmerz atmen«, empfiehlt Petra. Ich klammere mich an das Seil.

»Wehe, einer lacht«, schnauze ich meine Jungs an.

»Nein, nie!«, schwören beide, aber ich kann das Grinsen förmlich riechen. Tatsächlich schwappt die nächste Schmerzwelle wie angekündigt über mich hinweg. Wie frau dagegen anatmen soll, ist mir ein Rätsel – aber: Hängend ist es ein klitzekleines bisschen weniger schlimm.

»Einer der Väter kann sich auch hinter sie stellen und das Becken massieren«, sagt Petra, ehe sie geht. Hinter mir stehen zwei Männer. Der eine massiert meinen Nacken, der andere meine Nierengegend. Nicht unangenehm.

»Du siehst sexy aus«, kichert Chris und lässt den Bund des Papierschlüpfers schnappen. »Schniekes Hemdchen!« Er zupft an dem Flügelhemd in Hellblau, in das ich ganz zu Anfang gesteckt wurde. Hinten offen.

»Schnauze!«, schnauze ich und beiße in die Kordel. Das sollte nicht Wehe heißen, das trifft es nämlich nicht. Atomare Explosion der Plazenta wäre treffender.

»Hach, hach, hach ...« Chris jammert und lässt sich in den Korbsessel plumpsen. »Das ist alles zu viel für mich.«

»Du musst doch gar nichts machen, Jammerlappen.« Ich fasse es nicht! Ich leide! Ich platze! Ich sterbe!

»Ich habe neulich gelesen, dass es ein gewisses Seelenkontingent auf der Erde gibt.«

»Hast du getrunken?« Rolf schüttelt den Kopf.

»Quatsch. Aber jedenfalls, in dem Artikel stand, dass immer, wenn ein Kind geboren wird, ein anderer Mensch oder ein Tier stirbt. Oh Gott, oh Gott, wenn nun Earl ...«

»Hast du noch alle Latten am Zaun?« Ich bin sonst nicht so. Aber jetzt darf ich. »Der Hund ist in den besten Händen!«

»Ja, aber diese Theorie ...«

»Wo hast du das gelesen?« Rolf hakt vorsichtig nach.

»Im esoterischen Wochenkurier, lag in der S-Bahn.«

»Ich sag's ja, der öffentliche Nahverkehr taugt nix.« Rolf lacht. »Chris, Chris.«

»Bin ich zu spät?«

»Arne!« Ich lasse die Kordel los und versuche, eine halbwegs annehmbare Haltung einzunehmen. Dass meine liebsten Jungs mich so sehen, mag ja noch angehen, aber der Mann, mit dem ich den Rest meines Lebens verbringen will? No go!

»Was ist mit dem Hund?« Drei Leute – eine Frage.

»Dem geht's gut. Ist eine Platzwunde. Er bleibt über Nacht in der Überwachung. Aber er hat schon wieder gefressen.« Arne schießt noch ein paar Daten zu Earls Vitalfunktionen hinterher – sehr automatisiert, wie ich finde. Und mit ziemlich wenig Farbe im Gesicht. Während er sein tierärztliches Bulletin von sich gibt, lässt er den Blick schweifen.

»Oh mein Gott.« Er hält sich an der Liege fest. »Ich werde Vater.«

»Dann tu was dafür«, presse ich hervor, als die nächste Wehe mich in den Klammergriff nimmt.

»Was denn? Wie denn?«

»Sei einfach da«, flüstert Rolf. Arne kommt zu mir, legt mir unbeholfen die Hand auf die Schulter. Als der Schmerz vorbei ist, lasse ich mich in seine Arme sinken. Meine Knie zittern. Er führt mich zur Liege und hilft mir hinauf.

»Ja wie nett, wird ja immer voller hier.« Ich wusste nicht, dass Hebamme Petra so ironisch klingen kann. »Lassen Sie mich raten: Sie sind auch der Vater?«

»Das ist der echte«, sage ich.

»Ist ja auch egal, draußen steht eine Dame, die zu Ihnen will. Wenn Sie jetzt nicht behaupten, dass das die Mutter ist, dann lasse ich Sie rein. Ist ja hier wie im Irrenhaus heute. Ach ja, und falls noch mehr Gäste kommen – wir können die Geburt auch ins Foyer verlegen.«

Ich weiß nicht, ob das ein Witz sein soll, ist mir auch egal.

»Ich gehe nachschauen«, sagt Rolf. Und kommt kurz darauf alleine wieder.

»Das war Sandra. Sie muss den Zug nach Köln erwischen. Ich soll dir ausrichten, dass du die nächste Geburt anders planen sollst.« Er grinst. Ich stöhne. »Ach ja, und das soll ich dir geben.« Er reicht mir einen braunen Umschlag.

›Bin so stolz auf dich – Küsschen, Sandra!‹, steht mit knallrotem Filzstift geschrieben darauf.

»Ach, jetzt sind wir hier auch noch eine Poststelle.« Petra klingt jetzt echt, echt genervt. Kann ich ihr nicht verdenken, irgendwie ist auch mir ein bisschen zu viel los hier. Sie nimmt mir den Umschlag ab und scheucht die Jungs zur Seite. Dann schaut sie nach, was mein Muttermund so macht. Anscheinend macht er jede Menge, denn sie strahlt mich an.

»Sieht toll aus!« Sie greift zum Telefon, und kurz darauf gesellen sich eine weitere Schwester und Theo zu uns. Meine Jungs drücken sich in die Ecke und gegenseitig die Händchen. Arne wird von Petra hinter mir platziert. Und ich drücke. Seine Hand. Und gegen den irren, irren Schmerz in meinem Bauch. Meine Lunge weiß nicht mehr, wie sie atmen soll. In meinen Ohren rauscht das Blut. Ich ahne, dass ich komplett dämlich aussehe, wie ich mit hochrotem Kopf und aufgeblasenen Wangen versuche, den Zipfel durch den Geburtskanal zu schieben. Aber das ist mir so was von egal, ich kann nichts mehr denken. Nur mein Stammhirn scheint noch zu funktionieren. Und das Fluchzentrum. Mein Schatz bekommt Dinge zu hören, die ich im normalen Leben niemals sagen würde (glaube ich). Die Feststellung, dass er mir das angetan hat und zur Hölle fahren soll, ist wohl noch das Harmloseste. Ein bisschen bin ich sogar stolz auf mich, dass mir die Tirade aus doppeltem Arschloch, Halbdackel und Bananenhirn einfällt.

»Ist gut, alles ist gut«, antwortet Arne und lässt sich von mir die Hand zerquetschen. Ich hasse ihn. Ich liebe ihn. Chris stöhnt mit mir im Takt, Rolf nickt mir aufmunternd zu.

»Das machst du toll, Prinzessin«, ruft er mir zu wie ein Fußballtrainer seiner Mannschaft. Ich weiß nicht, ob ich es toll mache. Ich weiß gar nicht, was ich mache. Aber ich mache es offenbar richtig, denn mit einem Schlag hört der Schmerz auf. Eine Sekunde, vielleicht auch zwei, herrscht völlige Stille. Und dann kräht der Zipfel. Es ist der schönste, wundervollste Klang, den ich jemals gehört habe.

»Oh«, sagt Theo. »Da hat der junge Mann unterwegs was verloren.«

»Was? Was ist mit meinem Kind?« Ich klinge schrill.

»Alles bestens!« Petra lacht und legt mir ein blutverschmiertes winziges Menschlein auf den Bauch. »Sie haben eine putzmuntere Tochter.«

»Oh Tanja.« Arne heult. Küsst mich. Küsst das Baby. Chris und Rolf heulen. Lachen. Liegen sich in den Armen.

»Tochter? Ein Mädchen?« Tatsächlich. Unterhalb der Nabelschnur ist – nichts. Petra reicht Arne eine gebogene Schere. Ich habe ihn noch nie so stolz gesehen wie in diesem Augenblick, als er die Nabelschnur durchschneidet. Mit einem einzigen Schnitt.

»Die junge Dame müsste dann noch mal zu mir kommen.« Petra nimmt mir das Baby ab. Gemeinsam mit Arne und den Jungs verschwindet sie hinter der Seitentür.

»Fabelhaft.« Theo scheint regelrecht begeistert zu sein, als er mich untersucht. Plötzlich hält er einen Fleischklumpen hoch. »Sehen Sie? Die Plazenta. Bilderbuchgerecht.«

»Igitt«, sage ich. Das Ding sieht genauso aus wie die Leber, die Rolf gelegentlich für Earl und Mudel kocht. Zum Glück packt Theo das Teil schnell weg.

»Das geht jetzt aber nicht.« Er zuckt zusammen, als Rolfs Handy auf dem kleinen Tisch klingelt.

»Das ist vielleicht die Tierklinik«, überlege ich laut. »Wir hatten einen Notfall.«

»Meinetwegen.« Theo reicht mir den Apparat, dann setzt er sich an den PC in der Ecke und tippt wild drauf los. ›Unbekannt‹, steht auf dem Display. Ich hebe ab.

»Ja? Bei Schröder?«

»Greenday Publicity, Petra Deneberger am Apparat.«

»Hä? Geht es um den Mops?«

»Genau. Also das Titelfoto auf dem SWR-Zuschauermagazin ist Zucker.«

»Welches …?« Ach! Das muss in dem Umschlag von Sandra sein. Ich will Theo bitten, mir den Brief zu reichen, traue mich aber nicht.

»Wir würden den Hund gerne für die Kampagne eines unserer Kunden buchen. Das Shooting wäre 17. diesen

Monats. Plakat, Postkarten. Wir rechnen mit einem Tag, vielleicht auch zwei.«

»Ja. Also, ich bin im Moment …«

»… Ich will Sie gar nicht lange stören. Die Kontaktdaten stimmen?« Sie rattert unsere Adresse runter. Die muss sie von Sandra haben. Ich bejahe. Theo schüttelt missbilligend den Kopf und macht mir ein Zeichen, sofort aufzulegen.

»Ich müsste nur noch wissen, wie hoch die Tagesgage für den Hund ist, dann trage ich das ein und lasse Ihnen den Vertrag zukommen.«

»Moment«, flüstere ich. Das galt eigentlich Theo, aber Frau Deneberger sagt, sie warte gern. Die Schiebetür geht auf. Arne hält ein kleines Bündel im Arm und sieht zum Platzen stolz aus. Rolf und Chris folgen ihm auf dem Fuß.

»52 Zentimeter. 3.150 Gramm«, verkündet Chris und strahlt.

»3.150?«, rufe ich. Meine Güte – DAS soll ich eben rausgewuchtet haben?

»Geht in Ordnung.« Das war Petra aus dem Telefon. »Dann bekommen Sie Post von uns. Danke und einen lieben Gruß an den Mops.«

»Äh. Bitte.« Die Leitung ist tot. Ich reiche Rolf das Telefon. Arne legt sich neben mich auf die Liege, zwischen uns das Baby. Es ist das schönste, perfekteste Wesen, das ich jemals gesehen habe. Die Augen sind geschlossen, die winzigen Händchen zu Fäusten geballt. Die Nase ist winzig, die Ohren sind winzig, alles ist winzig.

»Sie ist wunderschön«, flüstert Arne und küsst mich.
»Danke.«

Ich schlucke gegen die Tränen an.

»Wer war denn dran? Ist was mit dem Mops?« Rolf klingt besorgt.

»Sozusagen.« Ich grinse. »Ich habe ihn eben für dreitausend Öcken an eine Werbeagentur vermietet.«

»Was?« Chris reißt die Augen auf. Rolf den Umschlag. Tatsächlich, es ist das Kundenmagazin. Mit unserem Mops auf dem Titel. Er hält den Kopf schräg, die Pfoten auf einen Tisch gestützt und scheint direkt in die Kamera zu grinsen. ›Tierisch gut fernsehen‹, steht in pinkfarbenen Lettern quer auf dem Titel.

»Wow!« Rolf und Chris strahlen um die Wette.

»Eine Sache wäre noch, ehe Sie auf das Zimmer dürfen.« Die Hebammen-Petra lacht. »Wir sollten der jungen Dame noch einen Namen geben.«

»Zipfel. Bislang war sie der Zipfel«, lacht Chris. »Aber den hat sie ja nicht.« Rolf legt den Arm um seinen Mann und nickt uns zum Abschied zu.

»Sag du, Papa. Wie soll deine Tochter heißen?«

Arne überlegt einen kurzen Moment.

»Zi… Zi… Zita!«

Ich schaue meine Tochter an. Sie macht die Augen auf. Sie sind hellblau.

»Ich glaube, sie ist einverstanden.«

NACHWORT VON EARL

Verdammte Kopfschmerzen. Warum gibt es kein Aspirin für Hunde? Und warum kapieren meine Menschen nicht, dass ich Ruhe brauche?

Nein, macht euch keine Sorgen, meinen Kopf geht es gut. Es war wirklich nur eine winzige Platzwunde. Die Narbe sieht man fast gar nicht. Nur wenn das Licht entsprechend darauf fällt. Dann aber sieht sie irgendwie verwegen aus. Meint mein Sohn, der ein bisschen neidisch ist, weil Gigi so lange an mir rumgeschleckt hat, bis der Wundschorf weg war. Fand ich sehr angenehm.

Weniger angenehm ist allerdings das ständige Hämmern. Die hauen tatsächlich die Zwischenwand raus. Das heißt, mein Herrchen und Arne kloppen Steine. Chris hat sich auf den Daumen gekloppt und kann deswegen nur noch rumsitzen. Mit Zita auf dem Schoß. Für mich ist da kein Platz. Wenn das Baby nicht so gut riechen würde, könnte ich es nicht leiden.

Naja, ich darf immerhin zu Tanja ins Bett. Die schläft dauernd. Oder stillt das Kind. Mehr macht sie seit drei Monaten nicht. Die Hündin will ich mal sehen, die sich so lange ins Körbchen legt! Immerhin hat Tanja nur einen Welpen. Naja, Menschen eben.

Pascal liegt übrigens auch ständig im Körbchen. Mit dieser Isabelle. Da darf ich aber nicht dazu.

Oh nein. Mein Herrchen kommt. Mit der Bürste. Was das heißt, weiß ich mittlerweile. Ich werde wieder in ein dämliches Kostüm gesteckt und muss lustig aussehen, damit irgendwelche Menschen Fotos von mir machen. Ich hoffe, dieses Mal dauert es nicht so lange. Ich habe nämlich Hunger, und das Fressen bekomme ich immer erst nach dem Shooting. Bin gespannt, was es heute ist. Die gekochten Hühnerherzen letzte Woche waren schlabberlecker.

Übrigens: Ich habe noch nie Pommes mit Pappschale gegessen. Das war erfunden. Trotzdem dürft ihr mir (und die Tierschützer) gerne weiter schreiben. Ich freue mich auf Post. Und antworte auch gerne. Schließlich bin ich ganz schön stolz auf die Autogrammkarten, die meine Menschen für mich gemacht haben.

So, ich muss los. Heute geht's in den Chinesischen Garten, sagt Rolf eben. Fotos für einen Kunden aus Peking machen. Und danach in den Laubenpieper. Wir sehen uns!

ENDE

*Weitere Romane finden Sie auf den
folgenden Seiten und im Internet:
www.gmeiner-verlag.de*

*Silke Porath
Mops und Möhren
978-3-8392-1344-5*

»Ein Mops und seine Herrchen kämpfen mit Witz und Charme um den Erhalt ihrer Schrebergärten.«

Stuttgarts charmanteste WG mit Tanja, dem Männerpärchen Rolf und Chris und natürlich dem Mops Earl of Cockwood geht unter die Schrebergärtner! Doch das Idyll der Laubenkolonie ist bedroht, denn ein Investor will dort schicke Lofts bauen. Doch nicht nur das: Chris und Rolf verlieren beinahe gleichzeitig ihre Jobs und dann taucht auch noch die Ex von Tanjas Freund Arne wieder auf …

Wir machen's spannend

Silke Porath
Nicht ohne meinen Mops
978-3-8392-1207-3

»Ein turbulenter WG-Roman um nervige Nachbarn, schwule Freunde und natürlich Liebe! Zum Bellen komisch!«

Tanja hat ihre Traumwohnung in Stuttgart gefunden: Altbau, drei Zimmer, beste Lage. Der Haken ist nur: Allein kann sie sich die Wohnung niemals leisten. So ruft sie kurzerhand ein Mitbewohner-Casting aus. Und entscheidet sich schließlich für Chris, der im Callcenter arbeitet, und Rolf, einen Postboten, der samt seinem Mops »Earl of Cockwood« einzieht. Tanja ist hin und weg von diesen Prachtkerlen. Klar, dass sie als Letzte bemerkt, dass Rolf und Chris ein Paar werden. Der Katzenjammer ist groß – erst recht, als Marc, Tanjas Ex, mit seiner schwangeren Freundin vor ihr steht. Tanja, die Jungs und der Mops schwören Rache …

Wir machen's spannend

Silke Porath, Andreas Braun, Zoran Zivkovic
Klosterbräu
978-3-8392-1315-5

»Der zweite Fall des ungewöhnlichen Ordensbruders führt den Leser vom Schwäbischen bis nach Berlin. Ein Buch, das gute Laune garantiert.«

»Und jetzt ein kühles Spöttinger Bräu!« – Die Leute lieben das Spaichinger Bier, den Inhaber der Brauerei aber offensichtlich nicht: Er wird erwürgt. Mitten in der Klosterkirche. Pater Pius' detektivischer Verstand arbeitet auf Hochtouren und als Kommissarin Verena Hälble einen Undercover-Mann braucht, schickt sie kurzerhand den Ordensmann nach Berlin. Und der gerät mitten hinein in einen Strudel aus Bier, Bonzentum und bitteren Wahrheiten …

Wir machen's spannend

Silke Porath
Andreas Braun
Klostergeist
978-3-8392-1124-3

»Beste Krimiunterhaltung, bei der auch der Humor nicht zu kurz kommt.«

Pater Pius, Superior des Spaichinger Konvents, feiert mit seinen Brüdern die Morgenmesse auf dem Dreifaltigkeitsberg. Als die Mönche in den kühlen Novembermorgen hinaustreten, fällt ein Mensch vom Klosterturm, direkt vor Pius' Füße: Es ist Hans-Jürgen Engel, der Bürgermeister der kleinen Stadt. Kommissarin Verena Hälble aus Rottweil und ihr Kollege Thorben Fischer leiten die Ermittlungen. Als dem neugierigen Pater Pius beim Trauergespräch mit der Witwe »zufällig« ein Kontoauszug in die Tasche seiner Kutte flattert, mischt auch er sich ein …

Wir machen's spannend

Patricia Holland Moritz
Die Einsamkeit des Chamäleons
978-3-8392-1487-9

»Wie eine rasante Berlin-Stadtrundfahrt, bei der man auf dem Trittbrett mitfährt.«

In der Millionenstadt Berlin lebt Rebekka Schomberg unsichtbar wie ein Chamäleon. Sie passt sich an, ohne angepasst zu sein, wechselt die Farbe, ohne ihren Standpunkt zu verlieren und verfügt wie ihr tierisches Pendant über ein ganzes Repertoire an Drohgebärden gegenüber ihren Feinden ... Die Häufung von Todesfällen in einer Recyclingfirma scheint niemandem aufzufallen. Also ermittelt sie ungefragt und stößt auf einen perfiden Kunstdeal sowie auf ein tatsächlich totgeschwiegenes Verbrechen.

Wir machen's spannend

Emma Conrad
Süß ist der Tod
978-3-8392-1486-2

»Miss Marple meets Bridget Jones!«

Eigentlich sollte die Journalistin Constanze Freitag den Inhaber eines Steuerberatungsbüros nur interviewen, doch Dietmar Molitor stirbt gleich im Anschluss an ihr Gespräch an einer vergifteten Praline. Aus dem Unternehmerporträt wird ein Ermittlungsauftrag. Die Liste der Verdächtigen ist lang. Während Constanze und die Polizei noch im Dunkeln tappen, geschieht ein zweiter Mord. Und dann nimmt der Fall eine überraschende Wendung …

Wir machen's spannend

Unser Lesermagazin
2 x jährlich das Neueste aus der Gmeiner-Bibliothek

24 x 35 cm, 40 S., farbig; inkl. Büchermagazin »nicht nur« für Frauen und HistoJournal

Das KrimiJournal erhalten Sie in Ihrer Buchhandlung oder unter www.gmeiner-verlag.de

GmeinerNewsletter
Neues aus der Welt der Gmeiner-Romane

Haben Sie schon unsere GmeinerNewsletter abonniert?

Monatlich erhalten Sie per E-Mail aktuelle Informationen aus der Welt der Krimis, der historischen Romane und der Frauenromane: Buchtipps, Berichte über Autoren und ihre Arbeit, Veranstaltungshinweise, neue Literaturseiten im Internet und interessante Neuigkeiten.

Die Anmeldung zu den GmeinerNewslettern ist ganz einfach. Direkt auf der Homepage des Gmeiner-Verlags (www.gmeiner-verlag.de) finden Sie das entsprechende Anmeldeformular.

Ihre Meinung ist gefragt!
Mitmachen und gewinnen

Wir möchten Ihnen mit unseren Romanen immer beste Unterhaltung bieten. Sie können uns dabei unterstützen, indem Sie uns Ihre Meinung zu den Gmeiner-Romanen sagen! Senden Sie eine E-Mail an gewinnspiel@gmeiner-verlag.de und teilen Sie uns mit, welches Buch Sie gelesen haben und wie es Ihnen gefallen hat. Alle Einsendungen nehmen automatisch am großen Jahresgewinnspiel mit attraktiven Buchpreisen teil.

Wir machen's spannend